KB266459

휩쓸린 것들만 남는다

휩쓸린 것들만 남는다

휩쓸린 것들만
남는다

크리스티네 빌카우 장편소설 · 김지유 옮김

클레이하우스
CLAYHOUSE

일러두기

- 주석은 모두 옮긴이의 주이다.
- 단행본·잡지는『 』로, 시·그림은「 」, 방송·노래·공연은〈 〉로 표기했다.
- 인명과 지명은 외래어표기법을 따랐으나, 일부 입말로 굳어진 외래어의 경우 예외
  를 두었다.

사랑은 너를
두꺼운 금빛 시계처럼 감아두었다.
산파가 네 발바닥을 탁 치자,
네 발가벗은 울음소리가
다른 원소들 사이에서
제자리를 찾아갔다.

—실비아 플라스, 「아침 노래」

목차

린은 한 살 반쯤 되어 걷기 시작했을 무렵, 눈에 보이는 계단마다 혼자 올라가려고 했다. 내가 안아 들기라도 하면 몸을 뒤틀며 소리를 질렀고, 손을 잡아주려고 해도 뿌리쳤다. 나는 숨을 죽인 채 아이의 뒤에 서서, 슬로모션처럼 한 계단 한 계단 위태롭게 올라가는 모습을 지켜보고 서 있을 수밖에 없었다. 매 순간마다 언제라도 딸을 붙잡을 준비를 하고 있었다. 아이가 발을 헛디디고 굴러떨어지는 모습이 눈앞에 선했다. 그 묵직한 소리를 상상하는 것만으로도 나도 모르게 눈이 질끈 감겼다. 아이가 생기고 나니 전에는 없던 생생한 상상력이 생겼다.

5월 말의 어느 토요일 오전, 린이 쓰러졌다. 한 호텔에서 열린 회의에서 발표를 하던 중, 갑자기 의식을 잃었다고 했다. 많은 사람이 보는 앞에서 그대로 기절한 것이다. 브란덴부르크 북부에 있는 한 종합병원에서 전화가 왔다.

"혹시 어머님 되시나요?"

다락방 책상에 앉아 한창 일에 집중하던 참이었다. 천장 창문은 열려 있었고, 날은 숨이 턱 막힐 듯 후덥지근했다. 갈매기들이 날카롭게 울고 있었고, 오후에는 자전거를 타고 제방에나 다녀올 생각이었다.

사려 깊은 의사는 내가 전화를 받자마자 먼저 나를 안심시켰다.

"너무 걱정하지 않으셔도 돼요. 따님은 괜찮습니다."

혈액순환에 이상이 있는데, 아마 탈수 때문일 거라고 했다. 넘어지면서 머리와 어깨에 타박상이 생겼다고 의사는 말했다. 혹시 모르니 하루이틀 정도는 병원에 머무르면서 혈액 수치를 확인하고, 뇌진탕이 있는지 살펴보고, 심전도검사를 할 예정이라고 했다. 의사는 린이 입원한 병실 번호와 병동 직통 번호를 알려주었고, 급하게 전화를 끊어야 하는 것을 미안해하며 수화기를 내려놓았다.

린의 전화가 바로 음성 사서함으로 넘어가기에 나는 지금 가는 중이라는 메시지를 남겼다. 잠시 뒤 다시 전화를 걸었다. 그저 딸의 목소리가 듣고 싶어서였다.

도서관에는 다음 주 중반까지 휴가를 내겠다고 말하고, 함부르크에서 베를린을 거쳐 다시 브란덴부르크 북부로 향하는 기차표를 샀다. 신용카드 번호를 네 번이나 틀리고 나서야 제대로 입력할 수 있었다. 뱃속 깊은 곳이 두근거렸다. 언젠가부터 긴장을 할 때면 어김없이 찾아오는 묵직한 감각이었다.

다음 기차를 놓치지 않으려면 서둘러야 했다. 시내 기차역까지는 차로 30분은 걸렸고, 거기서 함부르크까지도 두 시간이 넘는 긴 여정이었다. 급히 여행 가방을 꾸리고 나서야 문득, 개를 돌봐줄 사람이 필요하다는 생각이 들었다. 아는 사람 둘에게 전화를 걸었지만, 아무도 받지 않았다.

며칠 전 옆집에 사람들이 새로 이사를 왔다. 트럭이 몇 번 오갔고, 매트리스며 가구, 상자 들을 집 안으로 나르는 것을 보았다. 여자 둘에 남자 하나, 많아야 20대 후반 정도 되어 보였다. 이런 동네에서 젊은 사람들끼리 같이 살다니, 특이하다고 생각했다.

인구는 고작 1천3백 명에, 음식점이나 호텔, 소매업 말고는 달리 할 일도 없는 지역이다. 가장 가까운 대학교도 차나 기차로 한 시간은 족히 걸린다. 여름철이면 종종 길을 잘못 든 관광객들이 마을 광장에 차를 세우고 카페나

농장 직판장을 찾아보지만, 있는 거라고는 빵집과 작은 슈퍼뿐이고 그마저도 낮 12시부터 2시까지는 점심시간이라 문을 닫아, 하릴없이 다시 해안가로 차를 돌리고 마는 그런 곳이다.

새로 이사 온 사람들과는 아직 스치듯 가벼운 인사만 나눴을 뿐이다. 그런데 지금 나는 등 뒤로 사료 봉지를 반쯤 가리듯 쥐고는 개를 데리고 그 집 앞에 서 있다. 문을 연 사람은 여자 둘 중 한 명이었다. 타월 소재로 된 하늘색 면 반바지에 꽃무늬 비키니 상의를 입고 있었고, 젖은 긴 머리는 가지런히 빗겨 있었다. 바닷가에서 아무런 근심 없는 하루를 보내고 돌아온 듯한 모습이었다.

먼저 느닷없이 들이닥친 것을 사과했다. 민망했지만 시간이 없었고, 어쩔 도리가 없었다. 나는 원체 부탁에 서툴렀다. 가끔은 부탁을 하면서도 불편한 마음에 어쩔 줄을 모르다가 상대가 의외로 흔쾌히 수락하는 것에 놀라기도 했다. 여자가 말했다.

"아유, 당연하죠. 진짜 괜찮아요."

여자는 내 전화번호를 물어보고 바로 자기 휴대전화에 저장했다. 나는 사료 봉지를 건네며 보는 돌보기 어렵지 않은 개라고 말했다. 여자가 고개를 끄덕이며, 자기도 어렸을 때부터 개를 키웠다고 했다.

"금방 괜찮아지기를 바랄게요!"

여자는 돌아선 내 뒷모습에 대고 그렇게 외쳤다.

쓰러진다는 것은 어떤 것일까. 나는 직접 본 적도, 경험해본 적도 없었다. 기차를 타고 가는 내내 린에게 일어난 일을 상상해보았다. 사람들 앞에 선 린이 때로는 특유의 낮고, 가끔은 거칠게까지 느껴지는 목소리로 가뭄을 견디는 어린 겨울보리수와 참나무의 생존력에 대해 이야기하는 모습이나, 말을 하던 도중 무언가 끊어진 듯 갑자기 말을 멈추는 모습, 몸의 긴장이 풀리더니 그대로 꺾이며 바닥에 쓰러지는 모습과 그 소리 같은 것을 상상했다.

누군가 쓰러지는 소리를 들은 적은 있었다. 아버지가 남긴 빚 상속을 포기하려고 간 지방법원에서 벤치에 앉아 차례를 기다리고 있을 때였다. 소리가 들렸다. 무겁고 둔탁한, 사람의 무게가 느껴지는 소리가 나를 파고들고 또 파고들었다. 직감적으로 무슨 일이 났다는 것을 알 수 있었다. 나이가 좀 있는 남자가 바닥에 누워 있었고, 그 옆에 한 여자가 무릎을 꿇은 채 귀에 휴대전화를 대고 구급차를 부르고 있었다.

나는 린이 쓰러지던 순간 자리에서 벌떡 일어나 린의 상태를 확인하고 구급차를 부르는 사람들의 모습을 상상했다.

혹시 린의 몸 상태가 좋지 않다는 신호가 이미 있었던 것은 아닌가 싶어 지난 몇 주간 린이 보냈던 메시지를 훑어보았다. 어쩌면 무심코 넘긴 말이 있었을지 모른다. 아니면 창백하거나 피곤해 보이는 사진을 제대로 눈여겨보지 않았을 수도 있다. 하지만 그런 흔적은 전혀 찾을 수 없었다. 린이 보낸 것은 일상의 단편 같은 짧은 메시지들과 거기에 장식처럼 붙은 해와 하트, 꽃 같은 이모티콘들이 전부였다.

예정 시간보다 늦게 도착했다. 기차가 갑자기 선로에 멈추는 바람에 환승 편을 놓친 탓이었다. 늦은 저녁이 되어서야 병원에 다다랐다.

조용히 병실 문을 열자 침대 두 개가 보였다. 앞쪽 침대는 비어 있었고 말끔히 정돈된 채였다. 린은 뒤쪽 창가에 있는 침대에 누워 잠들어 있었다. 커튼이 닫혀 있었고, 구석에 놓인 스탠드 조명이 은은한 빛을 비추고 있었다. 나는 가방을 내려놓고 린의 침대 옆 의자에 앉았다. 전속력으로 달리기라도 한 것처럼 소리 없이 긴 숨을 내쉬었다.

린의 집게손가락에는 플라스틱 클립이 꽂혀 있었고, 클립에 연결된 작은 기계가 맥박과 산소포화도를 기록하고 있었다. 매니큐어를 칠해 매끄럽고 윤기 나는 손톱이 희미한 불빛 아래서 산호색이나 복숭아색으로 반짝였다. 예전의 린은 매니큐어에 전혀 관심이 없었는데.

침대를 돌아 반대편으로 가는데 린의 이마 옆쪽에 멍이 든 것이 보였다. 부풀어 오른 멍은 거의 손바닥만큼이나 커 보였다. 린은 고개를 옆으로 살짝 젖힌 채로 손등을 뺨에 대고 자고 있었다. 새끼손가락이 살짝 들려 있었고, 땋아 내린 긴 머리가 조금 풀려 있었다.

린이 잠든 모습, 세상모르고 걱정 없이 편안한 그 얼굴은 예전부터 아무리 봐도 질리지 않았다.

거의 한 시간을 린의 곁에 있었다. 자정이 넘은 시각이었다. 역 근처 호텔에 방을 잡기 위해 자리를 뜨려는데, 간병인이 린 옆에 있는 빈 침대를 써도 된다고 했다. 내일 다른 환자가 올지도 모르니 시트를 갈 수 있게 아침 일찍 비워주기만 하면 된다고.

바스락대는 소리에 행여나 린이 깰까 싶어 복도로 나가 샤워실에서 잠옷으로 갈아입었다. 거울 앞에 서자 창백한 조명 아래 피곤한 얼굴이 보였지만, 적어도 머리 모양만은 괜찮아 보였다. 며칠 전 미용실에서 어깨 길이로 단정히 자르고 희끗해진 머리도 밤색으로 염색을 했는데, 미용사가 색을 꽤나 잘 맞춰주었다. 찬물만 나오는 수도로 세수를 하고 이를 닦은 후 린에게 돌아갔다.

마지막으로 딸과 같은 방에서 잠을 잔 게 언제였던가? 분명 아주 오래전 어딘가로 여행을 갔을 때일 것이다.

린은 6년 전에 고등학교를 졸업했다. 졸업식이 끝난 지 며칠도 채 지나지 않아 스톡홀름행 기차에 올랐고, 거기서 더 북쪽으로 가 스웨덴 라플란드에서 조림 활동을 도왔다. 모든 계획을 스스로 세웠고, 여행 경비도 직접 모았다. 그 후 몇 달간 루마니아의 카르파티아산맥 자락의 조림 현장에서 일을 했다. 그런 다음에는 대학 공부를 시작해 처음에는 프라이부르크에서 공부하다가 나중에는 영국 에든버러에서 1년간 장학금을 받으면서 학사 과정을 마쳤고, 스웨덴 남부의 룬드에서 석사 과정을 졸업했다.

딸이 고등학교를 막 졸업하고 라플란드로 떠났을 때는 알지 못했지만, 돌이켜보니 그때가 바로 린이 집을 떠난 순간이자 하나의 분기점이었다. 나는 최대한 조용히 이불 속으로 몸을 밀어 넣었다. 빳빳하게 다려진 침대보가 피부에 차갑게 닿는 것이 느껴졌다. 고요한 정적 속에서 린의 고른 숨소리가 들려왔다. 여전히 마음은 불안했지만, 이 순간만큼은 참 아름답게 느껴졌다. 지금 딸 곁에 있다는 것, 그리고 내 아이를 볼 수 있다는 것.

다음 날 아침, 6시가 조금 지난 무렵 복도에서 발소리가 들리기 시작했고, 아침 근무가 시작됐구나 싶던 그때 린이 잠에서 깨 놀란 얼굴로 나를 바라보았다. 그 표정이 작은 선물처럼 느껴져 웃음이 터져 나올 뻔했다.

"헐, 엄마 언제부터 있었어?"

"밤새 있었지."

"내가 그렇게 깊이 잤어?"

우리는 둘 다 병원 아침 식사를 받았다. 민트차, 호밀빵, 마가린과 딸기잼, 플레인 요거트가 한 컵씩 나왔다.

머릿속에서 질문이 꼬리를 물고 떠올랐다. 쓰러진 순간이 기억나니? 그 직전에는 어땠어? 요즘 어디 불편한 데는 없었니? 물은 잘 마시고, 밥은 잘 챙겨 먹고? 무슨 고민 있는 건 아니지? 하지만 나는 입을 다물었다. 린이 너무 지쳐 보였기 때문이다.

우리는 옷을 갈아입고 잠시 산책을 나섰다. 린은 금세 피곤해했고, 우리는 병원 뒤뜰 한쪽에 자리를 잡았다. 속으로 생각했다. 부디 혈액검사 수치가 괜찮기를, 나쁜 소식만은 듣지 않기를. 그러다 이내 그 생각을 밀어냈다.

오전이 되어 나는 린이 쓰러졌던 호텔로 짐을 챙기러 갔다. 호텔은 병원에서 10킬로미터쯤 떨어진 숲가에 있어서 버스를 타고 근처까지 간 뒤 나머지는 걸어서 갔다.

린이 발표했던 회의의 주제는 산림 보호와 복원이었다. 린은 반년 전부터 조림이나 산림 복구, 자연 회복 같은 환경 프로젝트의 보조금 지원과 자금 조달을 컨설팅하는 회사에서 일하고 있다.

나는 린이 성장하는 모습을 보며 항상 조용히 놀라고 감탄했다. 친구들이나 지인들이 린의 안부를 묻거나 무슨 일을 하는지 물어올 때면, 자랑하는 것처럼 들리지 않도록 늘 조심했다. 그런 말투는 듣기에 썩 유쾌하지 않았다. 어떤 사람들은 성인이 된 자식 이야기를 하며 그것이 자기 출세나 지위라도 되는 듯 과시하곤 했다. 나는 그렇게 보이고 싶지 않았다.

버스는 말라붙은 분수가 있는 마을 광장에서 멈췄다. 숲으로 난 산책로를 따라 걸었고 연못 하나를 지나쳤다. 따뜻한 햇살이 아침 안개가 아직 조금 남은 공기 속으로 깊이 스며들고 있었다. 급할 것도 없으니 잠시 물가 바위에 앉았다. 잠자리들이 수면 위를 쏜살같이 날아다니다가 공중에 툭 멈춰 서며 빛 속에서 반짝였다.

시골길을 따라 걷자, 고깔 모양의 꽃이 매달린 밤나무 가로수 길이 이어졌고, 그 끝에 호텔이 보였는데, 호텔이라기보다는 작은 성 같았다. 담녹색 외벽 양옆에 작은 탑이 있었고, 입구는 계단으로 되어 있었다. 근처에 세워둔

리무진과 SUV가 잘 도장된 표면으로 햇빛을 반사하고 있었다. 어디선가 웃음소리와 물 튀는 소리가 들려왔다. 누군가 수영장에 뛰어든 모양이었다.

열린 호텔 문을 지나 로비로 들어갔지만 프런트에는 아무도 없었다. 잠시 기다리다 프런트 위에 놓인 황동 벨을 눌렀다. 로비 한가운데에는 둥근 나무탁자가 있었고, 그 위에 놓인 거대한 크리스털 꽃병에 줄기가 굵고 긴 꽃들이 꽂혀 있었다. 실처럼 가는 잎 하나를 떼어 냄새를 맡고서야 그것이 딜이라는 것을 알았다. 딜이 이렇게 크게 자라 아름다운 꽃을 피워낸다는 것을, 우리가 먹는 허브 같은 이파리는 아주 작은 일부에 불과하다는 것을 나는 마흔아홉이 되어서야 알았다. 우리 집에도 정원은 있었지만, 거기에 딜은 없었다.

한참이 지나도 아무도 나타나지 않았다. 나는 잠시 주변을 둘러보기로 했다. 넓고 천장이 높은 복도를 지나자 응접실이 나왔다. 벽은 탁한 파란색과 밝은 회색으로 칠해졌고 어두운 나무마루, 소파와 커튼이 보였다. 구석에는 타일로 된 키가 큰 스웨덴식 난로가 보였다. 벽에는 현대적인 그림들이 걸려 있었고, 피아노 음악이 흘렀다. 나는 빌헬름 함메르쇠이의 그림을 떠올렸다. 열린 문, 텅 빈 탁자와 의자, 회청색 벽, 그 속의 정적까지. 함메르쇠이의 그림 속 사람들은 마치 무언가를 기다리거나, 어떤 사건이나 변화를 준비하는 것 같은 분위기를 풍긴다.

양쪽으로 열린 문 너머에는 홀이 있었다. 의자가 스무 줄쯤 놓였고, 맨 뒤에는 연단이 있었다. 연단에는 폭이 좁은 가죽 의자와 작은 유리 탁자, 강연대가 있었다. 아마 린이 저기서 발표를 했을 것이다. 강연대 옆 바닥에는 검붉은 얼룩이 있었고, 벽에도 여기저기 튄 자국이 흩어져 있었다. 그 자국은 마치 눈에 보이지 않는 모서리라도 있는 듯 어느 한 지점에서 뚝 끊어졌다.

문 여닫는 소리가 들려 돌아보았지만 아무도 없었다. 그런데도 나는 이곳에 있어서는 안 되는 사람인 것처럼 어딘가 들킨 기분이 들었다. 커다란 창 너머로는 정원이 보였다. 말끔하게 손질된 잔디밭 사이로 아직 깎지 않은 풀밭이 섬처럼 남아, 그 위로 들꽃을 피웠다. 나는 테라스 문을 열었다. 경보음이 울릴 수도 있겠다는 생각이 순간 스쳤다. 예전에 어떤 사무실 건물에서 유리문을 열고 옥상 테라스로 나가려다 크고 날카로운 경보음이 울리는 바람에 경비원이 급히 달려온 적이 있었기 때문이다.

밖에서는 직원 한 명이 식기를 정리하고 있었다. 그에게 다가가 프런트로 직원을 불러줄 수 있는지 물었다.

"우리 딸 방 열쇠가 필요해서요. 짐을 챙겨야 하거든요.

딸이 여기서 열린 회의에 참가하느라 묵었어요."

그때 정원에서 다른 직원 한 명이 테라스 쪽으로 걸어왔다. 들고 있는 나무상자 안에는 흙 묻은 래디시와 당근, 부추, 파슬리가 담겨 있었다. 호텔 어딘가에 텃밭이 있는 모양이었다.

사실 차 한 잔을 시켜놓고 느긋하게 앉아 기다릴 수도 있었지만, 마음이 급했다. 다시 프런트로 돌아가 기다리기 시작했다. 잠시 후 다시 벨을 눌렀다. 딜 꽃이 담긴 꽃병 옆, 은색 쟁반에는 얇은 종이에 싼 과자가 있었다. 포장을 뜯어 입에 넣었다. 무화과 젤리가 들어 있는 다크 초콜릿이었고, 예상대로 아주 맛있었다.

다시 벨을 누르고, 과자를 하나 더 집었다. 문득 이 정적이 연출된 장면처럼 느껴졌다. 나는 다른 사람 눈에 보이지 않는 존재이면서, 동시에 나를 지켜보는 누군가가 있는 것 같았다. 함메르쇠이의 고요한 그림 속, 기약 없이 무언가를 기다리는 나를 누군가 몰래 지켜보는 기분이었다.

과자를 세 개째 먹었다. 다시 기다렸다. 과자는 네 개째, 다섯 개째가 되었다. 고개를 들어 천장을 바라보다 다시 벨을 눌렀다. 벨소리가 사그라들었고, 이제는 진짜 누군가 오지 않을까 싶어 정적에 귀를 기울였다. 벨을 한 번 더 눌렀다. 땡, 땡. 아무 일도 일어나지 않았다.

아무도 내 소리를 듣지 못하는 듯했다. 여긴 도대체 뭐 하는 호텔인가? 그러면서도 어쩐지 이 분위기가 나 때문이라는 생각도 들었다. 나는 내가 다른 사람들에게 보이지도, 들리지도 않는 존재가 된 모습을 상상했다. 아무리 말을 걸고, 도움을 청하고, 만져보려 해도 아무 일도 일어나지 않고, 무슨 일이 벌어지고 있는지도 알 수 없는 기분, 절망적이었다. 그런 상상을 하니 갑자기 겁이 나 벨을 다섯 번, 여섯 번, 일곱 번 눌렀다.

그제야 직원 한 명이 나타났다. 직원은 놀라면서도 어딘가 비난하는 눈빛으로 나를 바라보았다. 마치 내가 이 호텔의 평화를 깨뜨리기라도 했다는 것처럼 느껴졌다.

의사는 린에게 일주일간 병가를 써줬다.

"병가 쓰는 동안 엄마 집에 있어도 돼?" 린이 물었다.

혈액검사와 심전도 결과는 모두 정상이었지만, 며칠은 푹 쉬어야 한다고 했다. 나는 검사 결과에 안도했고, 린이 병가 기간을 나와 보내고 싶다고 한 것이 기뻤다.

린은 어두운 분홍색 레깅스에 학교 다닐 때부터 입던 오래된 티셔츠를 입고 여행 가방에 속옷과 세면도구를 차례로 챙겼다. 그리고 옷장에서 반투명한 플라스틱 커버를 꺼냈다. 그 안에는 바지 정장 한 벌과 실크 원피스 두 벌이

들어 있었다. 호텔에서 잠깐 들여다본 적이 있었는데, 모두 세련되고 고급스러운 옷들이었다. 린이 직장에서 입으려고 마련한. 아직은 딸이 그런 옷을 입은 모습이나, 어른이 되어 전문가로 공적인 자리에 나오는 모습이 조금은 낯설다.

머리를 질끈 묶어 올린 린의 얼굴은 야위어 보였다. 턱이며 목, 다리에서 몇 달 사이 살이 많이 빠진 것이 한눈에 보였다. 베를린에서 지내는 동안 분명 달라져 있었다.

이른 오후쯤 우리는 기차를 타고 시내에 도착했다. 차는 도서관 주차장에 세워두었다. 도서관은 내 직장이고, 기차역에서도 멀지 않았다.

시내 중심가를 지나칠 무렵 린이 말했다.

"저기 큰 마트 있는 쇼핑몰 잠깐 들르자. 완전 플렉스하고 싶어."

린은 성큼성큼 발걸음을 옮기며 매대 사이로 카트를 밀었다. 티셔츠와 레깅스 위로 얇은 카디건을 걸쳐서인지 더 키가 크고 말라 보였다. 린을 자세히 살펴보았다. 연약해 보였지만 어딘가 생기가 느껴졌다. 나는 린이 의아한 표정으로 볼 때까지 내가 그렇게 뚫어져라 보고 있는지도 몰랐다.

카트는 금세 가득 찼다. 린은 사워크림 맛 감자칩, 오트밀 쿠키, 민트 초콜릿, 감초를 담았고, 타임과 레몬, 로즈마리와 라즈베리 맛이 섞인 특이한 레모네이드나 펜넬, 파프리카, 가지, 고구마 같은 온갖 채소를 집어 들었다.

계산대 줄에 서 있는데 린의 헤어밴드가 비뚤어진 것이 보였다. 이마에 든 멍을 가리려고 헤어밴드를 조금 내려서 쓴 것이었지만, 그 사이로 울긋불긋한 멍이 드러났다.

"잠깐만."

나는 그렇게 말하며 헤어밴드를 바로잡아 멍이 든 곳이 보이지 않게 가려주었다. 곧바로 내 행동이 잘못되었다는 생각이 들었다. 마치 내가 멍이 드러나는 것을 불편해하고 감추려 하는 것처럼 느껴졌다.

린은 베를린에서 기차를 타기 직전에 작은 상점에서 넓은 헤어밴드를 사서 계산하자마자 곧장 착용한 참이었다.

"사람들이 궁금해하고 불쌍하다는 눈으로 쳐다보는 거 진짜 짜증 나."

무슨 말인지 알 것 같았다. 분명 보기에 불편한 모습이긴 했다. 얼굴에 난 푸른 멍은 보는 이로 하여금 여러 질문을 떠올리게 했고, 그중에는 폭력과 관련된 것도 있을지 몰랐다. 심지어 넘어져서 생긴 상처라는 것을 알고 있는 나조차 린의 이마를 바라볼 때마다 마음이 무거워졌으니 말이다. 사람 얼굴에 난 멍 자국은 그 사람이 얼마나 연약한 존재인지 드러내는 증거였다.

계산대 위에는 일주일은 먹고도 남을 식료품이 놓였다. 어찌나 풍성한지 잔치라도 하는 것처럼 보였다. 축제를 준비하거나, 휴가지에 막 도착해 숙소를 빌린 뒤 잔뜩 장을 보며 휴가를 시작할 때와 비슷한 기분이었다.

계산원이 바코드를 찍는 동안 나는 지금 내 통장 잔고로 이 금액을 감당할 수 있을지 어림잡아 계산하고 있었다. 5월 23일, 아직 월급 전이었고 자동차 수리비 할부도 내고 있어 특히나 아끼던 참이었다.

"120유로 57센트입니다."

"내가 낼게."

린이 장 본 물건을 담을 빈 상자를 두 개 가져와 계산대 옆에 내려놓으며 말했다. 나는 손사래를 쳤지만 린은 곧바로 지갑에서 카드를 꺼내 단말기에 가져다 댔다. 색색의 가죽으로 된 카드 지갑이 영수증으로 불룩했다.

예전부터 우리 집 형편은 빠듯할 때가 많았고, 어느 순간부터는 린에게 더 이상 숨길 수가 없었다. 시간이 지나면서 린은 자연스럽게 알게 되었다. 왜 매달 18일이나 19일쯤이면 삶은 감자와 팬케이크만 번갈아 먹는지, 겨울 점퍼나 새 스니커즈 같은 건 왜 늘 다음으로 미뤄지는지.

반년 전쯤 내가 베를린에서 린의 이사를 도와주었을 때, 린은 나를 한 레스토랑에 데려갔다. 린이 예약까지 해둔 곳이었다. 야생초 샐러드, 펜넬 리소토, 버터밀크를 넣은 동글동글한 빵에 산딸기를 곁들인 디저트가 나왔다. 나는 메뉴판에 적힌 가격을 보고 놀랐고, 린은 자기가 사겠다며 고집을 부렸다. 첫 월급을 받았다고 했다. 경제적 독립의 기쁨, 어른의 삶으로 발을 들여놓는 첫 순간. 린이 자랑스럽고 뿌듯해하는 게 눈에 보였다. 나 역시 기뻤지만 마음 한편으로는 어쩐지 서글펐고, 심지어 조금 부끄럽기까지 했다. 자식이 밥값을 내게 하다니, 그래선 안 되는데.

우리는 국도를 따라 달렸다. 옥수수밭과 유채꽃밭이 펼쳐졌고, 도랑에는 갈대가 무성했다. 린은 제방과 항구 쪽으로 돌아서 가자고 했다. 예전에는 둘이서 자전거를 타고 작은 항구까지 나가곤 했다. 린은 처음에는 핸들 앞에 작은 바구니가 달린 빨간 어린이용 자전거를 탔고, 나중에는 산악용 자전거를 탔다. 가끔은 가는 길에 있는 여관에서 얇게 썬 감자로 만든 감자볶음에 계란프라이를 곁들이고, 디저트로 휘핑크림을 얹은 레몬크림을 먹기도 했다. 가을이면 린이 직접 만든 연을 날렸다. 줄은 엉키고 바람은 거센 와중에 뼈대에 붙인 종잇장을 하늘에 띄우려 애쓰는 일이 답답할 때도 많았다. 나는 온 힘을 짜내 린과 함께 제방을 뛰어 내려갔고, 린이 실망하지 않도록 연이 잠깐이라도 떠오를 때까지 몇 번이고 다시 시도했다. 그럴 때면 늘 요한이 생각났다. 요한이었다면 이런 일쯤은 거뜬히 해냈을 것이다. 바람을 다루는 본능적인 감각이 있었을 것이다. 요한은, 늘 입던 낡은 청바지에 노르딕 스웨터, 오래된 스니커즈 차림으로 린과 풀밭을 달렸을 것이다.

우리는 항구에 차를 세웠다. 바다에는 물이 많이 빠져 있었다. 린은 사진을 한 장 찍고는 휴대전화를 두드렸다. 누군가에게 사진을 보내는 듯했다. 근처 여관에서 식사를 할까 물었지만 린이 배가 고프지 않다며 그냥 출발하자고 했다.

국도의 끝자락에는 키 큰 나무들이 가로수처럼 줄지어 있었고, 그 아래에 십자가 세 개가 세워져 있었다. 두 개는 10년도 넘었고, 하나는 아직 1년이 채 되지 않았다. 파티를 다녀오던 젊은이들이 운전 중 사고를 당한 것이었다. 예전에는 린이 혹시라도 술에 취한 친구의 차를 탈까 봐 늘 걱정했었다.

덤불 너머로는 갈대 지붕 집이 움츠리듯 낮게 흩어져 있었는데 대부분 주말 별장이었다. 우리는 철길을 지나 마을로 들어섰다. 낮은 옛집들이 모인 작은 중심가를 거쳐 선술집과 교회, 마을 회관을 끼고 모퉁이를 돌자 넓은 들판이 펼쳐졌다. 우리가 사는 거리가 눈에 들어왔다.

집으로 들어가는 진입로에 차를 세웠다. 얼마 전부터 차고 문이 열리지 않았다. 어딘가 끼어서 열리지 않는 것 같았는데, 아직 손을 보지 않았다. 린이 차에서 내리며 기지개를 켰다. 나는 린의 시선을 따라갔다. 문 옆에 먼지 쌓인 고무장화, 정원에 가져다 놓으려 했지만 거의 1년째 방치 중인 흙 포대에 이어 시선은 지붕 위로 이어졌다. 기와에는 이끼가 끼어 있었고, 빗물받이 홈통이 기울어져 그 안에 겨우내 쌓인 낙엽이 썩어가고 있었다. 지붕에도 손볼 곳이 많았다.

"우리에게도 드디어 이웃이 생겼어. 네 또래인데, 친구들끼리 같이 사는 것 같더라." 옆집을 눈짓하며 말했다.

요즘 이 근처에 새로 터를 잡은 젊은 가족들이 종종 있기는 했다. 땅을 사서 집을 짓고, 킬이나 노이뮌슈터에 있는 회사로 출퇴근하는 것이었다. 하지만 대학생 또래의 젊은이들이, 그것도 셋이나 마을 끝자락의 낡은 집에 함께 사는 것은 마을 사람들의 눈길을 끄는 일이었다.

현관문을 열며 린이 어질러진 집을 보게 되겠다는 생각을 했다. 정원도 방치한 지 오래였다. 가지치기나 화단 가꾸는 일을 혼자서 전부 하는 것에 때로는 지쳤다. 얼마 전부터는 이 집에서 계속 살 수 있을지 고민하기도 했다. 나 혼자, 이 집에서 사는 것에 대해. 집에 애착이 없는 것은 아니었다. 하지만 이 집은 늘 무언가를 요구했다. 몇 주 전에 부동산 중개인에게 연락을 했는데, 집을 둘러보더니 난방장치와 이중창을 바꾸는 게 좋겠다고, 그러지 않으면 괜찮은 가격을 받기 어려울 거라고 말했다. 오래된 집을 사려는 사람이 줄어든 데다 요즘 사람들은 나무마루나 과일나무가 있는 정원보다 에너지 비용을 더 중요하게 여긴다고 했다.

"뒷마당에 네 목련이 올해 유난히 예쁘더라."

그 나무는 우리가 이 집으로 이사 왔을 때 요한과 심은 것이었다. 이 나무는 린의 나무라고, 린과 함께 자랄 거라고 그렇게 정했다. 쌀쌀한 날씨에 몇 시간이고 정원에서 일하다 뜨거운 얼그레이차를 마셨다. 요한은 손가락이 없는 뜨개 장갑을 끼고 있었는데, 학창 시절 가정 시간에 남는 실로 직접 짠 것이었다. 갈색이 도는 주황색에 짙은 녹색이 섞인, 참 못생긴 장갑이어서 나는 그걸로 요한을 놀리곤 했다. 차를 마시는 우리의 입김이 찬 공기 속에 머물렀고, 정원에는 어둠이 깔리고 있었다.

린이 장 본 물건을 정리하는 동안, 나는 린의 방 창문을 열어 환기를 시키고 침대 시트를 새로 깔았다. 욕실은 급하게 세면대와 욕조만 세제로 닦고, 다 쓴 수건 더미를 세탁기에 구겨 넣은 뒤 작동 버튼을 눌렀다.

린이 집을 떠난 이후로 그 방은 그대로 두었다. 특별히 손댈 이유도 없었고, 거실과 식사 공간, 부엌, 2층 침실, 증축한 다락방, 바깥에 베란다까지 있는 이 집은 나 혼자 살기에 이미 충분히 넓었다. 린이 방학이나 크리스마스에 집에 왔을 때 익숙한 자기 방이 그대로 있으면 좋겠다는 생각도 했다. 그 방에는 이케아에서 산 폭이 140센티미터인 하얀 침대와 린이 대입 시험공부를 하던 소박한 원목 책상과 그 아래 서랍이 달린 작은 수납장이 창문 앞에 놓였고, 내 고모할머니가 쓰던 오래된 나무옷장이 있었다. 고모할머니는 우리가 이 집으로 이사를 오기 전에 40년 넘게 여기서 살았다. 그러다 언젠가부터 낮에도 잠옷 차림으로 한겨울 눈과 얼음장 같은 칼바람 속을 맨발로 돌아다니기 시작했다. 할머니의 동생이 요양원 자리를 알아봐주었고, 마침 할머니 이웃도 먼저 들어가 살던 그 요양원으로 들어갔다.

린은 침대 옆에 가방을 내려놓고 말했다.

"엄마, 나 잠깐 누워 있을게."

“또 어지러워?”

“아니, 그냥 좀 피곤해서.”

린은 입고 있던 카디건을 벗어두고 블라인드를 내렸다. 방은 한밤중처럼 어두워졌고, 린은 이불 속으로 들어가 몸을 말고 누웠다.

나는 아래층으로 내려가 보를 데리고 오려고 옆집 초인종을 눌렀다. 이번에는 남자가 나왔는데, 뭔가 하던 중이었는지 바빠 보였다. 어두운 셔츠에는 페인트 얼룩이 군데군데 묻었고, 손에도 물감이 묻어 있었다. 바지는 요한이 예전에 입던 것과 비슷한, 통 넓고 헐렁한 청바지였다. 보는 그 옆으로 얼굴을 내밀고 헥헥거리면서도 따라 나올 기색은 없었다. 이 집에서 제법 잘 지낸 모양이었다.

나는 마트 빵집에서 산 레몬케이크를 꺼내 건넸다.

“우리 보를 잘 봐줘서 고마워요.”

“와, 감사해요.”

남자는 정말 놀란 것 같았고, 살짝 쑥스럽다는 듯 웃더니 보를 가리키며 말했다.

“보는 저희 집에 계속 있어도 돼요. 아니면 정원에 있어도 되고요. 진짜 하나도 안 불편해요. 저희야 오히려 좋죠.”

“네, 고마워요. 혹시 뭐 필요한 거 있으면 언제든지 우리 집 벨 눌러주세요.”

웃으며 답했지만, 그건 진심이 아니었다. 언제부터인가 누군가 예고 없이 찾아오는 일이 점점 불편해졌다. 집을 치우고, 먹고 난 그릇을 부엌으로 가져가고, 바닥에 난 흙 묻은 발자국을 닦고, 신문을 내놓고, 세탁기를 돌리는 것 같은 사소한 집안일조차 도무지 할 마음이 들지 않는 때가 있었다. 일을 하지 않는 날이면 샤워를 하러 욕실에 들어가고, 깨끗한 셔츠와 청바지로 갈아입는 일조차 벅찼다. 하루 종일 잠옷 차림으로 집 안을 돌아다니고, 겨드랑이에서 나는 냄새에 스스로도 불쾌감을 느꼈다. 그러다가도 문득, 앞으로 내 삶은 어떻게 되는 걸까, 하는 생각에 빠지곤 했다. 상태가 특히 심한 날이면 대낮부터 침대에 드러누웠다. 그런다고 기분이 조금도 나아지지 않는다는 걸 알면서도. 깊이 잠들었다가도 덮쳐오는 불안감에 깨기 일쑤였다. 산길에서 길을 잃었는데 모두가 떠나 홀로 남겨진 듯한, 내 운명이 이미 정해져 있을 것만 같은 불안감을 느꼈다.

그러니 나는 대체로 갑작스러운 방문객을 맞을 상태가 아니었다. 하지만 필요한 게 있으면 언제든 찾아오라는 말은 친절한 이웃이라면 으레 할 법한 말이니까.

린이 집에 있다는 사실이 내게 새로운 활력을 주었다. 나는 거실 마룻바닥을 닦고, 소파 쿠션과 담요의 먼지를 털고, 여기저기 흩어진 찻잔과 빈 요거트 통을 치우고 식기세척기를 돌렸다. 베란다 바닥을 쓸고는 의자 쿠션 먼지도 털었다. 감자 껍질을 벗겨둔 뒤 샐러드 채소를 씻었다. 그동안 린은 계속 자고 있었다.

린은 그날 저녁부터 밤새도록 잤고, 다음 날 아침 내가 출근할 때도 보이지 않았다. 나는 도서관으로 출근했고, 점심 무렵 린에게 메시지를 보냈지만 린은 읽지 않았다. 오후에 다시 메시지를 보내봐도 마찬가지였다. 점점 불안해져 평소보다 조금 일찍 퇴근해야겠다고 생각하던 참에 메시지 옆에 붙어 있는 회색 체크 표시가 드디어 파란색으로 바뀌었다. 곧이어 린에게 답장이 왔다.

—나 잘 있어♥♥

그 후 며칠은 비슷하게 흘러갔다. 아침이면 나는 도서관으로 출근하고, 린은 10대처럼 낮까지 자다가 저녁이 되면 같이 요리하고 식사를 했다. 어느 날 퇴근해 돌아오니 린이 거실 바닥에 앉아 있었다. 주변에는 공책이며 파일, 종이 들이 흩어져 있었다. 린은 레깅스에다 내 옷장에서 꺼낸 스웨트셔츠를 입고 있었고, 머리칼은 정수리쯤에서 크게 틀어 올려 고개를 움직일 때마다 살짝 흔들렸다.

린은 지하실에서 박스 두 개를 꺼내와 펼쳐두었다. 그 안에는 링 바인더, 학교 공책, 린이 어릴 때 그린 스케치나 수채화 그림이 들어 있었고, 그중 많은 것은 내가 파일에 정리해두었던 것이었다.

정원 쪽 문이 열려 있었다. 비 냄새가 났다. 보는 베란다에 엎드려 앞발 사이에 고개를 파묻고는 느긋하게 우리를 바라보고 있었다. 밖에서 사람들 목소리와 음악 소리가 들려왔다. 90년대 인디 음악이었는데, 따라 부를 만큼 익숙한 노래였지만 밴드 이름은 기억나지 않았다. 옷차림뿐만 아니라 음악도 그 시절 것을 듣는구나, 하고 생각했다.

나는 린 옆에 무릎을 꿇고 앉아 수채화 그림을 들여다보았다. 짙푸른 바닷속에 조그마한 형체들이 떠다니고 있었다. 나는 그것들이 물고기인지, 아니면 상상 속의 존재들인지 물었다.

린은 어릴 때 그림을 정말 많이 그렸는데, 한동안은 물 그림만 그리던 시기가 있었다. 파란색, 초록색, 검은색 물감이 금세 닳아서 늘 새로 사다 줘야 했다. 린은 거의 집착에 가까울 만큼 어두운 물속만을 그려댔다. 린에게는 무언가에 한번 빠지면 꽤 오래 몰두하는 면이 있다. 오디오북 하나를 며칠이고 반복해 틀어대서 나까지 대사나 목소리 톤, 노래를 외우게 된 적도 있었다. 좋아하는 스웨터가 있으면 매일 그것만 입었고, 빨래를 하려고 들면 떼를 쓰는 통에 내일 아침까지 꼭 말려놓겠다고 약속해야 했다. 자기 전에 읽어주는 책도 매일 같은 걸 들고 왔다. 린은 그런 반복에서 안정감을 느끼는 아이였다.

"그거 아마 시체일걸." 린이 말했다.

"뭐라고?" 무슨 말인지 몰라서 물은 것은 아니었다.

린은 이 그림을 초등학교 5학년이나 6학년 때쯤 그린 거라고 했다. 그 무렵 국어 선생님이 바닷속에 가라앉은 도시에 대한 릴리엔크론*의 시를 읽어주었다는 것이다. 북해의 아틀란티스라 불리던 전설 속 도시였다. 큰 항구가 있고 무역이 번성했지만, 600년도 더 지난 어느 날 밤 거대한 해일이 덮쳐 단 하룻밤 사이에 도시 전체를 바닷속으로 삼켜버렸다는 이야기였다.

나도 아는 시였다. 이 지역에 오래 살았거나 이곳에서 자란 사람이라면 거의 누구나 알았다. 운율이 단순해서 일부러 외우려 하지 않아도 자연스레 머리에 남는 시였다.

---

* 독일 시인 데틀레프 폰 릴리엔크론Detlev von Liliencron으로, 1844년 북독일에서 태어난 인상주의 서정시인을 말한다.

격앙되고 거친 파도는 지금도 몰아치네,
그 옛날 갯벌을 쓸어버리던 때처럼.

도서관에도 릴리엔크론의 시를 찾는 사람들이 꾸준히 있고, 갯벌 속에서 사라진 도시의 흔적을 더 자세히 알아내려는 연구도 계속되고 있었다. 그러다 가끔 진짜로 그 흔적이 발견되기도 했다. 갯골에서 토기 조각이나 벽돌 파편이 흘러나오기도 하고, 중세 사람들이 겨울철 얼어붙은 갯벌을 건너기 위해 신발 밑에 붙였던 동물 뼈를 갈아 만든 스케이트 날 같은 것을 줍는 사람도 있었다.

"이건 바다에 휩쓸린 아이들을 그린 거야."

"학교에서 그 시를 배우고 그린 거야?"

린은 그때는 시를 다 이해하지 못했지만, 홍수라는 재앙이 닥치고, 그것이 곧 인간의 죄에 대한 형벌이라는 이미지만큼은 머릿속에 선명하게 남았다고 했다.

바닷속 한가운데, 여전히 잠들어 있는
괴물이 있네, 깊은 심연 속에.

그때 린은 북해의 파도가 한밤중에 예고도 없이 창문과 문틈 사이로 들이닥쳐, 아이들을 침대에서 그대로 휩쓸어가는 장면을 상상했다고 했다.

"선생님이 그런 시를 너희에게 읽어준 건 좋은 생각은 아니었던 것 같네. 그런 이야기를 듣기에는 너무 어린 나이였잖니."

단 한 번의 비명, 도시는 가라앉았고,
수십만 명이 물에 빠져 죽었다.

선생님 이름이 기억나냐고 묻자, 린이 웃으며 답했다.
"왜, 다음 학부모 회의 때 항의라도 하게?"
그림 중 하나는 사이즈가 A2나 A1쯤 되는 커다란 전지에 그린 것이었는데, 마치 지도처럼 보였다. 집과 나무, 말과 양, 자동차와 사람들을 비롯해 형형색색의 기호들이 가득했다. 나는 해안선을 보고서야 그것이 우리가 사는 반도를 그린 것임을 알았다. 그림 가운데에는 우리 집이 있는 작은 마을도 있었다.
"여기 우리 동네네." 내가 그 부분을 가리키며 말했다.
"그리고 이건 우리 집. 초등학교, 슈퍼, 축구장, 저기에 승마장도 있어."
"이 위에는 시내가 있고."
거기에는 내가 20년 넘게 일하고 있는 도서관과 린이

다녔던 고등학교가 있었다. 그림 속 기호들은 하나하나 정성껏 그려졌고 색이 칠해져 있었다. 린의 어린 시절, 우리가 함께 보낸 일상이 좌표처럼 그곳에 남아 있었다.

그림 속 반도는 옅은 파란색으로 넓게 덮여 있었다. 마치 수채화 물통을 엎질러 푸른 물이 종이 전체에 번진 것처럼 보였다.

"지도네." 내가 말했다.

"기후 변화 지도야."

"그래?"

린은 당시에 세계지도를 애니메이션으로 보여주는 인터넷 사이트에서 이 지역을 찾아 50년, 100년, 150년 뒤에 어느 곳이 물에 잠길지 계산해 보았다고 했다.

파란 물이 넘실대며 육지로 밀려오는 모습이 머릿속에 그려졌다. 가라앉는다.

"애니메이션으로 보여주는 게 뭐야?"

그때 정원 쪽에서 날카로운 비명이 들려 나는 몸을 움찔했다. 보가 무슨 사고라도 냈나 싶었지만, 곧 커다란 웃음소리가 들려왔다.

"엄마도 아는 거야. 인터랙티브 그래픽 있잖아. 왜, 해수면 상승이 지역에 얼마나 영향을 미치는지 보여주는 그림 같은 거. 한 번 클릭하면 해수면이 1미터 높아졌을 때 지도가 나오고, 또 클릭하면 5미터, 10미터씩 올라가. 그러면 50년, 100년, 200년 뒤에 이 지역에 뭐가 남는지도 볼 수 있지. 미래를 전부 볼 수 있는 거야.”

“그런 지도는 어떻게 찾은 건데?”

문득 내 말투가 린이 그 당시에 하면 안 되는 일, 이를테면 몰래 TV로 〈스크림〉이나 〈미제 사건 X 파일〉 같은 걸 보기라도 했다는 것처럼 들린다는 생각이 들었다.

“내셔널지오그래픽이나 나사 웹사이트에 그런 해수면 지도가 올라와 있거든. 거기서 봤어.”

보가 짖기 시작했다. 누군가 손뼉을 치며 부르자 흥분해서 계속 짖었다. 잠깐 일어나서 살펴볼까도 싶었지만, 지금 이 대화를 끊고 싶지 않았다. 옆집 사람들은 하루 종일 집에 틀어박혀 정원에서 음악을 듣고 노는 것 같았다. 도대체 일도 안 하고, 학교도 안 가나? 괜히 짜증이 났다.

해수면 상승 지도. 그런 말은 처음 들었다.

그림 아래에는 날짜와 함께 2010년이라고 적혀 있었다. 나는 그때 린이 몇 살이었는지 계산했다. 열한 살, 많아야 열두 살이었다. 아직 자신의 컴퓨터도 없을 때였다. 학교 숙제 때문에 자료를 찾거나 유튜브 영상을 볼 때면 내 컴퓨터를 써야 했고, 보통은 내가 옆에 같이 있었다. 린은 주로 자연 다큐멘터리나 만화, 청소년 프로그램을 봤다. 가

끔은 검색 기록을 확인하기도 했는데, 내셔널지오그래픽
이나 나사 같은 사이트가 눈에 띈 적은 없었다. 설령 그런
기록이 있었다고 해도, 린이 지리나 과학에 관심을 보인
다고 반가워했을 테지, 해수면 상승 자료를 일부러 찾아
보고 있으리라고는 상상도 못 했을 것이다.

린은 그림들을 가지런히 정리해 다시 파일에 넣었다.
내가 여전히 놀란 표정을 하고 있었는지, 린이 나를 보며
물었다.

"엄마, 그런 그래픽 진짜 몰라? 요즘에는 다들 그거 봐.
자기가 좋아하는 휴양지 섬이 50년 뒤에도 있을지, 방조
제 뒤에 싸게 나온 집을 사도 될지, 아니면 반대로 집값이
떨어지기 전에 얼른 팔아야 할지 그런 것도 본다니까."

린은 프랑스에서는 요즘 부동산 사이트에 아예 가뭄이
나 산불, 홍수 같은 자연재해 위험을 확인할 수 있는 링크
를 붙인다고도 했다.

나는 그저 고개만 끄덕였다. 머릿속에서는 다락방 컴퓨
터 앞에 앉아 움직이는 지도를 보며 이 집이 몇십 년 뒤 혹
은 몇백 년 뒤 물에 잠기게 될지 계산해보는 열한 살짜리
와, 그걸 꿈에도 모르는 내가 나란히 떠올랐다.

다음 날 아침, 지하실에 오랫동안 쌓아두었던 상자들을

들여다보았다. 장난감, 그림책, 아이 옷들, 그리고 내 청소년기와 대학 시절의 물건들을 모아놓은 것이었다. 나는 물건을 정리하거나 버리는 데 서툴렀다. 린이 아주 어릴 때 쓰던 물건들은 거의 다 간직하고 있었고, 우리, 그러니까 요한과 린과 내가 이 집에 처음 이사를 왔을 때 쓰던 물건도 대부분 그대로 두었다. 상자들 속에는 지난 세월이 고스란히 담겨 있었다. 오랫동안 손대지 않은 것들이 정말 많았다.

요한과 나는 대학 시절 처음 만났다. 한 강사의 사무실 앞 복도에서였는데, 그날 강사가 끝내 나타나지 않아 헛걸음을 했다. 그때 요한이 내 맞은편에 앉아 있었고, 교수들에 대한 우스운 이야기를 늘어놓으며 나를 웃게 했다. 종일 어둡던 11월의 어느 날이었다. 우리는 학생 식당으로 가 감자전에 사과 소스를 얹어 먹었고, 요한은 내가 살던 기숙사까지 나를 바래다주었다. 그러고는 다음 날 다시 만날 수 있겠느냐고 물었다. 우리는 처음부터 통하는 데가 있었다. 그것 말고는 달리 설명할 길이 없다. 서로에게서 편안함을 느꼈고, 네다섯 번쯤 만났을 때 요한이 나를 바라보며 말했다. "우리 사귈래?" 자기는 확신한다고, 몇 주 동안 괜히 아닌 척하고 싶지 않다고 했다. 그건 내게는 새로운 경험이었다. 대부분의 사람들은 애매모호한 관계를 가능한 한 오래 끌려고 했고, 감정을 확실하게 인정하는 경우는 아주 드물었다. 다른 부분에서도 우리는 닮은 데가 많았다. 둘 다 부모님 집에 가는 걸 좋아하지 않았고, 되도록 피하려고 했다. 우리 부모님은 이혼하셨고, 아버지는 플렌스부르크 북쪽의 작은 아파트에 혼자 살고 있었다. 내가 어릴 적 살았던 슐레스비히 근처의 단독주택은 이미 은행에 넘어간 지 오래였다. 그 집은 애초에 껍데기에 불과했다. 부모님에게는 빚이 많았고, 나는 10대가 되어서야 그 사실을 알았다. 요한의 부모님은 피오르드가 내려다보이는 글뤽스부르크의 단독주택에 살았지만, 그 집에는 늘 차갑고 엄격한 분위기가 감돌았다. 우리는 그런 불편함에서 공통점을 느꼈다. 부모님과는 최대한 거리를 두고, 우리만의 가족을 만들고 싶었다.

우리가 이 집으로 이사 온 건 린이 세 살쯤 되었을 때였다. 고모할머니가 요양원에 들어가면서 집이 비게 되어서였다. 이 집은 이 거리의 다른 집들과 마찬가지로 1950년대 중반에 지어진 작은 단독주택이었다. 가족 중 누구도 이 집에 관심을 두지 않았기에 당분간 팔 일도 없는 집이었다. 요한과 나는 이 집을 빌리면 좋겠다고 생각했고, 고모할머니의 동생과 상의해 그렇게 하기로 결정했다.

우리는 몇몇 친구와 함께 집을 고쳤다. 나무바닥을 갈

아내고, 방마다 벽을 환하게 칠하고, 부엌도 새로 들였다. 그 여름 우리는 정원에 텐트를 치고 그 안에서 잠을 잤고, 저녁이면 함께 바비큐를 했다. 요한에게는 주변 사람을 물들이는 에너지와 경쾌함이 있었다. 지금 돌아보면, 그 시절이 내 인생에서 가장 아름다운 시절이었다.

집은 약간 높은 곳에 있었는데, 아래로는 경사진 정원이 길게 뻗어 있었다. 요한은 건축가인 친구의 아버지와 함께 작은 테라스를 지붕 달린 넓은 베란다로 개조했다. 거기에 누울 수 있을 만큼 넉넉한 소파를 들여놓고 알록달록하고 두툼한 방석을 맞춰 넣었다. 천장에는 모기장도 달았다. 첫해 여름, 우리 셋은 가끔 베란다 모기장 아래 함께 누워 잠들곤 했다. 그럴 때면 손전등을 챙겨 가 린에게 책 몇 권을 읽어주었다. 모기와 나방이 밤새 모기장 주변을 맴돌았다. 나는 가끔 깊은 밤에 깨어 짙은 어둠이 깔린 정원을 바라보며 고요함 속에서 바스락대는 나뭇잎 소리나 요한과 린의 숨소리를 들었다. 몇 달 뒤 첫눈이 내렸을 때는 어린이용 썰매와 비닐 포대를 타고 언덕 같은 정원을 미끄러져 내려가곤 했다.

여름, 겨울, 여름, 겨울.

나는 도서관에 자리를 얻었고, 린은 마을 유치원에 다니기 시작했다. 오후에는 나와 요한이 번갈아가며 린을 돌봤다.

2월 말, 우리는 긴 겨울 끝자락에 지쳐 있었다. 낮에도 흐린 하늘과 차가운 바람, 한 사람이 낫기 무섭게 다른 사람이 앓는 연쇄적인 감기 탓이었다. 어느 날 아침, 잠에서 깬 요한은 고열과 함께 심한 독감에 걸려 있었다. 계단을 오를 수 있을 만큼 회복되기까지 아흐레나 열흘쯤이나 걸릴 만큼 약해진 상태였다. 그동안 나는 며칠 간격으로 계속 닭고기수프를 끓였고, 나중에는 닭과 향신료 냄새만 맡아도 속이 울렁거릴 정도였다. 마침내 요한은 회복했고, 박사논문을 쓰면서 킬 대학 정치학과에서 시간 강사로 일주일에 두 번, 가끔은 세 번을 기차로 통근했다.

요한은 다시 조깅을 시작했다. 처음에는 짧은 거리부터 달리더니 곧 예전만큼 달리게 되었다. 하지만 독감을 앓은 후로 달라진 점이 하나 있었다. 요한은 커피를 마시면 심장이 '춤을 춘다'고 어깨를 으쓱이며 웃었다. 요한의 몸 상태는 괜찮아 보였기에 우리는 대수롭지 않게 여겼다.

그러던 어느 날 아침, 요한이 평소보다 훨씬 늦도록 돌아오지 않았다. 전화를 걸었지만 휴대전화는 현관 옆 콘솔에서 진동만 울리고 있었다. 처음에는 평소와 다른 길로 달리나 보다 생각했다. 린은 주방 식탁에 앉아서 초콜릿 뮤즐리를 먹고 있었다. 나는 평소처럼 린을 유치원에 데려다주고, 집으로 돌아오는 길에 요한이 최근에 아마씨를 먹고 싶다고 했던 게 떠올라 빵집에서 아마씨가 든 통밀빵을 샀다.

현관문을 열면서 현관에 요한의 운동화가 놓여 있기를, 주방 식탁에 앉아 아침을 먹고 있거나 위층 욕실에서 샤워하는 물소리가 들리기를 바랐다. 하지만 식탁에는 린이 남긴 뮤즐리가 불어 있고, 그 옆에 내가 차려둔 접시는 손대지 않은 그대로였다.

나는 차고에서 자전거를 꺼내 요한이 평소에 달리던 길을 따라 달렸다. 길이 굽어질 때마다 이번에는 분명 요한을 마주치리라 생각했다. 그날 아침 공기는 차가웠고, 나는 셔츠 위에 겉옷을 걸치는 것조차 잊은 상태였다.

얼마나 달렸을까. 국도 옆 모래 길에 누군가 쓰러져 있는 것이 보였다. 특이하게도, 그 남자는 요한과 비슷한 붉은색 점퍼를 입고 있었다. 우연치고는 묘하게도, 파란색 조깅용 바지까지 요한과 똑같았다. 정말 이상하게도, 밝은 줄무늬가 들어간 아디다스 운동화마저. 사실 그 남자가 요한이라는 건 당연히 한눈에 알았다. 하지만 내 안의 무언가가 그 생각을 받아들이기를 거부했고, 사실을 인정하지 않으려 했다.

자전거는 풀밭 위로 쓰러졌고, 나는 요한의 목과 손목

에서 맥박을 확인하려 애썼다. 곧바로 응급 전화를 걸고, 응급처치 교육에서 배운 대로 심폐소생술을 시작했다. 계속, 쉬지 않고, 비지스 노래 리듬에 맞춰서, 하 하 하 하 스테잉 얼라이브, 스테잉 얼라이브. 그때는 도서관 팀 모두와 웃으며 따라 하던 박자였다. 지금 나는 그 리듬에 매달려, 모든 것을 의지한 채 계속해서 손을 눌렀다.

멀리서 헬리콥터 소리가 들려왔다. 헬리콥터가 요란한 굉음을 내며 도로에 착륙했고, 누군가 나와 교통을 통제했다. 차들이 멈춰 섰고, 호기심에 차에서 내리는 사람도 있었다. 그 광경이 지금도 눈앞에 선하다. 모든 게 마치 연습한 것처럼 빠르면서도 소란스럽지 않게 진행됐다. 장비 상자와 가방이 열리고, 요한의 운동복 점퍼와 티셔츠가 가위에 잘려나갔다. 지시, 조치, 장비, 케이블, 제세동기. 곧 구급차도 도착했고, 더 많은 사람이 몰려들었다. 다시 지시, 조치. 그 모든 것의 중심에서 요한의 얼굴만이 모든 것과 동떨어진 듯, 미동도 없이 조용하고 편안했다.

그러다 갑자기, 한순간에 모든 움직임이 멈췄다. 더 이상 아무런 지시도, 조치도 없었고, 장비들이 다시 가방 속으로 들어갔다. 구조 작업이 끝났고, 헬리콥터가 다시 떠올랐다. 구급대원 한 명이 나에게 병원까지 같이 가겠느냐고 물었다. 나는 안 된다고, 집으로 가야 한다고 말했다.

이웃이 나를 도와줄 거고, 내 엄마도 오실 수 있을 거라고. 구급대원은 언제든 연락하라며 비상 연락처를 건네고 떠났다. 곧 장례 차량이 도착했다. 나는 사람들이 요한을 옮기는 모습을 보지 않았다. 차는 다시 떠났고, 내 앞 땅바닥에는 구겨진 일회용 장갑과 빈 주사기 포장지가 흩어져 있었다.

아, 그렇구나. 구조 현장을 정리하는 사람은 따로 없구나, 나는 생각했다. 그리고 그 흔적을 치우는 것이 내 책임이라는 이상한 의무감을 느꼈다. 그건 나, 그리고 내 가족의 흔적이었으니까.

나는 시계를 보았고, 그 순간 이런 생각이 스쳤다.

오후 3시에 린을 유치원에 데리러 가야 해. 그때까지 남은 시간은 다섯 시간, 적어도 그 다섯 시간은 린에게 아무 일도 없을 거야.

가끔은 다락방에 앉아 컴퓨터로 도서관이나 기록 보관소의 채용 공고를 들여다보았다. 몇몇 포털에는 이미 몇 해 전부터 자동 검색어를 저장해두었다.

도서관장(남/여/기타), 함부르크대학교 독문학 연구소(전일제, 주 39시간)

채용 공고는 대학이나 시립 도서관, 재단, 전국 각지의 지역 기록 보관소에서 올라온다. 지역은 아우크스부르크, 켐니츠, 뮌스터, 플렌스부르크까지 제각각이지만, 나는 검색 범위를 좁히지 않았다.

하지만 아직 지원서를 낸 적은 한 번도 없었다. 이제 어쩌면 내 지원서는 곧바로 걸러질지도 모른다는 생각이 들었다. 곧 쉰이 되는, 소도시 시립 도서관의 부관장이 누군가의 눈에 뜰 리 없을 테니까. 그래도 관심이 가는 채용 공고를 발견하면 상상해보곤 했다. 새로운 일, 새로운 동네, 내가 맡게 될 일들, 그리고 그곳에서 내가 어떤 사람이 되어 있을지를.

이제는 20년도 더 지난 그 무렵, 시립 도서관에서 파트타임 일을 처음 구했을 때만 해도 여기를 그저 잠시 머무는 정거장이라고 생각했다. 요한이 박사논문을 끝낼 때까지, 어쩌면 아이를 더 낳을 때까지만 일하다가, 그다음에는 우리가 어디에서 살고 어떤 미래를 꾸려갈지 함께 고민하게 될 거라고 여겼다. 대학 시절에 내가 가장 꿈꿨던 일은 새로운 도서관을 구상하는 것이었다. 이제 막 태어나는 공간을 사람들과 함께 만들고, 책을 읽고 머무는 공간의 구조와 채광을 고민하고, 책을 어떻게 분류하고 배치할지, 사람들이 어떤 동선으로 오가고 마주치게 될지를 함께 상상하는 일이었다.

**브레멘 도서관장(남/여/기타), 주요 업무: 12세 미만 아동의
독서 및 미디어리터러시 증진(전일제, 주 39시간)**

고모할머니가 요양원에서 돌아가신 뒤, 고모할머니의
남동생이 내게 이 집을 사지 않겠느냐고 제안했다. 가격
은 내가 감당할 만한 수준이었다. 그때 린은 일곱 살이었
고, 나에게 가장 중요한 건 우리 둘이 안정적으로 사는 일
이었다. 그래서 대출을 받아 집을 샀다. 그 무렵에는 이렇
게 생각했다. 언젠가 린이 고등학교를 졸업하고 집을 떠
나면, 나도 내 삶을 어떻게 살아갈지 고민할 시간이 올 거
라고. 누군가를 책임지지 않고, 오직 내 한 몸만 책임지면
되는 새로운 자유가 기다리고 있을 거라고. 그런 상상을
했다.

하지만 린이 고등학교를 졸업하고 스웨덴으로 떠났을
때, 이어서 외국에서 대학 생활을 시작했을 때, 내가 느낀
감정은 전혀 다른 것이었다. 그건 자유가 아니었다. 처음
에는 돈 때문이라고 생각했다. 집 대출도 아직 남아 있었
고, 린은 대학생이 된 이후에도 여전히 지원이 필요했으
니까. 하지만 그것만으로는 설명이 되지 않았다. 무언가

묘한 두려움이 있었다. 그건 의심이었다. 내가 다른 어딘가에서 소속감을 느낄 수 있을까? 그게 정말로 가능한 일일까?

외로움은 어디에 도사리고 있는 걸까. 변화의 너머일까, 아니면 익숙한 일상 속일까?

린과 나는 저녁을 준비하며 당근과 양파를 썰고 있었고, 그러다 한 드라마 이야기가 나왔다. 런던에 사는 젊은 이들이 우정과 사랑을 찾는 이야기였는데, 사소한 오해로 모든 관계가 틀어지는 내용이었다. 배경으로 카페나 가을빛으로 물든 공원이 자주 등장했다.

린은 그 드라마가 별로라고 했다.

"완전 유치하잖아."

"그러니?"

사실 나는 그 드라마가 꽤 괜찮다고 생각했다.

"매회가 결국 달달한 해피 엔딩으로 끝나잖아. 현실성이 없어도 너무 없어. 누가 현실에서 그런 걸 원하겠어."

어쩌면 내가 그럴지도, 문득 그런 생각이 스쳤다.

그날 저녁은 린이 베를린으로 돌아가기 전날이었다. 린은 이제 한결 나아 보였다. 그런데도 괜히 마음이 조금 무거웠다. 지난 일주일 동안 린을 보살필 수 있던 시간이 소중했기 때문이었다. 린은 대부분의 시간을 자기 방 침대 위에서 보냈고, 잠을 자거나 친구들과 통화를 했다. 방 안에서 흘러나오는 중얼거리는 목소리나 웃음소리가 종종 들렸다. 우리는 함께 자전거를 타기도 하고, 정원 일을 하기도 했다. 이마에 생겼던 타박상은 거의 다 나아 이제는 연두색과 노란색이 섞인 희미한 멍 자국만 남았다. 나는 린에게 내가 다니는 병원에 가서 혈압도 한번 다시 재보고 심장 소리도 들어보자고 했지만, 린은 그럴 필요는 없을 것 같다고 했다.

나는 린에게 쓰러지기 직전의 순간이 기억나냐고 물었고, 린은 그때 기억은 완전히 지워진 것 같다고 했다. 연단을 향해 걸어가던 것이나 손에 발표 원고 파일을 들고 있던 것, 긴장했던 것만 기억난다고 했다.

한동안 우리는 말없이 채소만 썰었다. 탁, 탁, 탁. 나무 도마 위로 칼이 부딪치는 소리만 이어졌다. 그러다 린이 먼저 입을 열었다.

"내가 태어났을 때 얘기해줘. 엄마는 그때 어떤 기분이었어?"

린은 예전에도 그런 질문을 자주 했지만, 한동안은 묻지 않은 말이었다. 나는 린을 다시 살펴보며 혹시 임신이라도 한 걸까, 그래서 그렇게 지쳐 보였나 하는 생각을 했

다. 린은 내 생각을 단번에 알아차린 듯 고개를 저으며 말
했다.

"아니, 그런 거 아니야, 엄마. 진짜 그냥 엄마가 그때 어
땠는지 듣고 싶어서 그래."

그날은 12월의 어느 차갑던 날이었다. 나는 대학 도서
관에 앉아 있었다. 네온등이 켜지고 따뜻한 히터 바람이
나오던 대형 열람실에, 요즘과 비교하면 훨씬 무겁고 윙
윙대는 소리를 내는 노트북 앞에 앉은 사람들과 나란히
긴 책상에 앉아 있었다. 나는 졸업논문 각주를 검토하는
일에 몰두하고 있었다. 출산 예정일 전에 논문을 제출하
고 싶어 며칠 밤을 꼬박 새운 뒤였다. 그때 갑자기 사타구
니 쪽이 강하게 당기며 숨이 턱 막혔다. 예정일까지는 아
직 2주나 남아 있으니 별일 아닐 거라 생각했고, 실제로
통증도 금방 사라졌다. 나는 다시 얼굴을 화면에 바짝 붙
이고 작업을 이어갔다. 그러다 뱃속 깊은 곳에서 뭔가가
터지는 소리가 났다. '푹' 아니면 '딱' 하는 느낌으로, 물이
가득 찬 풍선이 눌려 터지는 듯한 소리였다. 그 자리에 그
대로 얼어붙었다. 양수였다.

나는 옆에 앉은 학생에게 책을 대신 반납해달라고 부탁
하고, 구급차를 불러달라고 했다. 그 학생은 나를, 이윽고
내 배를 바라보더니 깜짝 놀란 표정을 지었다.

병원에 도착하자마자 간이침대와 의자 하나 말고는 아무것도 없는 작은 진료실로 안내받았다. 간호사가 아기 심장박동을 기록하는 장치를 설치했고, 요한에게 연락을 해주겠다고 했다. 당시에 나는 노키아 휴대전화를 쓰고 있었는데, 아침 추위 탓에 그날따라 배터리가 방전된 상태였다. 옆으로 누워 아기 심장 소리를 들었다. 심장은 내달리는 말의 발굽처럼 규칙적이고 힘차게 고동치고 있었다. 그러다 소리가 불시에 멎을 때마다 가슴이 철렁했고, 다시 소리가 돌아오기를 조마조마한 마음으로 기다렸다. 그 방 안에서 나는 무력했다. 세상에 혼자 남겨진 기분이었다. 엄마가 된다는 사실이 거대한 파도처럼 밀려와 나를 짓누르는 것만 같았다. 당장이라도 배에 붙은 센서와 선을 떼버리고 병원 밖으로 달아나고 싶은 충동이 일었다. 그러면 아이를 낳아야 한다는 사실을 피할 수 있을 것만 같았다.

하지만 그런 두려움이나 의심은 린에게 말하지 않았다. 아니, 적어도 지금은 아니었다. 린이 베를린으로 돌아가기 전에 꺼낼 이야기는 아니었다. 그날에 대해서는 밝은 이야기만 하고 싶었다. 어두운 이야기는 꺼내고 싶지 않았다. 자칫 린이 아이를 갖는 일을 두려워하게 될지도 모르니까.

한편으로는 괜히 린에게 무언가 숨기고, 속이고 있다는 기분도 들었다. 만약 내 엄마나 주변 여자들 중 누군가가 나에게 솔직히 말해주었다면, 그래서 그 아픔과 고독을 미리 알았더라면, 나는 그 순간을 조금은 더 잘 버텨낼 수 있었을까?

결국 다른 이야기를 꺼내들었다. 요한이 문을 열고 들어왔던 순간, 그 뺨에 남아 있던 겨울의 찬 기운이나, 요한의 들뜬 모습에 내가 얼마나 화가 났는지 같은 이야기를 했다. 사소한 일에도 나는 요한에게 괜히 날을 세웠다. 바보처럼 마냥 들뜨지 말라고, 너는 아무것도 모른다는 것을 분명히 해두고 싶었다.

"넌 태어나자마자 울지는 않았어. 아주 작고 부드러운 소리를 냈지. 조심스러운 목소리였어. 너라는 존재를 살살 더듬어서 만져보는 것 같은 소리였어."

더듬는 소리. 요한과 나는 그 시절 린이 내는 소리를 그렇게 불렀고, 그게 우리가 함께 기억하는 린의 첫 순간이었다.

나는 린을 낳은 다음 날 퇴원해 킬에 위치한 우리의 작은 아파트로 돌아왔다. 연극 극장 근처 건물 3층에 있던 방 두 개짜리 아파트로. 주방 창가에 서면 뒷마당이 내려다보였다. 뒷마당은 건물 사람들이 공용으로 썼고, 거기에는 야외용 벤치 테이블과 접이식 의자, 낡고 빛바랜 라탄 벤치가 놓여 있었다. 나는 주방 창가에 서서 린을 품에 안고, 앙상한 나뭇가지와 유리창에 비친 내 모습을 바라보았다. 요한은 끓는 물에 스파게티 면을 넣고, 유리병에 든 토마토소스를 데우고 있었다.

"그때 우리가 거기 있었지."

나는 그렇게 말하고 스스로도 놀랐다. '우리'라는 단어가 아주 먼 과거에서 툭 튀어나온 것만 같았다. 잠시 말을 멈췄고, 린도 조용해졌다. 우리 둘 다 요한을 떠올리고 있는 것이 분명했다. 분위기가 미묘해졌다. 요한 이야기를 해야 할지 말아야 할지 서로 눈치만 보는 듯했다. 요한 이야기를 입에 올리는 순간 내가 흔들릴 것임을 알고 있었기에, 린이 냉장고로 가서 샐러드를 꺼내 씻기 시작했을 때 안도감이 밀려왔다. 그렇게 그 순간은 지나갔다.

린이 몸을 돌리며 새삼 깨달았다는 듯 말했다.

"내가 태어났을 때, 엄마는 지금 내 나이였던 거구나."

나를 바라보는 린의 눈빛이 무엇을 뜻하는지는 알 수 없었다. 놀란 건지, 감탄한 건지, 아니면 믿기지 않는다는 건지. 하지만 그 순간 우리 사이에서는 무언가가 달라졌다. 그때만큼은 엄마와 딸이 아니라 서로의 동반자였다. 나이의 많고 적음도 없는, 같은 높이에서 마주 선 존재처럼.

다음 날은 일요일이었다. 점심 무렵 린을 시내 기차역까지 데려다주었다. 역까지 가는 30분 동안 린은 거의 아무 말이 없었다.

"정말 괜찮은 거 맞지?"

린이 고개를 끄덕이며, "응, 진짜 괜찮아"라고 말했다.

들판 너머로 파란 하늘이 눈부시게 펼쳐졌다. 곧 산업 단지가 나타났고, 시 외곽의 자동차 매장을 지나 시내로 들어섰다. 붉은 벽돌 건물에 좁고 긴 창문이 나 있는 기차역이 보였다. 늘 그렇듯 역에서 조금 떨어진 도서관 뒤편에 차를 세우고 린과 함께 플랫폼으로 향했다. 어쩐지 기분이 이상했다. 린을 떠나보내는 것이 쉽지 않았다.

나는 곧장 집으로 돌아가지 않고, 차를 도서관 뒤에 그대로 둔 채 시내를 가로질러 항구 쪽으로 걸었다. 다채로운 색으로 칠해진 오래된 건물들이 줄지어 있었고, 가게 셋 중 하나꼴로 줄무늬 티셔츠며 비옷, 플리스 점퍼가 걸려 있었다. 좁은 골목길로 접어들자 낡은 집 담벼락에 장미 덤불이 매달려 있었다. 박물관 입구에는 10대 아이들 무리가 모여 있었는데, 밤이라도 샌 듯 피곤해 보였고, 서로 익숙하고 친해 보였다. 수학여행이구나, 나는 생각했다. 내륙 항구 옆 생선 가게에서 저녁으로 먹을 새우 샐러드와 커리에 절인 청어를 샀다. 일주일 만에 처음으로 혼자 먹는 저녁이 될 터였다.

집에 돌아오자 정적이 나를 짓눌렀다. 고요함이 이렇게나 무겁게 느껴질 줄은 몰랐다. 도저히 뭘 해야 할지 몰라 청바지를 벗고 그대로 침대에 누웠다. 그러면 기분이 더 나빠질 것은 알고 있었다. 창밖 정원에서 누군가 풀장에 물을 채우는 소리가 들려왔다. 아침에 잔디 위에 있던 알록달록한 고무 풀장이겠지. 물이 콸콸 쏟아지고 튀는 소리, 웃고 소리 지르는 소리가 뒤섞였다. 아마 아그네스와 마리일 것이다. 나는 서랍에서 귀마개를 꺼내 귀에 꽂았다. 아무 소리도 들리지 않도록, 이 집의 정적마저도 들리지 않도록.

몸을 웅크리고 눈을 감자, 기차에 앉아 있는 린의 모습이 눈앞에 떠올랐다. 함부르크에서 열차를 갈아타 베를린까지 가겠지. 내일이면 린은 다시 일상으로 돌아가 일을 할 것이다. 오늘같이 밝고 햇살이 좋은 날에, 커튼을 닫고 침대에 누워 있는 내 모습이 부끄럽게 느껴졌다. 만약 린이 지금 내 모습을 보면 뭐라고 생각할까.

요한을 묻었을 때, 나는 막 서른이었다.

그 뒤로 2년 정도는 흐릿한 기억뿐이다. 린을 돌보고 도서관에서 주 25시간 일하며 버텨내는 나날이었다. 그것이

내 삶의 전부였다.

그러다 얼마 후 마리우스를 알게 되었다. 그는 플렌스부르크에 살았고, 우리는 거의 4년을 함께했다. 주말이면 린과 나는 그 집에서 시간을 보냈고, 평일 저녁에는 그 사람이 우리 집에 오곤 했다. 린도 마리우스를 좋아했다. 그 무렵 나는 서른다섯을 향해 가고 있었는데 아이를 더 갖고 싶었다. 그러나 1년 넘게 임신이 되지 않았기에 우리는 마리우스가 아이를 가질 수 없는 몸이라는 걸 알게 되었다. 그렇다 해도 내 바람은 좀처럼 식지 않았다. 가족이 많았으면 좋겠다는 열망이 가라앉지 않았던 것이다. 마치 새 식구 한 사람 한 사람이 우리 모두를 떠받치는 기둥이 되어줄 것만 같았다. 나는 정자 기증을 받는 것도 방법이라고 생각했지만, 마리우스는 반대했고 꽤 불쾌한 기색까지 보였다. 그로부터 1년쯤 지나 우리는 헤어졌다. 나중에 마리우스는 새로운 사람을 만났는데, 그보다 나이가 좀 더 많았고, 이미 대학생인 아들 둘이 있는 사람이었다. 마리우스와 나는 지금도 연락을 주고받는, 일종의 친구 같은 관계가 되었다. 마리우스는 꾸준히 린의 안부를 묻고, 가끔 린과 둘이 통화도 한다. 한 번은 일이 있어 베를린에 가는 김에 린을 만난 적도 있다고 했다.

그러니까 내 나름대로 커튼을 닫고 집에만 숨어 지내지

는 않으려 애써왔다는 것이다.

몇 번 사랑에 빠지기도 했고, 가까운 친구들과 시내에서 만나 함께 영화를 보거나 내륙 항구 근처 생선 노점에서 간식을 먹기도 했다. 도크쿠그 제방에서 하는 수영 모임에도 나가고 있다. 수영을 할 수 있는 해안가는 항구에서 조금 떨어져 있어, 습지를 따라 자전거나 차로 가야 한다. 아침에 모이는 사람들도 있고, 일을 마치고 이른 저녁에 하는 사람들도 있다. 예전에는 그곳에 수영하는 사람들을 위한 나무부두가 있었는데, 어느 날 폭풍으로 무너진 뒤로는 복구되지 않았다. 비용 문제로 의견이 엇갈렸다고 한다. 지금은 물 위로 썩은 나무말뚝 몇 개만 솟아 있을 뿐이다. 그곳에 수영하러 오는 사람들은 대부분 시내에 살고, 그중에서도 특히 친한 몇몇은 겨울에도 수영을 계속하지만, 나는 겨울에는 쉬는 편이다. 한 번 1월에 시도했다가 몇 분도 못 버티고 물에서 나와서는, 그 뒤로 몇 시간을 추위에 떨었던 적이 있다. 수영을 못하는 건 아니지만, 혼자 물속에 있으면 어쩐지 기분이 가라앉았다. 그래서 이런 작은 모임이 필요했다.

린이 대학생이던 몇 해 전, 한 음악 페스티벌에서 파비안이라는 남자를 알게 되었다. 함부르크에 사는 사람이었고, 대학가에서 멀지 않은 빨간 벽돌집에 살았는데, 그 집

입구에는 '이 집에 구스타프 말러가 거주했음'이라는 팻말이 붙어 있었다. 말러가 살던 아파트는 3층이고, 파비안은 그 바로 아래층에 살았다. 금요일이면 나는 일을 마치고 기차에 올라 함부르크로 향했고, 그 집에서 주말을 보내곤 했다.

말러의 옛 아파트에는 한 아주머니가 살면서 방 한 칸을 여대생에게 세를 주고 있었다. 하루는 그 아주머니가 나를 자기 집으로 불러 차를 대접했다. 전에 몇 번 이야기를 나눈 적이 있었는데, 내가 그 집에 관심을 보였던 걸 기억한 듯했다. 주방에는 오래된 타일이 그대로 남아 있고, 문에는 느슨해진 놋쇠 손잡이가 달려 있고, 방에는 낡은 나무마루가 깔려 있었다. 요한이 봤다면 틀림없이 좋아했을 집이고, 구석구석을 살피며 감탄했을 것이다. 린이 태어나기 전, 요한과 나는 말러 연주회를 자주 보러 다녔다. 나는 요한을 통해 처음으로 오케스트라의 선율에 깊이 잠기는 것이 얼마나 특별한 일인지 알게 되었다. 빠듯한 살림이었지만 연주회에 쓰는 돈은 아깝지 않았고, 뒷줄이든 구석 자리든 상관없었다. 연애 초반, 요한은 어느 날 나를 함부르크로 데려가 〈말러 교향곡 2번〉 연주회 티켓을 내밀며 나를 놀라게 하기도 했다.

나는 그 집 창가에 서서 요한이 곁에 있는 상상을 했다.

갑자기 눈물이 왈칵 쏟아졌다. 말 그대로 무너져 내렸다. 아주머니는 놀란 얼굴로 나를 바라보았고, 나는 서둘러 손님용 화장실로 들어가 마음이 가라앉기를 기다렸다. 파비안이 있는 아래층으로 다시 내려갈 수 있기까지는 한참이 걸렸다.

그로부터 얼마 지나지 않은 늦여름, 우리는 함께 첫 여행을 떠났다. 프랑스 브르타뉴에 있는 작은 집을 빌렸고, 전날 밤 늦게까지 줌 회의를 하느라 피곤한 파비안을 대신해 가는 길에는 내가 운전대를 잡았다. 파비안은 옆자리에서 잠들었고, 그 시간이 여행에서 가장 좋았던 순간이었다. 함께 지내는 2주는 어딘가 어긋나 있었다. 이를테면 내가 양파를 써는 방식이나 와인 병을 여는 습관처럼 대수롭지 않은 것에도 파비안의 반응이 미묘했고, 말에 서늘함이 깃들었다. 내가 수영복 차림으로 돌아다닐 때면 파비안은 나를 바라보았지만, 그 시선에 다정함은 없었다. 그리고 돌아오는 길이었다. 독일 국경을 막 넘었을 무렵 파비안이 갑자기 속도를 높였다. 시속 170, 180, 190킬로미터까지. 본능적으로 오른발에 힘이 들어갔다. 마치 그 아래 브레이크라도 있는 것처럼. 나는 속도를 줄여달라고 했고, 파비안은 잠시 속도를 늦췄지만 15분도 지나지 않아 다시 차 한 대를 추월하더니 왼쪽 차선으로 그대로 내달렸다.

"속도 좀 줄여줘, 나 너무 무섭거든."

그러자 파비안은 낮게 한숨을 쉬면서, 마치 내가 분위기를 망치기라도 한 것처럼 반응했다. 함부르크에 도착했을 때는 이미 한밤중이었다. 파비안에게 담토어 역에서 내려달라고 했다. 그가 놀란 눈빛을 보냈지만 별다른 말은 하지 않았다. 나는 캐리어를 다리 사이에 끼우고, 상체는 배낭에 기댄 채 해가 뜨고 북쪽으로 향하는 첫차가 올 때까지 다섯 시간을 버텼다.

내 친구는 그날의 일을 두고 일종의 힘자랑이라고 했다. 하지만 나로서는 무엇보다도 내가 얼마나 취약한 존재인지 깨닫는 순간이었다. 나에게는 나를 필요로 하는 딸이 있고, 그러니 어떤 일도 일어나서는 안 된다. 나는 그 어떤 관계의 줄다리기도, 고속도로에서의 질주도 용납할 수 없었다. 지금 돌이켜보면, 그때 다음 휴게소가 보이자마자 차에서 내렸어야 했다.

이제는 안다. 사랑하는 사람을 곁에 두고, 또 그 사람을 일찍 잃지 않는 것이 얼마나 기적 같은 일인지. 그리고 삶에서 나를 진심으로 위하는 사람을 여러 번 만난다는 것은 그보다 더 큰 기적이라는 것을.

누가 문을 두드려 나가보니 아그네스였다. 저녁에 바비 큐를 할 거라며 잠깐 들르라고 했다. 린이 베를린으로 떠난 지 꼭 일주일이 되는 일요일이었다. 뭐라도 가져갈까 물었지만, 아그네스는 괜찮다며 그냥 오라고 했다. 나는 와인 한 병과 쿠스쿠스 샐러드를 들고 옆집으로 갔다.

종일 무겁게 드리워 있던 회색 구름이 저녁 무렵이 되자 서서히 흩어졌다. 아그네스와 레빈은 테라스에 앉아 있었고, 둘 다 페인트 자국으로 뒤덮인 낡은 티셔츠 차림이었다. 정원에는 이제 막 칠이 된 나무의자 네 개가 비닐 덮개 위에서 말라가고 있었다. 옆에는 조금 부서진 인형의 집이 하나 있었는데, 나도 어릴 적 가지고 놀던 전형적인 디자인이었다. 옷가지가 담긴 반투명한 플라스틱 상자도 몇 개 있었다. 지하실이나 다락방을 정리한 듯한 모습이었다.

작은 원형 스피커에서는 라디오헤드 노래가 흘러나오고 있었다. 생각해보니 이 집에서는 내가 대학 시절에 즐겨 듣던 음악들이 자주 들려왔다. 저들에게는 지금 이 음악이 그 시절의 메아리처럼 들리겠지. 새삼 나이 차이가 실감 났다. 30년 전 음악을 듣는 저 사람들은 정작 그 앨범이 나왔을 때는 아직 태어나지도 않았을 것이다.

마리는 전기 그릴에 올린 파프리카와 주키니를 뒤집고

있었고, 반쯤 열린 은박지 봉지에서는 생선살과 감자가 레몬과 로즈마리 향을 풍기며 익어가고 있었다. 마리는 바닥까지 닿는 파란색과 흰색 체크무늬 원피스를 입고 있었는데, 옛날 잠옷 같은 느낌이면서도 잘 어울렸다. 마리는 말을 할 때 어딘가 퉁명스러운 인상을 풍겼는데, 나는 그게 마음에 들면서도 동시에 조금 조심스럽기도 했다. 레빈이 나에게 잔을 건네고는 얼음이 달각대는 큰 유리병에 담긴 민트차를 따라주었다. 레빈에게서는 익숙한 향수 냄새가 났는데, 익숙하게 느껴지는 건 어쩌면 내 착각일지도 몰랐다. 레빈이 오전에 조깅하러 나가는 모습을 보았다. 보도 레빈을 따라 처음부터 끝까지 함께 달렸다. 보는 벌써 새 이웃들을 제 가족처럼 받아들인 모양이었다.

아그네스는 갯벌에서 보낸 하루에 대해 이야기했다. 몇십 년째 갯벌 도보 체험을 안내해온 한 중년 여성과 친구가 되었다고 했다. 그 체험은 베스테르헤버에서 거대한 모래톱까지, 노르츠트란트에서 쥐트팔 섬까지 이어진다는데, 정작 나는 이곳에서 20년을 넘게 살았지만 갯벌에 발을 들여본 적은 한 번도 없었다. 여기 사람 대부분이 그랬다. 그런 소풍은 관광객이나 수학여행 온 학생들을 위한 것이지, 나를 위한 것이 아니라고 생각했으니까.

나는 아그네스와 마리, 레빈이 언제부터 알고 지낸 사

이인지 궁금했다. 왜 이 조그만 마을에서 집 한 채를 빌려 함께 사는지, 셋이 친구인지, 친척인지, 아니면 셋 중 둘이 연인인지도 궁금했다.

'왜 꼭 둘인데? 셋이 연인일 수도 있잖아', 린이라면 분명 그렇게 되물었을 것이다.

나는 이들이 학교에 다니거나 일을 하는지, 정말 뭘 하고 사는지가 궁금했다. 하지만 막상 물어보기에는 망설여졌다. 반대로 이들도 나에 대해 굳이 알려고 하지 않는 듯했다. 그런 질문은 보통 파티에서 막 만난 사람을 자기와 비교해 파악하려는 말처럼 보일 게 분명했다.

식사를 마치고 날이 어스름해지자, 머리 위로 전구들이 바다처럼 펼쳐졌다. 예전에도 옆집을 바라볼 때마다 감탄했던 풍경이었다. 테라스 가장자리에는 나무팔레트 위에 쿠션과 방석이 깔려 있었고, 마리가 그 위에 누워 쿠션 하나를 목 뒤에 받친 채 담뱃불을 붙였다. 바람을 타고 정향 냄새가 흘러왔다. 허브 담배였다. 클로브. 요한은 그걸 그렇게 불렀다. 요한이 미국에서 유학하던 시절 즐겨 피우던 담배였고, 가끔 미국에 있는 친구가 소포로 보내주기도 했다. 나는 그 냄새를 놀랍고도 그리운 마음으로 들이마셨다.

세 사람 모두 어딘가 느긋해 보이는 모습이 부러웠다.

그들을 재촉하는 일상 같은 건 존재하지도 않는다는 듯, 아주 평온한 모습이었다.

나중에 집으로 돌아와 나는 침실 창문을 활짝 열고 침대에 누웠다. 아래에서 잔잔한 음악과 이야기 소리가 들려왔다. 잠든 것도, 깨어 있는 것도 아닌 채로 시간과 장소가 흐릿하게 뒤섞였다. 다시 스물다섯 무렵의 내가 되었다가, 킬 아파트 뒷마당에서 대학 친구들과 함께 앉아 있다가, 작은 부엌에서 당근죽을 데우고, 이 집에 막 이사를 와 첫 책을 책장에 꽂고 있다가, 베란다 모기장 아래 요한과 누워 있었다. 세 살배기 린이 우리 둘 사이에서 깊이 잠든 따뜻한 여름밤이었다.

다음 날 저녁, 나는 다락방 컴퓨터 앞에 앉았다. 메일함에 새 일자리 공고들이 들어와 있었다. 이번에는 내가 등록해둔 영국 구직 사이트에서 온 공고였다.

콘월 공공 도서관, 사서, 전일제
주요 업무: 효과적이고 효율적인 도서관 운영, 정보 및 자료 서비스 제공

내가 일자리 공고를 꾸준히 들여다보고 있다는 것이나,

독일뿐 아니라 영국이나 웨일스, 스코틀랜드에서 올라오는 공고까지 보고 있다는 사실은 지금껏 누구에게도 말한 적이 없었다.

스코틀랜드 국립 도서관, 글래스고, 도서관 및 정보 서비스
업무, 전일제, 정규직
책, 판본, 문서 자료 보존 및 관리 업무

이동 도서관 서비스, 웨일스, 도서관 직원
정규 도서관 접근이 어려운 지역 공동체 방문 업무, 버스
운전 가능자, 파트타임, 정규직

나는 미국 구직 사이트에도 구독 신청을 해두었고, 거기서는 대학교 독일어학과 도서관 공고를 중심으로 알람을 설정해두었다. 그러다 보면 아주 멀리 떨어진 작은 대학 도시에서의 삶을 상상해보게 된다. 조용한 동네, 베란다와 넓은 앞마당이 있는 하얀 목조 주택에서의 삶은 어떨까.

이런 구직 공고를 들여다보는 일은 작은 즐거움이자, 어쩌면 나에게 꼭 필요한 일이기도 했다. 마치 누군가 예상치 못한 제안을 담은 편지를 보내오는 것 같았다. 새로

운 도시에서 새로운 일을 할 수 있다는 가능성을 그려보고, 거기에 따라오는 여러 가지 일을 떠올리는 것만으로도 기운이 솟았다.

그리고 이렇게 검색에서 위안을 찾는 것이 아마도 나혼자만은 아닐 것이다. 내 친구 한 명도 부동산 사이트에서 프로방스와 피레네 지역의 전원주택 매물 알림을 받아보고 있었다. 어느 날 저녁 그 친구 집에 갔다가 우연히 알게 되었는데, 부엌 식탁 위 노트북 화면에 라벤더로 가득한 넓은 정원을 끼고 있는 오래된 사암 벽돌집 사진이 떠 있었던 것이다.

여름휴가로 갈 곳이냐고 묻자마자 매물 공고라는 것을 알아챘고, 친구는 당황한 듯 웃으며 보기만 하는 거라고 말했다. 나는 그 말이 무슨 뜻인지 알 것 같았다.

린은 몇 시간, 때로는 하루가 넘도록 내 메시지를 읽지 않을 때가 있었고, 답이 오더라도 대개 짧았다. 나는 그것을 린이 바쁘고, 몸 상태도 괜찮다는 뜻으로 받아들였다. 린에게서 연락이 뜸할수록 좋은 신호일 때가 많았다. 오히려 걱정해야 했던 건 린이 자주 연락하고 내 곁을 찾을 때였다. 팬데믹이 시작되고 초반 몇 주 동안, 룬드에서 공부하던 린은 하루에도 몇 번씩 메시지를 보냈다. 우리는 이틀이나 사흘에 한 번꼴로 저녁마다 줌으로 데이트를 했다. 각자의 화면 너머로 서로가 채소를 썰고 프라이팬을 휘젓는 모습을 바라보며, 같은 식탁에 앉은 듯 수다를 떨고 함께 식사했다. 나는 혼자 있는 린이 마음에 걸려 이곳으로 오라고 설득해보려 했지만, 린은 학교와 친구들이 있는 룬드에 남고 싶어 했다.

"거기는 여기보다 훨씬 조용하잖아."

그 말에는 반박할 수 없었다. 얼마 지나지 않아 한 교수가 '기후 변화에 대한 기회로서의 팬데믹'이라는 온라인 세미나를 열었다. 주제는 이동성과 노동 구조, 멈춤과 정지, 그 안에서 생겨나는 변화의 가능성, 새로운 습관과 규범에 관한 것이었다.

그다음 겨울도 다시 한번 힘든 시기가 되었다. 나는 린이 외롭지 않을까 걱정했다. 그 몇 주 동안에는 내 외로움보다 린의 외로움이 더 두려웠다. 만약 누군가 내게 '당신은 혼자 남겨진 기분이 들겠지만, 그 대가로 당신의 딸은 이 시기를 단단하고 안정감 있게 지나가게 해주겠다'는 거래를 제안했다면, 나는 아마 이렇게 대답했을 것이다. '좋아요, 당장 그렇게 하죠.'

그러다 봄이 되어 린이 연애를 시작했고, 우리의 줌 만찬도 끝이 났다. 나는 린의 남자친구를 사진과 짧은 동영상으로만 보았다. 스웨덴 출신의 비르게르라는 남자로, 대학을 졸업하고 가정 상담소에서 변호사로 일한다고 했다. 린이 비르게르에 대해 들려주는 이야기들은 하나같이 근사해 보였고, 나는 언젠가 그를 직접 만날 날을 기대했다. 속으로는 스웨덴에서의 가족 모임을 그려보기도 했다. 어느 암초에 위치한 여름 별장 정원에 길게 차려진 식탁, 베리를 듬뿍 얹은 크림케이크 같은 것들. 나는 초급 스웨덴어 수업에 등록하고, 손주들을 돌보며 그 집에서 사는 것이다. 린은 여름마다 아이들을 맡기고 비르게르와 함께 온 유럽을 누비며 여행을 다닐지도 모른다…. 인간의 상상력이란 참 놀랍다. 1분도 채 되지 않는 시간에 모든 것을 그려낼 수 있으니.

하지만 린이 석사를 마치기도 전에, 내가 룬드를 방문하기도 전에 그 관계는 끝났다. 나는 비르게르를 만나본 적도 없으면서 어쩐지 린보다 더 아쉬웠다. 내가 "대체 무슨 일이니?"라고 묻자, 린은 그저 이렇게 말했다.

"그냥 짧게 만난 거야. 별로 안 맞았어."

평소와는 다르게 그날은 일을 마치고 집에 도착했을 때 보가 달려오지 않았다. 보는 거실 바닥에 누워 조용히 헉헉거리며 나를 바라봤지만, 나에게 뛰어오지는 않았다.

그제야 린이 눈에 들어왔다. 소파에 기대 누워 있었는데, 그대로 몸을 던져 잠든 것처럼 보였다. 밝은 회색 운동복 바지에 민소매 차림이었고, 뺨이 붉게 달아올라 있었으며 이마에는 땀이 맺혀 있었다. 휴대전화는 소파 옆 탁자 위에 놓여 있었다. 나는 린을 깨우고 싶은 충동을 애써 눌렀다. 지금 깨운다고 해봤자 왜 갑자기 여기 와 있는지 묻는 것이 전부일 것 같았다.

한참을 린 곁에 조용히 서서 가슴이 오르내리는지 살펴봤다. 예전부터 늘 그랬다. 젖먹이였던 린이 갑자기 밤에 통잠을 자면, 깜짝 놀라 숨을 쉬는지 확인하곤 했다.

아이를 키우는 내내 모든 곳에서 그런 이야기를 들었다. 고무 풀장에서 익사한 아이, 창문에서 떨어진 아이, 장을 보는 도중에 사라진 아이, 잠든 사이 비틀거리며 집을 나서 철길이나 연못가로 향한 아이들 이야기 같은 것이었다. 린이 대여섯 살쯤 되었을 때였다. 어느 날 새벽, 아래층에서 흐느끼는 소리가 들려 내려가보니 린이 수면잠옷 차림으로 현관 진입로에 앉아 있었다. 자다가 깨 현관문을 열고 나간 것이었는데, 잠들어 있는 상태에서도 눈은 부릅뜨고 있었다. 만약 그날 린이 거기에 앉지 않고 계속 걸어갔다면 어떻게 되었을까. 새벽 5시 즈음에는 그날의 첫 탱크로리와 트랙터가 지나다녔다. 만약 린이 대로변까지 나갔더라면. 그날부터 나는 자기 전에 현관문을 잠그고 열쇠를 서랍에 넣어두기 시작했다.

참사는 모든 가능성을 미처 다 따져보지 못했을 때, 혹은 단 몇초 눈을 돌린 사이에 일어난다.

린이 자란 뒤에도 위험은 사라지지 않았다. 단지 형태만 달라졌을 뿐. 이제는 린이 곁에 없으니 내가 할 수 있는 일은 아무것도 없었다. 제때 경고해줄 수도 없다. 파티에서 친구들과 차를 타고 돌아오는 길에 사고를 당한 소녀와 도로변의 흰 십자가. 술에 취해 호수에 뛰어들었다가 다시는 떠오르지 못한 소년. 틴더에서 만난 사람과 데이트를 한 뒤 실종된 여대생.

무슨 일이든 생길 수도 있다는 가능성이 언제나 마음 한편에 있었다. 하지만 그런 생각을 드러내면 다른 사람들에게는 유난스럽게 보일 것이다. 어쨌든 세계의 다른 곳들과 비교하면 우리는 평화로운 보호막 안에 살고 있는 셈이니까.

넌 걱정이 너무 많아.

그러게 좀 더 조심했어야지!

늦은 저녁, 린이 잠에서 깨어난 뒤 나는 베란다에 식탁을 차렸다. 냉장고에 먹다 남은 페스토 한 병과 파마산 치즈 한 조각이 있었고, 우리 둘이 먹기에는 충분했다.

린은 파스타를 건드리기만 할 뿐 거의 먹지 않았다. 마음이 흐트러져 있고 침울해 보였다.

"무슨 일 있었어?" 내가 물었다.

"베를린 집에는 도저히 더 있을 수가 없었어. 그래서 몇 가지만 챙겨서 바로 트램 타고 기차역으로 갔지."

"회사는 안 간 거야?"

"재택근무야. 병가도 냈었는데, 그때도 일했어. 어쨌든 일은 한 거지."

'어쨌든 일은 한다'니. 그 말에 얼굴이 저절로 찡그려졌다. 아픈 몸으로 일까지 한다니 말도 안 되는 일이었다.

"또 어지러웠어?"

"어지럽다기보다는…." 린은 긴장한 듯 주위를 불안하게 둘러보았다.

"모든 게 그냥 너무 벅차. 전화만 울려도 숨이 막히는 것 같아. 아무것도 보고 싶지 않고, 듣고 싶지도 않고, 누구하고도 말하고 싶지 않아."

"언제부터 그랬어?"

"좀 됐어."

"여기 있는 동안에는 괜찮았던 거야?"

린은 어깨를 으쓱하며 조금은 그렇다고 했다.

“다른 증상도 있어?”

“가끔 손이 떨리고 숨쉬기가 힘들어. 무언가가 짓누르는 것 같은 느낌이 들어.”

“어디를? 어떤 압박감인데?”

“딱 집어서 말하기는 어려워…. 그냥 모든 게 너무 벅차.”

모든 게? 나는 속으로 생각했다.

“그런 감정이 일할 때만 드는 거야? 아니면 평소에도 그래?”

린이 손을 무릎에 올린 채로 시선을 옮겨 나를 지나쳐 정원을 바라보았다.

“일할 때도 그렇고, 평소에도 그래. 그게 정확히 딱 나눌 수가 없어.”

나는 조금 기다렸지만, 린은 말을 잇지 않았다.

“그런데 벅차다는 게 무슨 뜻이야? 스트레스를 많이 받는다는 거야? 회사에서 누가 너한테 심하게 한 거야? 아니면 뭔가 걱정이 있어?”

린의 이런 모습은 낯설었다. 고등학교를 졸업하자마자 세상으로 뛰쳐나간 아이였다. 한 번도 나에게 도움을 청하거나 망설이거나 기죽은 모습을 보인 적이 없었다. 언제나 자기가 어디로 가고 싶은지 아는 듯했고, 말 그대로 세상을 향해 거침없이 달려나갔다. 그런데 이제는 내가 묻는 한 마디 한 마디에 지치는 듯했다. 문과 창문을 아무리 두드려도 열리지 않는, 굳게 닫힌 집 앞에 서 있는 기분이 들었다.

린은 베란다에 누워 있었다. 아무것도 하지 않은 채 멍하니 앞을 바라보고 있었다. 자정이 지났고, 테이블 위 유리병 속 촛불도 이미 꺼져 있었다.

"린, 이제 그만 자러 가자."

"난 좀 더 있을래. 잘 자."

망설여졌다. 린을 혼자 두고 가는 것이 마음에 걸렸다.

"같이 안 갈래?"

"금방 갈게, 먼저 자."

나는 마지못해 침대에 누워 불을 껐다. 피곤했지만 좀처럼 잠이 오지 않았다. 아래 베란다에서 들려오는 소리 하나하나에 귀를 곤두세웠다. 린은 무슨 생각을 하고 있을까. 뭐가 그렇게 힘든 걸까.

나는 휴대전화를 집어 린의 인스타그램을 열었다. 소수의 팔로어만 볼 수 있는 비공개 계정이었고, 마지막 게시물은 몇 주 전 올린 사진 여러 장이었다. 전시회, 동네 산책, 벚꽃이 만개한 나무, 카페에서의 레몬타르트. 4월 어느 일요일의 풍경. 그때 나는 사진을 보며 흐뭇해했다. 린이 베를린 생활을 제법 즐기고 있는 것 같았기 때문이다.

하지만 지금 보니 다르게 느껴졌다. 그날 린은 혼자 나갔던 걸까, 외롭지는 않았을까. 나는 스크롤을 더 내렸다. 룬드에서 찍은 사진, 대학 친구들과 함께한 모습, 그보다 이전에 루마니아의 숲속 공터에서 또래들과 작업복 차림으로 어린 나무를 심던 사진. 더 아래에는 라플란드에서 찍은 사진들이 이어졌다. 통나무 오두막에 함께 살던 친구들, 캠핑용 테이블 위의 전기 핫플레이트 두 개, 좁은 침대 위 침낭들, 친구들과 숲에서 지내던 나날, 모두 함께 호수에서 수영을 하던 모습. 잎사귀, 딱정벌레, 이끼, 환한 밤하늘을 담은 사진들까지.

린이 잠자리에 들지 않는 한, 내가 좀처럼 안심할 수 없다는 것에 짜증이 났다. 하지만 더 놀라운 건 내가 이렇게 린에게 매여 있다는 사실이었다. 린이 태어난 처음 몇 주, 몇 달이 떠올랐다. 우리는 서로에게 완전히 종속되어 있었다. 린은 나에게 의존했지만, 나 역시도 린의 필요에 매달려 있었다. 린이 배가 고프고, 소화를 하고, 졸리고, 깨어 있는 것에 따라 내 삶도 움직였다. 린이 괜찮으면 나도 괜찮았고, 린이 괴로우면 나도 함께 괴로웠다.

결국 어느 순간 잠에 빠졌지만, 베란다 문이 닫히는 둔

탁한 소리에 곧 눈을 떴다. 계단을 오르는 발소리, 욕실에서 물이 흐르는 소리가 들렸다. 시계를 보니 새벽 3시 반을 조금 넘긴 시각이었다.

토요일 아침, 나는 부엌에 서 있는 린에게 혹시 이따가 자전거를 타고 항구로 가서 뭐라도 사 먹으면 어떻겠냐고 물었다.

"너무 피곤해." 린이 말했다.

저녁이 되자 하늘이 초여름 특유의 푸른빛으로 물들어 있었다. 나는 린에게 보와 셋이서 들판에 산책이나 다녀오는 건 어떻겠느냐고 물었다. 린은 또다시 별로 내키지 않는다고 답했다.

월요일에는 모처럼 날이 더웠다. 나는 린에게 퇴근길에 만나서 같이 수영이라도 갈까 제안했다. 린이 거절할 것은 이미 알고 있었다.

저녁을 먹은 뒤에는 같이 병원에 가보는 건 어떻겠냐고, 병가라도 받아야 하지 않겠냐고 했다. 우리는 소파에 나란히 앉아 있었다. 린은 두 다리를 내 무릎 위에 올려놓고 있었고, 나는 혹시 베를린에서 무슨 일이 있었는지, 혹시 힘든 일이라도 겪었는지 조심스럽게 물었다.

내 말이 허공에 흩어질 것을 뻔히 알면서도 또 물었다.

"괜찮아?"

이런 상투적인 말에 자기 속마음을 털어놓는 사람이 있기나 할까.

사춘기 때도 똑같았다. 그때 린에게 질문을 하는 건 은행 계좌와도 같았다. 계좌에는 내가 꺼내 쓸 수 있는 질문의 양이 정해져 있고, 그걸 다 쓰고 나면 어떤 대답도 돌아오지 않았다.

학교는 어땠어? 배고프지 않아? 오늘은 밖에 안 나가니? 이렇게 늦은 시간에 나가려고? 너 데리러 왔던 그 남자애 이름이 뭐야? 저번에 데리러 왔던 애는 이제 안 오니? 친구들은 다 잘 지내? 싸웠어? 속상해? 스트레스받아? 어디 불편한 데 있어?

좋아. 아니. 몰라. 응. 상관없어. 됐어. 아마도. 음.

이른 새벽, 나는 꿈에서 깼다.

린과 내가 도심을 걷고 있었다. 밤이었고, 사방이 어두웠다. 린은 배낭을 메고, 손에는 요가매트와 침낭을 들고 있었다. 우리는 집으로 가는 길이었다. 적어도 나는 그렇게 생각했다. 그런데 차로 가던 도중, 갑자기 린이 자기는 같이 가지 않겠다고 했다. 이제부터 한동안 밖에서 지내고 싶다는 것이었다. 처음에는 일단 성 옆의 공원에서 잘 거라고 했다.

우리는 길가에 서 있었고, 바로 옆에 한밤중처럼 새까 맣고 높은 공원의 산울타리가 이어져 있었다.

뭐라고? 나는 당장이라도 말을 끊고, 그게 도대체 무슨 소리냐고 따져 묻고 싶었다. 하지만 간신히 마음을 다잡 았다. 내버려두자. 린은 이제 성인이고, 자기가 선택하는 것이다. 더 이상 이 밤중에, 혼자서 깜깜한 공원에서 자면 안 된다고 딸을 막을 수는 없다.

그러니까 나는 차에 올라타 집으로 돌아가고, 린은 나 무 아래에 자리를 찾아 요가매트를 펼치고 누울 것이다. 그러면 린은 깊이 잠든 채, 그곳을 지나는 누구나 볼 수 있 고, 손댈 수 있고, 해를 입힐 수도 있는 상태가 된다. 상상 만으로도 끔찍했다.

속에서 분노가 치밀었다. 린, 말 좀 들어. 너 혼자 공원 에서 잘 수는 없어. 제발, 이제 말도 안 되는 소리 좀 그만 해, 그렇게 말하고 싶었다.

하지만 금세 알게 되었다. 린이 그렇게 하려는 데에는 그만한 이유와 근거가 있다. 그리고 나는 그걸 가로막을 수 없다.

"나 할 말 있어." 며칠 뒤 저녁 식사 후, 린이 말했다.

"나 베를린으로 안 돌아갈 거야." 린은 마치 지금까지 숨을 참고 있었던 사람처럼 크게 숨을 내쉬었다.

"일 그만뒀어, 수습 끝나기 직전에."

"정말 그만둔 거야?"

나는 굳이 묻지 않아도 될 질문을 했다. 린은 고개를 끄덕였다. 일단은 여기서 지내겠다고 했다. 이삼 주쯤, 어쩌면 더 오래 있을 수도 있다고.

"그럼, 그래야지." 내가 대답했다.

린은 머리가 아픈 사람처럼 이마를 문질렀고, 두 뺨이 달아올라 있었다.

"마지막 월급 말고도 비상금이 좀 있긴 한데, 아껴 써야 해."

린이 촉촉하게 젖어 투명해진 눈으로 나를 바라보았다.

"베를린 집에도 나간다고 말해놨어. 빨리 다음 세입자를 찾아야 해. 안 그러면 몇 달씩 계속 월세가 나가니까."

린은 산만한 동작으로 머리를 풀었다 다시 묶었다.

"가구는 중고로 팔 거야. 새로 산 소파랑 부엌 식탁, 의자랑 비싼 빈티지 조명은 꽤 받을 수 있을 거고, 침대도 조금은 건질 수 있을 거야."

집 열쇠를 맡긴 이웃이 대신 사진을 찍어서 보내주기로 했단다. 나는 놀란 마음으로 듣고 있었다. 린은 정말로, 이제 막 마련한 살림을 모두 정리하려고 했다.

"조만간 주말에 베를린에 한번 다녀올 거야. 짐을 좀 챙겨 오려고. 책이나 옷 상자 몇 개는 당분간 여기 둬도 되지?"

"당연하지."

나는 이사는 걱정하지 말라고, 같이하면 잘 해낼 수 있을 거라고 덧붙였다.

"근데 정말 괜찮아? 그렇게 다 빨리 정리해버려도? 그 집 저렴하게 잘 구했다며. 합리적인 생각일까?"

린은 무표정하게 나를 바라보았다. 마치 '합리적'이라는 단어가 자신에게는 아무런 의미도 없다는 듯한 눈빛이었다.

"나도 잘 몰라. 그냥 잠깐 숨 좀 돌리고 싶어서 그래."

나는 린 쪽으로 몸을 기울여 안아주었고, 린은 가만히 있었다.

린은 학창 시절부터 지금까지 한 번도 스스로에게 여유를 허락한 적이 없었다. 그러다 결국 무리했던 게 아닐까 싶었다.

"회사랑 다시 얘기해볼 수는 없을까? 두세 달 정도만 무급 휴가를 달라고 해본다든가. 아니면 병가를 좀 더 길게 내는 방법도 있잖아."

"근데 이미 다 정리했잖아."

린의 말투에 약간 날이 섰다. 나는 고개를 끄덕였다. 린이 회사를 이미 완전히 정리했다는 것을 내가 애써 외면하고 있었던 것이다. 린은 나와 상의하려는 것도, 내 조언을 들으려는 것도 아니었다.

"그리고 수습 끝나자마자 무급 휴가를 달라는 사람이 어디 있어? 농담도 아니고. 일하기 싫어하는 공주님처럼 보일 거야. 웃기잖아." 린이 말했다.

"회사에서 누가 기분 나쁘게 한 건 아니지? 아니면 착취당하는 것 같은 기분이 들었다던가. 급여도 괜찮지 않았어?"

"아니, 다들 친절했어. 돈도 나쁘지 않았고. 근데 말이랑 현실이 완전 달랐어. 사람들한테 보여주고 약속하는 거랑 실제로 하는 일이 전혀 다르더라. 그걸 알아차리는 데 몇 주가 걸린 거고." 린이 눈을 감았다가 조용히 떴다.

"복잡해. 어디서부터 말해야 할지도 모르겠고, 머리가 어지러워."

"굳이 지금 다 설명 안 해도 돼."

내가 그렇게 말한 건 보통 이런 상황에서 다들 그렇게 말하기 때문이었다. 하지만 사실은 당장이라도 린이 왜 그렇게 실망했는지, 왜 여기 앉아서 더 이상 '아무것도' 하고 싶지 않다고 말하는지 알고 싶었다. 하지만 그게 다는 아니었다. 나도 낯선 감정이 들었다. 린의 지친 모습을 보자 이상하게 거부감과 이해할 수 없다는 마음이 함께 들었다. 왜 저렇게 무기력할까? 왜 밤에 일찍 자지 않을까? 왜 베를린에서 자기한테 더 잘 맞는 일을 찾아보지 않을까? 모두 충분히 할 수 있는 일이었다. 방법도 많고, 나도 도와줄 수 있었다. 그런데 왜 '뭐라도' 해서 상황을 바꿔보려는 최소한의 의지조차 보이지 않는 걸까?

나는 이 대화에서 이상하리만치 동떨어진 기분이 들었다. 마치 내가 나를 밖에서 지켜보며 평가하는 관객이 된 것 같았다.

지금 나는 어떤 엄마일까? 공감하고 배려하며 적절한 말을 해주는 엄마일까? 지나친 걱정으로 아이를 숨 막히게 하는 엄마일까? 아이의 말에 부정적으로 반응하고, 네가 너무 예민하다거나 직장 생활을 잘못 이해하고 있다며 의심하는 엄마일까? 말없이 지켜주고 조용히 기다려주는 엄마일까?

아니면 어떻게 해야 할지, 무슨 말을 할지 고민만 하다 정작 눈앞에 있는 것을 놓치고 마는 엄마일까?

진정성 있는 사람이 되어라, '진정성'은 요즘 자주 들리는 말이었다. 하지만 나는 그 말이 잘 와닿지 않았다. 그 말은 진실하고, 진짜이고, 믿을 만하다는 뜻으로 쓰인다. 하지만 진정성 있는 사람이 되겠다고 다짐한다고 해서, 정말 그렇게 될까? 그건 믿기 어려웠다. 그렇게 되겠다는 의지와 실제로 그런 사람인 것, 그 둘이 어쩐지 서로 모순된다고 느껴졌다.

요한 없이 살아가기 시작했을 때, 옆집에 살던 가족이 많은 도움을 주었다. 그 집에는 부부와 열여섯 살 난 딸, 이미 독립해 나간 장성한 아들이 있었다.

잉리드와 라르스는 60대 초반이었고, 잉리드는 늦은 나이에 딸인 니나를 낳았다. 임신 초기에는 폐경이 시작된 줄 알았다고 했다.

요한의 장례식이 끝나고 한두 주쯤 지났을 무렵, 니나가 찾아와 린을 돌봐주겠다고 했다. 다섯 살이던 린은 10대 언니가 자기에게 관심을 가져준다는 사실에 넋이 나간 듯 니나에게 푹 빠졌다. 둘은 가끔 뒷마당에서 린이 가지고 놀 수 있게 쌓아둔 모래 더미 옆에 나란히 앉아 있곤 했다. 린에게 자전거 타는 법을 가르쳐준 것도 니나였다. 잉리드는 내가 퇴근 후에 장을 보거나 볼일을 볼 수 있도록 가끔 린을 유치원에서 데려와주기도 했다.

대림절*이 시작되고 린의 생일이 다가오자, 우리는 아이들을 초대해 파티를 열었다. 케이크, 풍선, 뭐든지 많고 화려하고 요란하게 준비했다. 린과 내가 요한 없이 그날을 어떻게 견딜지 두려웠기 때문이었다. 하지만 그러고 나서는 직장에 병가를 내야 했다. 결국 무리했던 것이다.

크리스마스가 가까워오자, 린과 단둘이 이 집에서 조그만 전나무와 선물 앞에 앉아 있는 모습, 거기에 요한이 없다는 사실을 떠올리는 것만으로도 숨이 막혔다. 요한의 부모님 집에는 가고 싶지 않았고, 그렇다고 내 엄마 집에도 가고 싶지 않았다. 린과 둘이서 수영장과 아이 돌봄 서비스가 있는 호텔에서 연휴를 보낼까도 생각했다. 아예 모든 것이 다른 낯선 곳이라면 그것만으로도 크고 확실한 전환이 될 거라고 믿었다. 하지만 연휴 기간의 호텔 숙박비는 터무니없이 비쌌고, 무엇보다도 왠지 그것이 좋은 선택이 아니라는 예감이 들었다.

그 대신 잉리드가 우리를 성탄절 저녁에 초대했다. 모임은 좀 뒤죽박죽일 거라고 했다. 몇몇 가족, 잉리드의 친구 한 명, 라르스의 지인들, 예전에 초등학교 교사로 일했

---

* 성탄절 전 네 번째 일요일로, 독일 등 가톨릭·기독교 문화권에서는 이때부터 크리스마스를 준비하기 시작한다.

던 동네 아주머니 한 분이 참석한다고 했다. 나는 초대를 받아들였고, 그날 린은 어른들의 보살핌과 애정을 한껏 받았다.

그때부터 우리는 매년 성탄절 저녁과 부활절 일요일, 때로는 생일까지 함께 보냈다. 나는 장을 보고, 요리를 하고, 장식을 도왔다.

"나한테는 오히려 작은 모임이 더 힘들어. 그런 자리는 어쩐지 공기가 팽팽하거든." 잉리드가 말했다.

"사람이 많으면 분위기가 어느 한 사람에게 좌우되지 않으니까, 다들 좀 더 편하지." 나도 같은 생각이었다.

잉리드는 이제 일흔을 훌쩍 넘겨, 어느덧 혼자가 된 뒤 함부르크에 사는 아들 집 근처로 이사했다. 더 이상 운전하고 싶지 않고, 대학병원과 카페, 상점이 가까운 곳에서 살고 싶다는 것이었다. 그 집 가구와 짐 상자들이 이삿짐 트럭에 실리던 날, 예상치 못한 이별의 상실감이 나를 덮쳤다.

그 집은 1년 넘게 비어 있다가 리모델링을 거쳐 휴가용 숙소로 나왔지만, 해변 근처라 경쟁이 치열해 손님은 많지 않았다.

이제 다시 그 집 창문 너머로 불이 켜진 모습을 보는 것이 나는 기쁘다.

"주말에 옆집 세 사람을 우리 집에 초대하면 어떨까?"

내가 린에게 물었다.

"잘 모르겠어."

"얼마 전에 그 집에서 식사를 했거든. 답례하고 싶어서 그래."

"엄마 하고 싶은 대로 해."

"그 사람들 네 또래더라."

"아니, 셋 다 30대 초반이야."

"그걸 어떻게 알아?"

"얘기해 봤으니까."

이게 나이를 먹었다는 증거일까. 예전처럼 20대와 30대를 구분하지 못하는 것이. 쉰이 가까워지니 다들 그저 젊어 보이는 걸까.

"그 사람들은 나랑 레벨이 달라." 린이 말했다.

"무슨 뜻이야?"

"자기 인생에 서 있는 자리가 다르다구. 처음 했던 선택을 되돌려보기도 하고 새로운 선택을 하기도 하고. 자기가 뭘 원하는지 알더라."

"언제 그렇게 얘기를 많이 나눴어?"

놀랐다. 린이 이 집에 온 지 이제 3주째인데, 내 눈에 린은 거의 자기 방이나 베란다에만 있는 것처럼 보였으니까.

"몇 번 그 집 정원에 갔었어."

"그래서, 어땠어?"

"뭐, 그럭저럭."

"혹시 무슨 일 하는지도 알아?"

"혹시라니?"

"내 말은, 물어봤냐는 거지."

"얘기하다 보니까 자연스럽게 나왔어."

"그래서?"

"집 정리해주는 일을 하고, 거기서 나온 물건들을 인터넷으로 판대."

"아, 그래서 정원에 오래된 물건들이 자꾸 나와 있었구나. 그런데 그런 게 돈이 되긴 해?"

내게는 어쩐지 좀 현실성이 없는 일처럼 느껴졌다.

"마리는 외국인을 대상으로 독일어 수업을 해. 시내에서도 하고, 줌으로도 하고. 아그네스랑 레빈은 사이버 대학 다니는데, 아그네스는 사회복지학 전공이고 레빈은 도시지역개발을 전공하나 봐. 레빈은 그전에는⋯." 린이 잠깐 말을 멈추더니 생각을 더듬었다. "부모님이 하시는 조경 업체에서 일했대. 근데 이제는 형이 그 일을 맡아서 한다더라고."

린이 그렇게나 자세히 아는 것이 의외여서, 나는 린을

놀란 눈으로 바라보았다. 린은 고개를 앞으로 숙였다가 다시 뒤로 털어 넘기고는 단단히 묶었다. 그러자 단번에 인상이 또렷해졌다. 나는 린이 뭔가 더 이야기하지 않을 까 싶어 기다렸다.

"혹시 그 사람들끼리 사귀거나 친척 아니냐고 물어보려 던 거면, 아니야."

들킨 기분이었다. 바로 그걸 물으려던 참이었으니까.

다음 날 밤에도 린은 아래층 베란다에 있었고, 나는 침 대에 누운 채 좀처럼 잠에 들지 못했다. 문득 예전에 잉리 드가 이웃에 살던 시절이 그리워졌다. 이럴 때 옆집으로 건너가 이야기 한마디 나눌 수 있다면 얼마나 좋을까.

오래된 기억 하나가 떠올랐다. 린이 초등학교에 다니던 무렵, 어느 저녁의 일이었다. 잉리드가 우리 집 문 앞에 서 있었다. 둥근 얼굴이 상기되었고, 짧은 회색 머리는 헝클어 져 있었다. 3월이나 4월쯤, 어느 스산한 봄날이었다.

잉리드는 내게 라르스를 마지막으로 본 게 언제인지 물 었다. 이미 차를 몰고 여기저기 찾아다녔다고 했다. 나는 라르스가 우울증을 앓고 있고, 은퇴한 후로 상태가 더 나 빠졌다는 이야기를 그날 처음 들었다. 전혀 몰랐던 일이 었다. 아마 마을 사람들 누구도 몰랐을 것이다.

잉리드는 완전히 넋이 나간 채로 말을 제대로 잇지 못했다. 혹시 라르스가 항구에, 물가에, 갯벌에, 강으로, 숲으로, 이 추위에, 혼자서…. 경찰 두 명이 와서 몇 가지 질문을 하고 무언가를 적더니 돌아갔고, 잉리드는 다시 차에 올랐다. 가만히 앉아서 기다릴 수가 없었던 것이다.

다음 날 새벽, 라르스는 돌아왔다. 나중에 잉리드가 들려주기를, 라르스는 빈 창고에 들어가 반나절 넘게 숨어 있었다고 했다. 얼마 뒤 정원에서 다시 마주쳤을 때 그는 평소와 다름없어 보였다. 언제나처럼 부드럽고 잔잔한 인상을 주는 조용한 모습이었다.

그제야 예전 기억이 되살아났다. 우리가 이 집에 이사 온 지 채 1년도 되지 않았을 무렵, 잉리드가 두어 번 우리 집 초인종을 눌러 라르스를 보지 못했냐고 물은 적이 있었다. 그때 잉리드의 표정은 불안보다는 짜증에 가까웠다. 마치 남편이 자꾸 약속을 깜빡해 도무지 신뢰할 수가 없다는 듯한 얼굴이었다. 나는 잉리드가 남편을 못 믿어 괜히 확인하는 줄로만 알았다. 아무것도 모르면서, 그 걱정을 그저 호들갑쯤으로 여겼던 것이다.

그로부터 몇 년이 지난 2월의 어느 저녁, 잉리드가 다시 초인종을 눌렀다. 라르스가 또 사라진 것이었다. 이번에는 다음 날 아침이 되어도 돌아오지 않았다. 며칠이나 지난 후에 한 농부가 헛간 다락에서 라르스를 발견했다. 짚더미 위에 웅크린 채 동사한 상태였고, 수면제를 먹었다고 했다.

요한과 라르스의 사연은 서로 달랐지만, 그 경험은 나와 잉리드를 하나로 묶어주었다. 누군가 영영 돌아오지 않는다는 것. 잉리드를 정원에서 마주치고, 이야기를 나누고, 함께 보낸 저녁과 휴일, 그저 옆집에 있다는 사실만으로 느껴졌던 안정감까지, 그 모든 것이 그리웠다.

며칠 뒤, 갑자기 집 전화가 울렸다. 이제는 콜센터 전화조차 오지 않는 유선전화였다.

우리는 이 집으로 이사 올 때, 고모할머니가 쓰던 전화번호를 그대로 넘겨받았다. 이제는 지역에 얼마 남지 않은 국번 세 자리, 지역번호 다섯 자리 전화번호였다.

진즉에 해지할 수도 있었지만, 나는 그 결정을 계속 미뤄왔다. 우리 집 전화번호는 아직 온라인 전화번호 사이트에 등록되어 있었고, 그 옆에 '아네트와 요한'이라고 우리 이름이 함께 적혀 있었다. 몇 달 전에는 미국에 사는 요한의 옛 대학 동창이 전화를 걸어온 적도 있었다. 요한이 이미 20년 전에 세상을 떠났다는 사실을 몰랐다고 말하며, 인터넷으로 전화번호를 찾았다고 했다. 그 전화가 마치 다른 차원에서 걸려온 것처럼 느껴졌었다.

요즘은 이 전화기를 들 때마다 묘한 호기심이 생기곤 했다.

이번에 전화를 건 사람은 한 남자였다. 남자는 자신을 린의 회의가 열렸던 호텔을 운영하는 회사의 직원이라고 소개했다. 그는 이 번호로 린과 통화할 수 있는지 물었다. 휴대전화 번호는 알고 있지만 연락이 닿지 않고 다시 전화도 오지 않아서 아직 쓰는 번호인지 모르겠다는 것이었다.

"무슨 일로 그러시는데요?"

"그 사건으로 인한 벽 보수 공사 비용과, 예술 작품 복원 때문에 연락드렸습니다."

"어떤 벽이요? 무슨 작품을 말씀하시는 거예요? 대체 무슨 사건이요?"

"따님께서 연회장에서 음료를 쏟으셨어요. 정확히는 포도주스였고, 그것 때문에 벽에 붉은 자국이 남았습니다. 걸려 있던 그림에도 손상이 생겼고요."

"뭔가 착오가 있는 것 같은데요."

남자는 린의 이름과 호텔 투숙 날짜를 다시 확인해주었다. 잠시 생각한 끝에, 나는 한 가지 가능성을 떠올렸다.

"혹시 제 딸이 연단에서 쓰러졌던 일을 말씀하시는 건가요?"

"자세한 경위는 저도 잘 모릅니다. 호텔 쪽에서는 이미 벽을 새로 칠했고, 그림은 복원 전문가에게 맡겼습니다. 감정서와 수리 견적서도 받아두었고요. 다만 이 비용은 호텔에서 책임질 수 없습니다."

"이건 고용주 쪽에서 처리해야 할 사안 아닌가요? 제 딸은 업무차 호텔에 갔던 거예요."

"네, 처음에는 저희도 그렇게 생각했습니다. 그런데 확인해보니 따님께서는 개인 자격으로 방문하신 거더라고요. 그러니 가입하신 보험사에 직접 문의하셔야 할 겁니다."

나는 보험 서류를 어디에 두었는지 떠올리려 했다. 아마 서랍 어딘가에 처박힌 파일에 끼워두었을 것이다. 지금 돌이켜보면, 내가 그 사람 말을 그렇게 아무 의심 없이 순순히 받아들인 것이 오히려 의아하게 느껴진다.

"따님께 꼭 저희한테 다시 연락해달라고 전해주세요. 번호를 알려드릴게요."

"혹시 손상에 대한 서류를 저한테 보내주실 수 있나요?" 나는 그렇게 말하며 내 이메일 주소를 불러주었다. 대략적인 금액이 어느 정도인지 한시라도 빨리 알고 싶었다.

전화를 끊고 몇 분이 지나서야 뒤늦게 중요한 질문이 떠올랐다. 그 사람은 어째서 린이 학회 도중에 쓰러진 사실을 전혀 모르는 거야? 내가 직접 호텔에 갔을 때는 왜 아무도 그 이야기를 꺼내지 않았던 거고? 그 예술 작품이라는 건 대체 또 뭐야?

다락방에서 나는 계좌 명세서, 청구서, 계약서가 꽂힌 파일을 찾기 위해 서랍장을 열었다. 린이 유치원에 들어갔을 무렵, 요한이 가입한 가족보험료가 여전히 해마다 자동이체로 빠져나가고 있었다. 그제야 내가 우리가 가입한 책임보험의 한도조차 모르고 있다는 사실을 깨달았다. 수많은 파일을 하나하나 뒤적이고 있자니, 마음이 조급해지고 신경이 곤두섰다.

린은 자기 방에 있었다. 아마 침대에 누워 드라마를 보고 있을 것이다. 나는 점점 짜증이 났다. 왜 전화를 받지 않는 걸까. 왜 음성 메시지조차 확인하지 않는 걸까. 작은 것 하나를 물어보려 해도 늘 억지로 대답을 끌어내야만 했고, 간단한 질문에도 린은 불편한 기색을 숨기지 않았다.

나는 파일 세 개를 한꺼번에 꺼내 바닥에 쿵 하고 떨어뜨렸다. 파일을 펼쳐 살펴보고, 다시 닫아 넣고, 다음 파일을 꺼내며 일부러 어수선한 소음을 냈다. 린이 그 소리를 들었으면 했다. 지금 내가 느끼는 불편함을 린도 조금은 느끼기를 바랐다. 중간중간 메일함도 열어보았다. 혹시

그 남자가 손해액에 대한 메일을 보냈을지 모른다는 생각
이 들어서였다. 하지만 아무런 연락도 오지 않았다.

늦은 오후쯤 린이 방에서 나왔다. 빛이 바랜 짙은 붉은
색 민소매 면 원피스를 입고 있었다. 나는 그 옷을 단번에
알아보았다. 린이 고등학교 졸업을 반년 앞둔 가을, 우리
가 함께 떠났던 마지막 여행지인 이탈리아에서 산 것이었
다. 기차를 타고 밀라노까지 가서, 버스로 로마로 가 며칠
머물고, 다시 배를 타고 시칠리아까지 간 여행이었다. 열
일곱 살이던 린과 마흔을 갓 넘긴 내가 함께 광장을 걷던
장면이 눈앞에 선명하게 되살아났다. 린이 저 원피스를 입
었을 때 깜짝 놀랄 만큼 잘 어울렸던 기억도 선명했다.
"너한테 물어볼 게 있어."
린은 불안한 눈빛으로 나를 바라보았다. 뺨에 베개 자
국이 남아 있는 걸로 보아, 낮잠을 잔 모양이었다. 그 말은
오늘 밤에도 또 늦게까지 깨어 있으리라는 뜻이었다.
"그 학회가 열렸던 호텔에서 전화가 왔어. 벽이랑 그림
이 손상됐다고 하는데, 무슨 얘기인지 정확히는 모르겠더
라. 혹시 쓰러질 때 뭘 쏟거나 떨어뜨린 게 있니?"
나는 소파에 앉아 블라우스에 단추를 다느라 애를 쓰고
있었다. 바느질에 서툴러 드럭스토어에서 산 싸구려 돋보

기가 자꾸만 코에서 흘러내렸다.

"잘 모르겠어. 근데 어쩌면 그럴지도 모르겠네."

"쓰러졌다가 정신을 차렸을 때는 어땠어?"

"사람들이 나를 둘러싸고 있었어. 누군가 이마에 찬 물수건을 올려줬고, 곧 구급대가 와서 나를 데려갔어."

"그럼 네 주변 상황은 못 봤겠네. 연단이나 벽 이런 데 말이야."

"응, 잘 기억이 안 나. 아, 그런데 나중에 보니까 바지 아래쪽에 검붉은 얼룩이 있었어. 나는 그게 피인 줄 알았는데. 어차피 그 정장 바지는 세탁소에 맡겨야 했던 거야."

나는 실을 꼬아 느릿하게 매듭을 짓고 끝을 잘라냈다. 단추를 살짝 당겨보니 조금 흔들렸지만 어쨌든 붙어 있었다.

"전화 건 사람은 호텔을 운영하는 회사 직원이라더라. 네 번호로 여러 번 연락했다고 하던데, 전화는 왜 안 받았어?"

린이 휴대전화 잠금을 풀고 엄지로 화면을 넘겼다. 통화 목록을 확인하는 모양이었다.

"모르는 번호면 안 받아. 거의 다 스팸이거든."

"네 음성 사서함에도 메시지를 남겼다던데."

"응, 그건 알아. 근데 그냥 상대하고 싶지 않았어. 목소리가 뭔가 수상했어."

“수상하다니, 무슨 뜻이야?”

“자기 이름도 안 밝히고, 무슨 일인지 설명도 제대로 안 하고. 난 그런 건 그냥 무시해.”

이해는 됐다. 요즘에는 사기 전화나 보이스피싱, AI 목소리로 하는 광고 전화가 흔하니까. 린에게는 모르는 번호로 오는 전화가 중요한 내용일 가능성보다 사기일 가능성이 더 커 보였던 것이다. 하지만 그런 스팸 전화가 많은 것이 사실이라고 해도, 전부 그런 건 아니었다. 어쨌든 린의 방식이라면 원치 않는 연락이나 요구는 손쉽게 떨쳐낼 수 있을 것이다.

“호텔에서는 우리가 벽 리모델링 비용하고 그림 복원 비용을 부담해야 한다더라. 연단 뒤에 걸려 있던 예술 작품이 손상됐대. 그런데 그게 무슨 그림인지는 모르겠어.”

“모네 같은 건 아닐 거야. 그랬으면 유리 케이스에 넣어 뒀을 테니까.”

린이 조심스럽게 웃으며 내 눈치를 살폈다. 하지만 나는 웃을 수가 없었다. 그러면 안 된다는 걸 알면서도, 나는 린에게 지금 내가 얼마나 불안한지 느끼게 해주고 싶었다.

“너는 일 때문에 그 학회에 갔던 거잖아.”

린은 말이 없었다.

“그럼 원래는 네 회사에서 책임져야 할 일이야. 그런 경

우에는 직장 보험으로 처리하면 되니까. 그런데 호텔 쪽
말로는 네가 개인 자격으로 참석했다고 하더라.”
 린은 여전히 말이 없었다. 얼굴이 붉어지고 어깨가 움
츠러드는 것이 보였다.
 “그게 아니라면 네가 거기 가서 발표할 일이 뭐가 있겠
니. 업무상 갔던 거잖아.”
 “응, 그런데 그건 내가 스스로 결정해서 간 거였어.”
 “네가 일했던 회사 이름으로 간 게 아니야?”
 “응, 그 회사 일로 간 건 아니야.”
 “그래도 회사에서는 네가 발표하러 가는 거 알고 있었
잖아.”
 “그렇지.”
 “그런데 회사는 왜 너를 이렇게 내버려두는 거니?”

 나는 철물점에서 전구 줄과 여러 색깔의 공 모양 종이
등을 사 왔다. 이른 저녁, 베란다에 서서 그걸 어디에 걸면
좋을지 고민했다. 린이 밤마다 침실로 가는 대신 여기서
시간을 보낸다면, 적어도 알록달록한 조명 몇 개쯤 달려
있는 편이 좋겠다는 생각이었다.
 린은 항구까지 다녀오겠다는 메시지를 남기고 자전거
를 타러 나갔다. 좋은 징조였다. 몸을 움직이면 피곤해질

테니까. 그렇게 생각하자마자 어린아이를 키울 때나 할 법한 단순한 발상에 스스로도 놀랐다. 비가 오나 눈이 오나 밖에 데리고 나가 굴려야 아이를 저녁에 재우기 쉽다고 믿던 그 시절의 생각을 아직까지 하고 있는 것이다.

몸을 움직이는 게 좋은 징조라고, 그렇게 생각하는 것이 정말 린을 위한 걸까? 어쩌면 나 자신을 위한 것일지도 모른다. 린의 불안은 곧 내 불안으로 연결되니까.

제비들이 덤불 위로 정원을 가르며 날아다녔다. 나는 벽에 못을 박아 전구 줄 하나를 걸었고, 건전지 박스와 태양광 패널이 달린 막대는 현관 계단 옆 화분에 꽂았다. 등에 땀이 흘렀다. 머리를 높이 묶으며 이따가 찬물로 샤워해야겠다고 생각했다.

그때 레빈이 내 쪽으로 다가왔다. 빛이 바랜 어두운 티셔츠를 입고 있었는데, 손으로 쓴 듯한 글씨체로 Psycho라고 적혀 있었다. 나는 한눈에 알아보았다. 90년대 중반에 내가 즐겨 듣던 브릿팝 밴드의 티셔츠였다. 어쩌다 그 시절의 음악과 패션에 관심을 가지게 되었을까? 그러고 보니 나도 별반 다르지 않았다는 사실이 떠올랐다. 우리는 90년대 중반에 60년대 후반이나 70년대 초반 스타일의 스웨이드 코트와 청바지를 구제 가게에서 사 입고, 벨벳 언더그라운드나 도어스를 들었다. 시대 간격으로 따지면

얼추 비슷하다는 것을 깨닫고 괜히 놀랐다.

"아네트, 잠깐 괜찮아요?" 레빈이 말했다.

뒤편 들길에 트레일러를 단 왜건이 서 있었고, 그 위에 나무로 된 원통형 사우나 하나가 실려 있었다. 이런 사우나는 해변에서 자주 봤는데, 대여를 하면 차에 실어 가져다주는 식이었다. 주말이면 카이트서핑을 하는 사람들이 모래언덕 앞에 사우나가 실린 트레일러를 세우고 파티를 벌였다. 맥주를 마시고, 바비큐를 하고, 네오프렌 슈트를 반쯤 벗은 채 주위를 어슬렁거렸다.

레빈은 그 사우나를 정원에 옮겨놓고 싶은데 양쪽 정원 문 중에 우리 집 쪽만 넓게 열린다며, 우리 쪽으로 지나가도 되겠냐고 물었다. 잔디나 화단의 식물들이 다치면 며칠 안에 다 복구하겠다고 내가 따로 신경 쓸 일은 없을 거라고도 했다. 나는 그러라고 답했다. 사실 그렇게까지 엉망이 될 것 같지도 않았다.

현관 계단에 앉아 레빈의 친구가 차를 후진해 정원 안으로 들어오는 모습을 지켜보았다. 차는 잔디밭을 가로질러 가며 데이지꽃을 밟고는 반대편에 멈췄다. 트레일러에는 작은 크레인이 달려 있었고, 사우나는 벨트로 단단히 묶여 있었다.

"좀 떨어져 있어!" 레빈의 친구가 소리쳤다. "나도 이게 어떻게 작동하는지 잘 몰라!"

곧 크레인이 사우나를 천천히 들어 올렸다. 사우나는 덜컥거리고 삐걱대며 흔들리더니 이내 정원에 내려앉았다.

그쪽으로 다가갔다. 레빈이 좁은 사우나 문을 열고 안을 들여다보라고 권했다. 우리는 차례로 사우나 안에 들어가 나란히 의자에 앉았다. 공기가 답답할 거라 생각했는데, 의외로 기분 좋은 나무 냄새와 소나무 향기로 가득했다.

"이건 우리 모두를 위한 거예요."

레빈이 말했다. 어느 집을 정리하다가 나온 물건이라고 했다. 사우나 뒷면은 반쯤 유리로 되어 있어, 들판 너머 숲까지 내다볼 수 있었다. 나는 가을 저녁 어스름 속에서 여기 앉아 들판 위로 안개가 스며드는 풍경을 바라보는 상상을 했다.

"옆에 수조만 하나 있으면 딱인데. 사우나 끝나고 몸을 식힐 수 있게. 어떻게 만드는지 한번 찾아봐야겠다."

레빈은 레시피만 대충 훑어봐도 금방 해낼 수 있는 요리를 얘기하듯 가볍게 말했다.

수조, 그 말은 어쩐지 낯설고도 구식처럼 들렸다. 하지만 그 말과 함께 묘하게 마음에 남는 것이 있었다. 레빈이 정원을 건너와 내 이름을 부르던 순간과 그 목소리. 웃기지 마, 나는 마음속으로 속삭였다. 누가 이름 한 번 불러주고, 수조 같은 단어 좀 썼다고 가슴이 뛴다니, 대체 왜 그러는데?

다음 날, 요한의 어머니에게서 전화가 왔다. 점심으로 먹을 빵을 사러 시내 빵집에 가던 길이었다. 시간이 빠듯했고, 전화를 받기에 썩 좋은 타이밍은 아니었다. 나는 상점가에서 조금 벗어난 좁은 골목으로 들어가 조용히 통화할 만한 곳을 찾았다. 오랜 세월이 흘렀지만, 요한의 어머니에게서 연락이 오면 놀랍게도 여전히 긴장이 된다.

요한의 어머니는 린과 연락이 되지 않는다며 점점 걱정된다고 했다. 내가 상황을 간단히 설명하자, 말이 끝나기도 전에 연달아 질문을 퍼부었다. 나도 잘 아는, 특유의 조급한 성격으로.

"그러면 린이 다시 너희 집에서 지낸다는 거니?", "일은 안 하고? 아예 안 하는 거야? 앞으로 계획은 있다니? 그게 정상이라고 생각해?", "애는 건강하니? 내 친구 딸도 코로나 후유증 때문에 부모 집에 들어와 산다더라", "아니면 우울증 그런 건 아니니? 그런 생각은 해봤어? 치료가 필요한 건 아니야? 내가 아는 심리상담사 소개해줄까?", "앞으로 어떻게 되는 거니? 너는 어떻게 할 거야?"

그 질문들 가운데 어떤 것은 나도 내 자신에게 했던 질문이었다. 하지만 요한의 어머니가 내 답을 듣기 위해 질문하는 일은 거의 없었다. 통화를 시작한 지 2분도 채 되지 않았는데 이미 지친 기분이었다. 내가 요한의 어머니와 연락을 이어온 이유는 오직 린 때문이었다.

요한이 세상을 떠난 지 20년도 더 지났지만, 요한의 어머니에게 나는 여전히 자기 아들을 제대로 보살피지 못한 여자였다. 요한에게 너무 이른 나이에 아이를 '떠안긴' 여자, 요한의 심장 근육 속에서 일어나는 일을 점쟁이처럼 단번에 알아차리지 못한 여자, 그래서 '저 여자만 없었더라면 요한은 아직 살아 있었을 거다'라고 생각하게 만드는 여자. 이제 최소한 손녀에게만큼은 '최선'을 다하고 있는지 따져 묻지 않으면 안 되는 그런 여자. 나는 요한의 어머니가 분명 그렇게 생각하고 있으리라는 걸 알았다.

"린 좀 바꿔줘봐."

내가 당연히 집에 있을 거라고 생각하는 걸까.

"린한테 어머니께 전화 좀 드리라고 할게요."

나는 그렇게 답했다. 린은 할머니의 전화도 피하는 듯했다. 상대가 아무리 기대하고 기다려도, 충분히 오래 피하면 언젠가 그 기대도 공기 중으로 사라질 거라고 믿는 듯했다.

"네가 그러면 나만 곤란해져." 그날 저녁, 나는 린에게 말했다. "할머니는 너한테는 다정하지만, 나한테는 늘 내가 뭔가 잘못하고 있다는 느낌을 주는 분이야."

잠시 뒤, 린이 정원에서 전화를 받았다.

"9월이요? 생각해볼게요. 감사해요, 너무 좋겠네요."

린의 목소리는 상냥했다. 아마도 휴가에 초대하는 전화였을 것이다. 요한의 부모는 가을이면 종종 프랑스 남부나 이탈리아로 휴가를 가곤 했고, 그때마다 수영장이 딸린 큰 집을 통째로 빌려서 두 딸과 사위, 손주 들을 불러 며칠, 혹은 몇 주간 함께 시간을 보내곤 했다.

나는 요한의 어머니를 좋아하지 않았고, 린에게도 가고 싶지 않으면 가지 않아도 된다고 말해왔다. 하지만 그 집이 린에게는 요한을 떠올리게 하는 대가족이라는 점은 인정할 수밖에 없었다. 한편으로는 그 초대가 일종의 소유권 주장처럼 느껴지기도 했다. 요한의 어머니는 린을 만날 때마다 중요한 의식이라도 치르듯 매번 린이 요한을 어찌나 닮았는지 놀라울 지경이라는 말을 했다. 린은 내게 그 얘기를 하면서, 그게 지나칠 정도라고 했다.

"나 아빠 안 닮았어. 엄마도 안 닮았어. 그런 게 도대체 왜 중요하다는 거야?"

아그네스는 '바덴해 국립공원'[*] 로고가 새겨진 바람막이를 입고, 손에는 나침반을 들고 있었다.

"단체 투어였으면 지금쯤 다들 컨디션 어떤지 물어봤을 거예요. 우리야 뭐, 다들 괜찮죠?"

할리히[**]까지 두 시간 반, 돌아오는 데 두 시간 반, 총 14킬로미터를 걷고, 할리히에서 한 시간 휴식하는 일정으로, 밀물 시간에 맞춰 세운 계획이었다.

우리는 다섯 명이서 노르트슈트란트로 향했다. 전날 아그네스가 린과 나에게 마리, 레빈과 함께 갯벌에 가지 않겠느냐고 물었다. 갯벌 가이드 자격시험에 합격했는데, 정식 투어를 시작하기 전에 할리히까지 가는 코스를 여러 차례 직접 돌아봐야 한다고 했다.

처음 몇 미터는 마른 모랫길이었지만 곧 무른 땅이 나오기 시작했다. 곳곳이 거머리말로 뒤덮여 초록빛 융단을 깔아놓은 듯했다. 우리는 순풍을 받으며 발목 높이까지 물이 차오르는 갯골을 건넜다. 발걸음을 뗄 때마다 발이

---

[*] 독일 최대의 국립공원이자 유네스코 생물 보호구역. 연안 전체를 차지할 만큼 면적이 매우 넓다. 보호구역 중 육지는 대개 습지 지형으로, 썰물에는 초원이나 갯벌이었다가 밀물에는 바다가 되는 구역이 있다.

[**] 보호구역 안에는 할리히Hallig라고 불리는 섬이 열 개가 있는데, 그중 일곱 개 섬에는 주민이 거주한다. 이 섬들은 밀물 때마다 최대 1미터까지 물에 잠긴다. 오래전에는 할리히가 100개도 넘었지만, 해수면 상승으로 그 수가 점점 줄어들고 있다.

푹푹 빠졌다. 멀리서 마차들이 우리처럼 할리히를 향해 가고 있었다. 머리 위로는 갈매기들이 바람을 타고 원을 그리며, 마치 맹금류처럼 하늘을 맴돌았다. 아그네스가 잠시 걸음을 멈추더니 웅덩이에서 갯지렁이 한 마리를 집어 손바닥에 올리고는 갯벌 생물들의 상호작용에 대해 설명했다.

곳에 따라 종아리까지 푹 빠지기도, 차가운 진흙이 발목을 휘감기도 했다. 매번 발을 뺄 때마다 이 끈적한 덩어리가 과연 내 발을 놓아줄까, 무사히 빠져나올 수 있을까 하는 의심이 들었다.

햇빛이 수많은 물웅덩이에 부딪쳐 반짝였고, 그 빛을 따라 바닥에 새겨진 파도 무늬 같은 결이 드러났다. 지평선 너머로는 언덕이 작게 솟아 있고, 그 위에 집 한 채가 보였다. 인공 제방이 있는 할리히였다.

린과 마리는 훨씬 가벼운 발걸음으로 앞서 걸어가고 있었다. 린은 짧은 청바지에 가는 끈이 달린 민소매 차림이었는데, 바람이 차가웠지만 전혀 추워 보이지 않았다. 느슨하게 묶어 올린 머리에 두른 알록달록한 끈의 끝자락이 바람에 흩날렸다.

가끔 두 사람의 대화가 바람결에 흘러왔다. 투자며 펀드, 트레이딩, 탄소배출권, 그린 에너지 같은 단어들이 들렸다. 린이 이런 이야기를 하는 것을 들은 건 처음이라 조금 놀랐다. 언제부터 금융시장과 투자에 관심을 가지게 되었을까.

아그네스는 풍화된 벽돌 조각 하나를 들어 올리며 가라 앉은 도시에서 나온 것이고, 어쩌면 옛 교구 건물의 일부 였을지도 모른다고 했다. 우리가 서 있는 이 자리가 예전 에는 마을이었다는 것이다. 거기에 항구와 수문, 도랑과 길, 집과 우물, 동물과 사람들이 있었다. 소금으로 번성했 던 그 도시 사람들은 이탄을 캐서 태운 뒤, 그 재에서 얻은 소금 용액을 끓여 소금을 만들었다고 했다.

그로테 만드렝케Grote Mandrenke라 불린 대수몰은 1362년 1월에 일어난 두 번째 마르첼루스 홍수였다. 북독일 해안 뿐 아니라 네덜란드, 심지어 영국 해안에까지 그 흔적이 남아 있고, 일부 연대기에는 사망자가 무려 10만 명에 달 했다는 기록도 있다. 도서관에도 가끔 가라앉은 도시에 대한 책을 찾는 사람들이 있었는데, 그에 관한 교양서뿐 아니라 판타지소설 시리즈와 추리소설도 여럿 있었다.

나는 린이 그렸던 물 그림을 떠올렸다.

"당시 사람들이 지대가 낮은 습지를 지키려고 쌓은 제 방은 이런 폭풍 앞에서는 속수무책이었죠. 그 홍수 이후 로 해안 보호도 강화된 거예요."

아그네스가 그렇게 말하며 벽돌을 다시 진흙 속에 떨어뜨리고는 걸음을 옮겼다. 붉게 녹슨 벽돌 조각은 한쪽에는 이끼가 끼어 있었지만, 나머지는 평범하고 흔히 볼 수 있는 모습이었다. 수백 년의 세월이 흘렀음에도 신비로운 기색도, 특별히 훼손된 흔적도 없었다. 나는 벽돌을 집어 들고 잠시 가져갈까 고민했다. 하지만 문화재 반출이 금지되어 있다는 걸 알기에 내려놓으려던 순간, 린이 다가와 내게 말했다.

"가져가면 안 돼."

"멀쩡해 보이는데."

"그렇다고 해도 재해의 잔해야."

린의 목소리에는 마치 내가 중요한 걸 모른다는 듯 나무라는 기색이 있었다.

"그 돌은 우리 집에 두면 안 돼. 기념품이나 장식품처럼 둘 만한 게 아냐."

린이 잠시 말을 멈추더니 나를 날카롭게 바라보며 거의 적대적인 말투로 덧붙였다. 그러고는 몸을 돌려 걸음을 옮겼다.

왠지 모를 반발심이 들었다. '기념품'이라니, 게다가 '우리 집'이라니. 지난 7년 동안 그 집에는 나 혼자 살았고, 앞으로도 한동안은 그럴 터였다. 그 집은 어디까지나 내

집이고, 재해의 잔해를 그곳에 둘지 말지는 내가 결정하는 것이다. 처음에는 그럴 생각이 없었지만, 나는 그 벽돌을 숄더백 속으로 밀어 넣었다.

우리는 마침내 할리히에 도착해 인공 제방 위로 올라갔다. 염생식물이 자라는 초원에는 양들과 제법 자란 새끼 양들이 풀을 뜯고 있었다. 새끼들이 어미 배 밑으로 파고들어 젖을 빨려고 하자, 어미는 바로 몸을 빼고 몇 걸음 옮겨 갔다.

제방에서는 한 부부가 일을 하고 있었다. 이곳 음식점과 할리히 해안 방어를 관리하고, 가축을 돌보며 새들의 수를 세는 일을 한다고 했다. 겨울에는 본토에서 지내는데, 그곳에도 거처가 있단다.

"이 할리히는 해마다 50번에서 70번 정도 물에 잠기지만, 이 제방만은 예외예요." 남자가 말했다.

"수위가 크게 오를 경우를 대비해서 지붕 밑에 대피처가 있어요. 땅속 몇 미터 깊이까지 콘크리트 기둥을 박아 만든 구조예요." 여자가 설명하자, 남자가 웃으며 덧붙였다.

"일종의 망루라고 할 수 있죠."

나는 홍수가 담벼락을 무너뜨리고 지붕을 뜯어내는 와중에 오직 이 구조물만 버티고 서 있는 모습을 상상했다. 콘크리트 기둥 네 개와 벽, 그 안에서 사람들이 모여 버티는 모습.

아그네스는 울타리 쪽으로 가 삼각대 위 망원경을 들여다보았다. 망원경은 본토, 그러니까 우리가 사는 반도를 향하고 있었다.

마리와 린은 같은 테이블에 앉았고, 나는 조금 떨어진 곳에 자리를 잡았다. 혼자 있고 싶었다. 그때 레빈이 다가와 앉더니 음료 메뉴판을 가리키며 말했다.

"술을 넣은 민트맛 핫초콜릿? 위험해 보이는데요."

"핫초콜릿에 술을 넣고, 거기에 민트 초콜릿을 녹인 걸까요?"

"시켜볼까요?"

나는 발이 아팠다. 린은 벽돌 얘기로 트집을 잡은 뒤로는 오는 길 내내 나와 한 마디도 하지 않았다. 단둘이 있던 시간이 길어져 이제 슬슬 서로가 지겨워지기 시작한 것인지도 몰랐다.

그늘 속은 서늘했고, 나는 배낭에서 스웨터를 꺼내 입었다. 술이 들어간 핫초콜릿이라면 기분이 조금 나아질 것도 같았다.

"그리고 먹을 것도 같이!"

나는 걸어가는 레빈의 등 뒤로 외쳤다. 레빈은 본채 옆 별채로 가 부엌 창문을 통해 음식을 주문했다. 잠시 후 레빈은 휘핑크림이 수북이 올라간 머그잔 두 개와 감자샐러드, 통곡물빵 샌드위치를 들고 돌아왔다.

"수수께끼가 풀렸어요. 페퍼민트 리큐어를 넣었대요."

도수는 제법 높았지만 맛은 달콤했고, 마시자마자 술기운이 바로 퍼졌다. 레빈이 말했다.

"갯벌은 아무 일 없는 곳일 줄 알았는데, 의외로 많은 일이 일어나네요."

"무슨 일요?"

"생태계 전체요. 거기 사는 생물들, 그곳에 얽힌 이야기 같은 거요. 예를 들어 갑각류는 껍질이 작아지면 벗어버리고 새 껍질이 날 때까지 기다려야 하잖아요. 그동안에는 완전히 무방비 상태가 돼서 그야말로 버터처럼 부드러운 사냥감이 되죠. 위험한 삶이에요. 그래서 그런지 괜히 마음이 가더라고요."

레빈은 컵을 휘저은 뒤 한 모금을 마셨다.

"아니면 저기 굴러다니는 벽돌도 거의 700년 된 것일 수도 있죠. 누군가는 저 벽돌을 구웠고, 그걸로 건물을 지었을 거예요. 그 건물 안에서 사람들이 지내고, 서로 얘기하고, 오가고 했겠죠. 그런데 지금은 모든 게 사라지고, 이 벽돌만 남은 거예요."

레빈이 기대 섞인 눈빛으로 나를 바라보았다. 무슨 말

인지 알 것 같았다. 나는 고개를 끄덕이며 말했다.

"참, 그 벽돌 내가 가져왔어요. 사실 그러면 안 되지만요."

레빈이 미소를 지었다. 나는 그를 바라보았다. 턱까지 내려오는 약간 흐트러진 짙은 머리칼, 아주 친절한 눈빛, 살짝 붉어진 목덜미에 예민해 보이는 피부. 문득 생각했다. 내가 20대 후반에 요한, 린과 함께 이 집에 이사를 왔다면 어땠을까. 그때 아그네스와 마리, 레빈이 옆집에 살고 있었다면. 나이대가 비슷하니 자주 어울렸을 것이고, 가족 같은 친구가 되어 어린아이 한 명을 둔 다섯 명의 무리가 되었을 것이다. 나는 여전히 요한과 함께였겠지만, 속으로는 몰래 가끔 레빈을 생각했을지도 모른다. 비밀스러운 에너지원으로, 혹은 내가 요한에게 전적으로 의존하지는 않는다는 일종의 안전망으로 삼는 것이다. 요한은 여전히 킬에 있는 대학에서 일하며 매일 통근했을 테고, 늦게까지 일이 있을 때면 친구 집에 머물렀을 것이다. 그렇게 요한이 킬에서 자리를 잡는 동안, 나는 이곳에 완전히 뿌리를 내렸겠지. 가끔은 요한이 언젠가 린과 나, 작은 마을에 있는 이 집을 떠나버릴지도 모른다는 두려움이 밀려오기도 했다. 그 이유는 정확히 모르겠지만, 가끔은 내가 요한보다 부족하다고 느낀 탓이다. 지금 돌이켜보면 요한과 나의 부모, 우리가 자라온 가정환경의 차이와도 관련이 있었던 것 같다. 일이 뜻대로 풀리지 않아 이별, 사고, 병, 실직 같은 큰일이 닥쳤을 때 나를 지탱해줄 사람이 누가 있을까. 나에게는 요한 말고 아무도 없다는 것이 나의 결론이었다.

"금방 올게요."

레빈이 말했다. 잠시 후 레빈은 휘핑크림을 얹은 머그잔 두 개를 쟁반에 담아 돌아왔다.

"2라운드 시작이요."

나는 핫초콜릿을 크게 들이켰다. 리큐어가 다시 머리까지 오르는 데는 오래 걸리지 않았다. 어지럼증이 몽글몽글하게 번지고, 눈꺼풀이 무거워졌다.

"잠깐 걸어야겠어요." 내가 말했다.

갈대 지붕 집 뒤에는 넓은 정원이 있었고, 그 너머로 갯벌과 바다가 한눈에 들어왔다. 나는 물이 할리히 해안선을 넘어 조개 서식지를 지나 서서히 염습지를 삼켜, 마침내 인공 제방만 빠끔히 남는 모습을 상상했다.

집 벽 앞 벤치에 앉아 얼굴에 부드러운 바람을 맞으며 눈을 감았다. 잠시 후 발소리가 들렸다. 누군가 곁에 다가와 옆자리에 앉았지만, 내게 아무 말도 건네지 않았다. 우리는 말없이 나란히 앉았고, 나는 눈을 감은 채 미동도 하지 않았다.

　돌아오는 길, 우리는 짙은 회색 먹구름을 마주하고 걸었다. 곧 비가 부슬부슬 내리기 시작했고, 바람이 포효하는 벽처럼 거세게 몰아쳤다. 나는 겨우 30분 만에 다른 사람들의 속도를 따라가는 것이 힘겨워졌다. 바람과 맞서 싸우며 걷는 것만으로도 지쳐, 뒤처지지 않으려 안간힘을 써야 했다. 린과 마리는 나보다 훨씬 앞서가며 이런저런 손짓을 하고 고개를 맞대며 이야기를 나누는 듯했지만, 힘든 기색이 전혀 없었다. 반면 나는 그저 앞으로 나아가는 것이 전부였고, 발걸음을 떼는 것에도 온 힘을 쏟아야 했다. 사방에서 굉음이 울렸지만, 아무것도 느낄 수 없었다. 호흡도, 맥박도, 심장박동도 전부 사라진 것 같았다. 나는 고개를 숙인 채 땅만 바라보며 바람을 향해 있는 힘껏 몸을 밀어붙이고 다른 사람들을 따라잡으려 애썼다. 그 순간, 눈앞에 요한이 나타났다. 국도 옆 모랫길 위, 붉은 운동복 재킷에 파란 러닝 팬츠, 형광 주황색 줄무늬가 들어간 아디다스 운동화를 신고 있었다.

　나는 걷고, 또 걸었다. 모든 감각을 잊은 채, 멈추지 않고, 발을 진흙에 파묻었다가 다시 끄집어내며, 비틀거리지 않고, 균형을 잃지도 않은 채, 한 걸음씩 바람을 거슬러 나아갔다.

요한이 조깅을 하러 갔다가 돌아오지 않은 그날로부터 몇 주 뒤, 여느 때처럼 린이 잠들 때까지 그 옆에 누워 있는데 린이 물었다.

"아빠는 도대체 얼마나 더 있어야 와? 이제 못 기다리겠어."

린은 마치 요한이 여행이라도 떠난 것처럼 말했다. 시간이 지나면 문을 열고 들어올 것처럼. 나는 아무 대답도 할 수 없었다. 누군가 더 이상 살아 있지 않다는 것이 어떤 의미인지 몇 번이고 설명하려 했지만, 린은 이해하지 못했다. 어쩌면 당연한 일이었다. 나는 린에게 다시 설명하기보다 애매하고 조심스럽게 대답했다. 일이 복잡하고, 엄마도 잘 이해하기 어렵다고. 사실 틀린 말은 아니었다. 나도 직접 눈으로 확인하고 나서야 알 수 있었지만, 여전히 완전히 이해하지는 못했으니까. 하지만 그런 말은 린의 질문에 충분한 대답이 되어주지 못했다.

그날 그 대화는 잊지 않기 위해 적어두었다. 그 몇 주, 몇 달 동안에 나는 늘 정신이 흐트러져 있었고, 사소한 기억들이 자주 뒤섞였다. 하지만 그 순간만큼은 최대한 정확하고 온전하게 기억해두고 싶었다. 린의 그 질문이 우리가 처한 상황의 모든 것을 함축하고 있었기 때문이다.

린의 베를린 집은 뒷마당을 향해 있었고, 주변 좁은 도로에는 차들이 빼곡히 주차되어 있었다. 우리는 한참을 돌다가 이사 트럭이 들어갈 만한 자리를 겨우 찾아냈다. 뜨거운 열기가 훅 끼쳤고, 먼지 낀 공기가 느껴졌다.

토요일 아침 일찍 밴을 한 대 빌려 출발한 참이었다. 베를린에 하루이틀 머물며 여유 있게 짐을 챙길 계획이었다. 나는 월요일 하루 휴가를 냈다. 7월 초였고, 린의 다음 세입자는 가능한 빨리 입주하고 싶다며 그달 집세를 전부 부담하겠다고 했고, 건물 관리 회사도 동의했다.

우리는 오는 길에 철물점에서 산 커다란 이사 박스를 팔에 끼고 4층까지 걸어 올라갔다. 집 안은 덥고, 부엌에서는 시큼한 냄새가 맴돌았다. 싱크대에는 말라붙은 시리얼 그릇이 놓여 있고, 식탁 위에는 개봉된 귀리우유 팩, 그 옆 도자기 그릇 안에는 검게 변색된 바나나와 곰팡이에 뒤덮인 오렌지가 날카로운 악취를 풍기고 있었다. 그제야 나는 몇 주 전 린이 얼마나 급하게 집을 나섰는지 깨달았다. 당분간 돌아오지 못하리라는 것을 그때는 미처 몰랐다는 것도.

린은 과일을 쓰레기통에 버렸다. 초파리들이 식탁 위를 무질서하게 날아다녔다.

"엄마, 나 잠깐 장 보고 올게. 오늘 저녁에 마실 거랑 빵,

샐러드 사 오려고."

린은 싱크대에서 찬물을 틀어 얼굴에 끼얹었고, 서랍에서 깨끗하게 마른 행주를 꺼내 얼굴을 닦았다. 그리고 에코 백 두 개를 집어 들며 말했다.

"다녀올게."

집 안을 둘러보았다. 유난히 길게 뻗은 복도 한쪽에 흰색으로 칠한 금속 서랍이 하나 놓여 있었다. 큰 방 하나와 그 옆 끝에 창문이 달린 길쭉한 쪽방이 하나 있었는데, 린은 그 방을 침실로 쓰고 있었다. 침대가 겨우 들어갈 만큼 딱 맞게 놓여 있고, 문 옆 구석에는 폭이 좁은 옷장이 있었다. 밝게 칠해진 벽은 비어 있고, 침대 머리맡에는 압정으로 고정한 사진 두 장이 붙어 있었다. 가까이서 들여다보니, 한 장은 요한이 네 살 난 린을 어깨에 태우고 있는 사진이었다. 여름이었고, 요한은 수영복 반바지에 선글라스를 쓴 채였고, 린은 젖은 머리칼에 볼에는 딸기 아이스크림 자국이 묻은 모습이었다.

다른 한 장은 두 언덕 사이 움푹한 곳에 홀로 자라난 나무 사진이었다. 나무는 정확히 한가운데 있었고, 완벽하게 둥근 수관이 어린아이가 그린 그림에 나올 법한 나무 같았다. 사진에는 흰 테두리가 있었고, 그 아래 작은 글씨로 '노섬벌랜드'라고 적혀 있었다. 린이 대학 시절 여행을 다녀온 곳이었다.

나는 바지 뒷주머니에서 휴대전화를 꺼내 사진들을 찍었다. 스파이라도 된 기분이었다. 린이 알았다면 분명 싫어했을 것이다. 하지만 뭐라도 붙잡고 싶은 심정이 들어 멈출 수가 없었다. 요즘 들어 내가 린에 대해 제대로 아는 게 있나 싶었기 때문이다. 린이 정말로 어떤 상태인지 조금도 짐작할 수 없었다.

그때 초인종이 울렸다. 린이 열쇠를 두고 갔나 싶어 현관으로 가 출입문 버튼을 눌렀다. 하지만 들려오는 발소리는 린의 것이 아니었다. 두 사람이 빠르게 계단을 올라오고 있었다.

"무슨 일이세요?" 내가 물었다.

"소파 가지러 왔습니다." 한 남자가 말했다.

"죄송해요, 약속 시간보다 좀 일찍 왔네요."

다른 남자가 덧붙였다. 나는 안으로 그들을 들였다.

"잠깐만 기다려 주시겠어요? 제가 전혀 들은 게 없어서요."

그렇게 말하고 린에게 전화를 걸어보았지만 받지 않았다. 남자 한 명이 차가 도로를 막고 있어서 서둘러야 한다고 말했다.

"제 딸이랑 계산은 어떻게 하기로 했어요?"

“1천 유로고, 페이팔로 송금했어요.”

다른 남자가 그렇게 말하고는 휴대전화를 꺼내 화면을 넘기더니 무언가를 눌렀다. 나는 린에게 다시 전화를 걸었지만, 이번에도 음성 사서함으로 넘어갔다. 남자의 휴대전화 화면을 힐끗 보니, 페이팔 로고와 ‘1천 유로’라는 금액이 보였다.

세 번째로 린에게 연락을 시도하다가, 그냥 이 남자들의 말을 믿기로 했다. 금액도 적당해 보였다. 이미 그들은 소파를 들어 올려 집 밖으로 빼내고 있었다. 소파를 제대로 살펴보지도 않았고, 사소한 건 별로 개의치 않는 눈치였다. 어쩌면 자기들이 쓰려는 게 아니라 되팔 생각인지도 몰랐다. 울 소재에 밝은 겨자색이 감도는 좋은 소파였다. 린은 나보다 인테리어 감각이 좋았고, 그 사실은 집 안 곳곳에서 드러났다. 70년대풍 스탠드 조명, 폭이 좁고 정돈된 책상, 담백한 침구, 벼룩시장에서 구한 작은 식기 세트가 있었고, 짙고 따뜻한 초록색으로 칠한 욕실 벽에는 자꾸만 눈이 갔다. 물건이 많지 않았고 대부분 중고로 들여온 것이었지만 모두 잘 정리되어 있었다. 오래 쌓인 잡동사니도, 세월의 흔적 같은 것도 없이 이제 막 시작한 살림이라는 티가 났다.

소파가 사라지자 방이 휑해졌다. 책장과 그 맞은편의

책상, 그리고 그 옆에는 사진과 메모, 숫자와 그래프가 빼곡하게 붙은 자석 칠판이 세워져 있었다. 나는 그것들을 훑어보았다. 탄자니아, 인도네시아, 뉴질랜드, 스코틀랜드, 페루 같은 여러 지역의 숲과 조림 사업, 이산화탄소 배출과 감축에 관한 내용이라는 것은 알 수 있었지만, 그래프와 수치를 세세히 이해하지는 못했다.

그때 린이 돌아왔다. 장 본 물건이 가득 든 가방을 어깨에 메고, 팔에는 오래된 신문 뭉치를 안고 있었다.

"포장할 종이를 깜빡했더라고."

린이 소파가 있던 자리를 바라보더니 물었다.

"벌써 왔다 갔어?"

"응, 좀 전에."

"너무 일찍 왔네."

"그 사람들이 페이팔로 1천 유로를 보냈다던데, 맞는지 모르겠어."

린이 미소를 지었다.

"말도 안 돼. 현금으로 주기로 했거든." 린은 장 본 물건을 내려놓았다. "페이팔로 보냈을 리가 없어. 내 연락처도 모를 텐데. 아마 내가 없는 걸 확인했고, 엄마는 상황을 잘 모른다는 걸 눈치챘겠지. 우리 완전히 당했네."

린은 휴대전화를 꺼내 몇 번 두드리더니 말을 이었다.

“그 소파 거의 새것이었고, 원래 가격은 두 배도 넘었
어. 그걸 공짜로 가져간 거지.”

나는 고개를 저었다.

“말도 안 돼. 그 사람들한테 연락해서 돈을 받아낼 수는
없어?”

“내가 돈을 안 받았다는 걸 어떻게 증명해? 그 사람들
은 둘이었고, 엄마는 혼자였잖아. 연락해도 어차피 답도
안 할걸.”

“그렇게 쉽게 속아 넘어가다니…. 정말 미안해.”

“그럴 수도 있지.”

“너무 순식간이었어.” 어떻게 이렇게 바보 같을 수 있을
까. “조심해야겠다고 생각은 했는데…. 그 사람들이 휴대
전화로 이체 화면을 보여주더라고. 진짜 같았어.”

장 본 물건을 부엌으로 가져가는 린을 뒤따라갔다.

“내가 바보 같았어. 1천 유로라니….”

“근데 문은 왜 열어준 거야? 안 열었으면 그냥 나중에
다시 왔을 텐데.”

“너인 줄 알았지. 열쇠를 두고 갔나 싶었어.”

“됐어, 어차피 끝난 일이야.”

“그래도 너한테 연락하려고 했어. 네가 전화를 받았으
면 얘기했을 텐데.”

"그냥 잊어."

린이 한숨을 쉬었다. 그리고 냉장고를 열어 샐러드, 채소, 레모네이드 몇 병을 넣었다.

"여러 번 전화했었어."

"어차피 이제 와서 어쩔 수도 없어."

또 다른 에코백에서는 빵, 요거트, 사과, 딸기 한 팩이 나왔다.

"그런데 왜 전화를 안 받았어?"

물어봐야 소용없는 질문이라는 걸 알면서도, 나는 전에 있었던 호텔과 예술 작품, 그 때문에 린에게 연락했지만 끝내 닿을 수 없었던 남자, 린의 전화를 받지 못한 요한의 어머니를 떠올렸다. 원래 그러면 안 되는 것이다. 누군가에게 휴대전화가 있으면, 사람들은 당연히 연락이 닿을 거라고 기대한다.

"슈퍼가 시끄러워서 잘 못 들었어."

"넌 원래도 전화 잘 안 받잖아."

린의 눈빛에 '그게 무슨 말이냐'라는 물음이 스쳤다.

"그런 데서 결국 문제와 오해가 생기는 거야."

"나 그냥 장 보러 다녀온 거야."

"알지. 근데 너는 그냥 모든 걸 다 차단해 버리잖아."

"무슨 말이야?"

“전화만 그러니? 대화도, 질문도 그렇고. 네가 지금 어떤 상태인지, 앞으로 어떻게 할 건지에 대한 얘기도 전혀 안 하잖아.”

‘앞으로 어떻게 할 건지’라니, 나는 왜 지금 이 말을 꺼냈을까. 자식에게 불만이 있는 부모가 하는 전형적인 말이었다. 린은 아무 대답도 하지 않았다. 피곤해 보였다.

“너는 아무 얘기도 하지 않고, 모든 걸 피하기만 하잖아. 나는 지금 네 상태가 어떤지도 몰라. 여기서 너랑 짐을 싸고 있어도, 누가 나한테 무슨 일이냐고 물으면 해줄 말이 없어. 그렇다고 너한테 뭐라도 물어보면, 너는 내가 무슨 무리한 요구라도 했다는 것처럼 반응하고 있다고.”

화를 낸다고 우리 둘에게 아무런 도움이 되지 않는다는 건 알았다. 하지만 더는 참고 싶지 않았다. 더는 이렇게 속수무책으로 헤매고 싶지 않았다. 지금이 최악의 타이밍이라는 것도, 물론 잘 알고 있었다. 지금 여기, 이 집에서 우리는 싸우는 게 아니라 짐을 싸야 했다. 하지만 인생이라는 게 그렇다. 자기 파괴적인 행동을 하고 있다는 사실을 자각하면서도 동시에 그 행동을 멈추지 못하는 것이다.

린은 물 한 잔을 따라 단숨에 들이켰다.

“내일이면 짐을 싸서 차에 싣고 돌아가겠지. 그다음에는? 또 방에만 틀어박혀 있을 거야? 밤에는 잠도 안 자고 베란다에 누워만 있고? 그래서 앞으로 어떻게 하려고?”

또 그 질문이었다. ‘앞으로 어떻게 할래?’ 식의 질문. 나는 어느새 예전에는 절대 하지 않으리라 다짐했던 그런 말투로 얘기하고 있었다.

“너도 지금처럼 그렇게 지내고 싶은 건 아니잖아. 네 아이디어들은 다 어디 갔어? 새로운 시작은? 에너지는? 그게 전부 사라졌을 리는 없잖아.”

동네에서 누군가 린이 먼 곳에서 돌아온 거냐고 물은 적이 있었다. 그러면서 시시껄렁한 농담을 덧붙였다. ‘그래, 나무를 옮겨 심는다고 꼭 하늘까지 자라는 건 아니지. 하하, 나무 말이야, 나무.’ 세상에는 정말 견디기 힘든 부류의 사람들도 있다.

“무슨 말이라도 좀 해봐!” 나는 린을 다그쳤다.

애 숨 좀 돌리게 둬. 잠깐만 기다려봐. 지금 대답하려던 참일지도 모르잖아. 요한의 목소리가 들려오는 듯했다.

죄책감이 밀려왔다. 예전부터 늘 그랬다. 린과 싸울 때면 나는 긴 독백을 쏟아내며 린이 끼어들 틈을 주지 않았다. 세월이 흐르면서 나는 린과의 싸움이 외줄타기 같다는 것을 깨달았다. 우리 사이에 제삼자는 없다. 갈등을 잠재워줄 중재자가 없는 것이다. 린은 청소년기까지 내내 온전히 내 기분에 좌우되었다. 내가 의식하지 못했다 해도 그건 분명한 사실이었다. 린에게는 나뿐이었고, 요한은 없었으니까. 내가 기분이 좋을 때나 지쳐 있을 때, 짜증이 나 있을 때도 린은 그것을 고스란히 느껴야 했다. 집 안 분위기를 만드는 것은 나였고, 그걸 누그러뜨려줄 장치는 없었다. 둘이 다투고 난 뒤 저녁 식사가 준비되었을 때, 린의 방문을 두드리며 담담한 목소리로 '식사하자'고 말해줄 사람도, 다음 날 아침 아무 일 없다는 듯 린을 깨워줄 사람도 나 말고는 없었다. 내가 냉랭하게 말하는 순간, 집 안은 그대로 얼어붙었다.

하지만 나라고 다르지 않았다. 린이 화를 내거나 고집을 부리거나 차갑게 굴 때마다, 저녁에 소파 옆자리에 앉아 내 하소연을 들어줄 사람은 아무도 없었다. 늘 내 이야기를 들어주고, 그 말에 동의하거나 때로는 반박해주던 요한도 없었다.

나도 물 한 잔을 따라 식탁에 앉았다. 우리는 한동안 아무 말 없이 마주 앉아 있었고, 나는 마음이 불편하고 답답했다.

잠시 뒤, 린이 목소리를 가다듬더니 말을 꺼냈다.

"나도 알아. 내가 지금 상태 안 좋은 걸 엄마가 못 견디는 거. 내가 잘 지내야 엄마도 잘 지내잖아. 지금 내가 그걸 못 해주니까 엄마가 나한테 화가 난 거지."

그건 린 말이 맞아. 당신도 이제는 인정해야 해. 요한의 목소리가 다시 들려왔다.

"태어나서 처음이야. 지금까지 이런 적 없었잖아. 이렇게 멈추는 것도, 제대로 해내지 못하는 것도 처음이잖아. 그런데 엄마는 그걸 못 견뎌. 이제 겨우 일주일이야. 일주일 만에 엄마가 못 견뎌 하는 거 나도 다 느꼈어."

린이 잠시 숨을 고른 뒤 덧붙였다.

"지금 이대로 지낼 수 없다는 건 나도 알아. 나도 내가 왜 이러는지 궁금해. 근데 내 힘으로 왜 그러는지 알아내고, 내 속도로 스스로 해결할 거라고 조금만 믿고 기다려 줄 수는 없는 거야?"

린의 목소리는 차분했고, 오히려 나보다 훨씬 깊이 생각한 것처럼 들렸다.

"그냥 잠깐만 조용히 지내게 해줘. 몇 주쯤 느리게 지낸다고 뭐가 크게 달라져? 인생 전체로 보면 고작해야 두세 달 정도일 텐데."

린이 책을 상자에 넣는 동안, 나는 부엌에서 린이 그간 모아온 접시와 컵, 그릇을 저녁 식사에 쓸 것만 빼고 신문지로 포장했다. 자석 칠판은 린이 침대보로 감싼 뒤 포장용 끈을 단단히 묶어 복도에 옮겨두었다.

저녁 무렵, 다시 초인종이 울렸다. 이번에는 젊은 커플이 식탁과 의자를 가지러 왔다. 이제 막 함께 살기 시작했다고 했다. 정확히 세어 준비한 듯한 빳빳한 100유로 지폐 몇 장을 린에게 건넨 뒤 가구를 밖으로 옮겼다. 린은 문을 닫았고, 현관 밖에서 두 사람의 목소리와 발소리가 들렸다. 가구를 모두 옮기려면 두 사람이 두세 번은 계단을 오르내려야 할 터였다. 도와줘야 하지 않을까 싶으면서도, 왠지 선뜻 몸이 움직여지지 않았고 린도 마찬가지인 것 같았다. 아마 이제 막 함께 살기 시작해 새로운 출발에 들떠 있는 그들의 모습을 더는 마주하고 싶지 않았기 때문이었는지도 모른다.

린의 다음 세입자는 옷장과 침대, 매트리스를 적당한 가격에 넘겨받기로 했고, 책장도 그대로 두기로 했다. 그 세입자는 집과 가구를 직접 보지는 않았고, 린의 이웃이 영상통화로 집 안을 보여준 것이 전부라고 했다. 빌뉴스에서 베를린으로 이사 오는 그 사람은 새 직장에서 집세를 지원받는다고 했다. 린은 가구를 파는 것부터 다음 세입자를 구하고 부동산과 서류를 처리하는 일까지 모든 일을 혼자서 해냈다. 내가 린이 방에만 틀어박혀 아무것도 하지 않는다고 생각하는 동안, 린은 베를린 생활을 하나하나 정리하고 있었던 것이다.

우리는 몇 시간 만에 짐을 모두 쌌다. 내일은 이사 박스와 남은 가구를 밴에 싣고, 근처 카페에서 점심을 먹은 다음 오후에 돌아가기로 했다.

자정 즈음, 나는 이를 닦으며 열린 창가에 서 있었다. 린은 바닥에 방석을 깔고 앉아 있었다. 옆에 놓인 유리병 속 촛불이 타고 있었다. 밖에서 사람들 목소리와 음악 소리가 흘러왔다. 어딘가에서 어린아이가 서럽게 우는 소리가 들렸고, 소리를 듣고 있자니 마음이 아플 정도였다. 그 울음이 언제 멎을지, 누가 달래주러 오지는 않나 기다리던 순간, 소리는 날카로운 비명으로 바뀌었다. 고양이 울음이었다. 린은 딸기를 요거트와 같이 먹고 있었다. 가끔씩 린의 휴대전화 화면에 메시지가 번쩍였다. 나는 자러 간다고 말한 뒤 옆방에 가 누웠다.

한참 뒤, 린이 머리맡 창문을 여는 소리에 깼다. 린이 이불 속으로 들어와 한동안 가만히 누워 있었다. 나는 자는 척을 했고, 잠시 후 린이 가까이 다가와 머리를 내 어깨에 기댔다.

집에 도착했을 때는 이미 밤이 깊어 짙은 어둠이 깔려 있었다.

나는 다음 날 정오가 다 되어서야 일어나 커피를 끓였

다. 머그잔을 손에 든 채 베란다 계단에 걸터앉자, 가장 먼저 화단이 눈에 들어왔다. 수국이 심겨 있고, 다른 꽃나무들도 빽빽하게 들어차 무성한 초록과 화사한 색으로 가득했다. 심지어 며칠 전 차에 짓밟혔던 데이지마저 다시 고개를 들었다. 나는 시선을 옆집 정원으로 옮겼다. 사우나 앞쪽 땅이 정사각형으로 깊게 파여 있었다.

정말 수조를 만들 작정인가 보네.

호텔 건과 관련해서는 여전히 메일이 없었다. 어쩌면 소식이 없는 게 오히려 좋은 신호일지도 몰랐다. 단순한 착오였고, 행사장과 그림 복원 비용은 다른 식으로 어떻게든 해결됐을 것이다. 나는 그렇게 생각하며 마음을 달래려 했다.

그 남자의 전화번호는 적어두었지만, 이름은 미처 받아적지 못했다. 그 번호를 인터넷에 검색해 전화를 건 남자가 속한 회사의 이름을 다시 확인했다. 회사는 홀딩스 그룹이었고, 홈페이지에는 에너지, 농업, 건축자재 같은 다양한 분야의 자회사 이름만 나열되어 있을 뿐 별다른 정보가 없었다.

홈페이지의 '지속 가능성' 탭을 열자 이 회사가 하는 공익 활동과 지속 가능성 프로젝트, 협력 사례가 소개돼 있었다. 대강 훑다가 링크를 눌러보니, 그중 하나가 린이 다니던 환경 컨설팅 회사로 연결됐다. 그 회사 홈페이지는 린이 취업 소식을 전했을 때 이미 본 적이 있어 익숙했다. 루마니아, 인도네시아, 페루 등지에서 조림 프로젝트를 진행한다는 내용과 자연보호, 생물 다양성 보전, 야생동물 보호 활동에 대한 설명이 있었다. 독일에서도 브란덴부르크, 튀링엔, 슈바르츠발트 같은 지역에서 새롭게 계획 중인 소규모 사업들이 소개되어 있었다.

검색을 하다 보니, 린이 참석한 회의가 열린 그 호텔 역시 이 홀딩스 회사 소속이라는 사실을 알게 되었다. 호텔 웹사이트는 세련되고 절제된 인상을 풍겼다. 사진 갤러리에서는 살롱, 객실, 스위트룸, 레스토랑, 공원, 텃밭, 온실 사진이 차례로 등장했고, 배경에는 잔잔한 피아노 음악이 깔려 있었다. 청회색과 무광 회색 벽, 짙은 나무색의 앤티크 가구가 조화로운 사진을 보자, 함메르쇠이의 그림 속 고요한 기다림이 다시 떠올랐다. 린의 짐을 가지러 혼자 로비에서 한참을 서 있던 그날 아침도 생각났다.

호텔은 지속 가능성을 강조하고 있었다. '지역에서 생산한 재료를 사용합니다'라는 문구와 함께 텃밭 가꾸기, 퇴비 만들기, 야생 허브의 채집과 건조, 활용법 같은 워크숍을 소개하고 있었고, '스트레스 완화'와 '창의력 증진'을 표방한 숲 산책 프로그램도 운영했다.

객실 요금은 하룻밤에 400유로부터 시작했고, '완벽한 퇴비 만들기' 워크숍이 포함된 긴 주말 패키지는 1천7백 유로였다.

연회장 뒷벽이 찍힌 사진 한 장이 눈에 들어왔다. 연단 뒤에 걸린 커다란 그림. 아마 전화 속 남자가 복원해야 한다고 말한 바로 그 작품일 것이다. 화면을 확대해 그림을 자세히 살폈다. 나무기둥과 잎사귀, 하늘이 강렬하면서도 한없이 투명하게 그려져 있었다. 초록빛이 여러 명암으로 표현돼 있었고, 구름 사이로 스미는 빛도 놀라울 만큼 생생했다. 크기는 가로 약 1.5미터, 세로 2미터쯤 돼 보였고, 액자 없이 캔버스 그대로 벽에 걸려 있었다.

그림을 스크린샷으로 저장하고, 새 창에 '이미지 검색'을 열어 이미지 파일을 업로드했다. 예전에 린이 알려준 방법이었다. 몇 건의 검색 결과가 나왔고, 그중 하나는 몇 해 전 이 작품이 경매에 출품된 기록이었다. 나는 그 사이트를 클릭했다.

제목은 「희미해지는 숲Thinning Forest」으로, 수채물감과 아크릴, 목탄을 혼합해 캔버스에 그린 작품이었다. 당시 낙찰가는 7만 5천 달러였다. 작가 이름을 검색하니 몇 년 전에 세상을 떠났고, 미국 메인주에서 딸을 한 명 키우며 살았다는 내용이 나왔다. 작가는 숲을 주제로 한 연작을 꾸준히 그려온 것 같았다. 일부 작품은 소규모 갤러리에 소장되어 있었고, 잡지에도 여러 번 소개되었다.

다시 경매 사이트로 돌아갔다. 7만 5천 달러. 수십, 수백만 달러에 이르는 아주 비싼 그림은 아니었지만, 나를 불안하게 만들기에는 충분한 액수였다. 다행히 며칠 전 보험 계약서를 찾아냈고, 올해 초에 보험료가 계좌에서 빠져나간 것도 확인했다. 혹시 모를 상황을 대비해 계약서를 책상 서랍 맨 위 칸에 넣어두었다.

문득 궁금해졌다. 그림 복원 비용은 어떤 기준으로 정해지는 걸까? 단순히 공임만 계산하는 걸까, 아니면 작품 가치에 비례하는 걸까? 복원해도 완전히 되살리지 못할 수도 있을까? 그러면 떨어진 작품 가치까지 내가 물어내야 하는 걸까? 이 분야에 대해서는 아는 것이 없었다.

린은 지하실에서 상자 두 개를 더 가져와 펼쳤다. 오래된 잡지며 메모, 세미나 과제가 든 파일 몇 개가 나왔다. 내가 청소년기와 대학 시절에 모아둔 것이었다. 린은 조용히 내 지난 삶을 들여다보듯 하나하나 꺼내보았다. 그러다 가끔씩 무언가를 들어 올리며 한마디씩 했다.

"이거 봐, 엄마 수학 시험지. 이것도. 둘 다 거의 최하점이네." 또는 이렇게 말하기도 했다.

"재밌다, 엄마 세미나 과제. 오타가 엄청 많아." 그러면서 즐겁다는 듯 덧붙였다.

"나한테는 그렇게 엄격하게 굴었으면서."

솔직히 조금 지나치다는 생각이 들었다. 최소한 나한테 먼저 물어보는 게 맞지 않나. 게다가 '엄격했다'니, 그건 또 무슨 말인가. 정말 그렇게 느꼈던 걸까? 내가 기억하기로는 딱히 엄격했던 적은 없었다. 그저 린의 학교생활을 유심히 살피려 했을 뿐이고, 그건 어디까지나 필요할 때 바로 도움을 주기 위해서였다. 시립 도서관에서 책을 빌려다 주었고, 일찌감치 대학 입시에서 내신이 얼마나 중요한지, 그에 따라 진학할 수 있는 학교와 전공이 결정되고 장학금 기회도 훨씬 많아진다는 사실을 설명해주었다. 우리에게는 그런 지원이 꼭 필요하다는 얘기도 했다. 요한의 부모님이 가끔 린에게 용돈을 주기는 했지만, 대학은 거의 내가 혼자 책임져야 했다. 나는 우리 부모님이 내 성적에 관심을 가져주었다면 얼마나 좋았을까 하는 생각을 자주 했었다. 부모님은 두 분 다 대입 시험조차 본 적이 없었고, 물론 대학에도 가지 않았다. 입시나 장학금, 교환학생 같은 것에 대해서도 전혀 알지 못했다. 그런 것들은 모두 내가 하나하나 스스로 알아내야 했다.

요한은 달랐다. 요한은 우리가 사귄 지 채 1년도 되기 전, 아직 서로를 잘 모르던 시절에 일찌감치 신청해둔 장학금 합격 소식을 받았다. 미국 노스캐롤라이나 듀크대학교에서 두 학기를 공부할 수 있는 장학금이었다. 요한이 미국에 있는 동안 우리는 매주 통화했다. 당시 막 생겨난 이메일 계정을 만들기는 했지만 거의 쓰지 않았고, 여전히 편지를 주고받았다. 열 달이 지나 요한이 돌아왔을 때, 우리 사이는 전혀 변함이 없었다. 함께 음악회를 다니고, 정향 담배를 피웠다. 우리 둘은 곧이어 연극 극장 근처의 작은 아파트로 이사했다.

린은 오래된 잡지 한 권을 들고 소파에 누웠다. 『소녀』라는 이름의 그 잡지는 내가 열네 살에서 열다섯 살 무렵 읽던 것이었고, 패션이나 화장부터 음악, 연애, 사회문제까지 다양한 주제를 다루었다.

"뷰티 캘린더, 계절별로 어울리는 아이새도는?" 린이 잡지를 소리 내어 읽었다.

"딸기 다이어트로 완성하는 여름철 수영장 몸매." 린이 즐거운 듯 또박또박 읽어 내려갔다.

"알아." 나는 말을 끊었다.

내 10대의 흔적을 린이 가차 없는 시선으로 바라보는 것이 싫었다. 그 잡지들을 간직해온 것은 10대 시절 나에 대한 일종의 존중이었다. 그 시절 내게는 소중한 것들이 있었다. 한 달에 한 번, 겨우 책 한 권을 골라 살 수 있었고, 그 한 권이 집 안을 짓누르던 무거운 공기에서 잠시 벗어나는 유일한 탈출구였다.

아버지는 그 무렵 빚을 내 부실한 택시 회사 하나를 사들였다. 본인은 제법 괜찮은 거래라 생각했지만, 결과적으로 그것이 아버지뿐만 아니라 엄마까지 개인 파산으로 몰아넣었다. 내가 언젠가 이 이야기를 들려주자, 요한은 아버지의 행동을 '경제 기적 시대의 과대망상'이라고 표현했었다.

엄마는 야간학교에서 회계 수업을 들으며, 하루에도 몇 시간씩 부엌 식탁에 앉아 아버지가 남긴 수입과 지출, 영수증, 청구서가 뒤섞인 서류를 정리했다. 그때 엄마가 탁상용 계산기를 두드리던 소리가 아직도 귀에 선하다. 훗날 내가 막 성인이 되었을 무렵, 엄마는 아버지와 이혼했다. 이후 세무사 사무실 직원으로 취업해 간신히 은퇴 연금을 받을 만큼의 근속 연수를 채웠고, 덕분에 빈곤한 노년은 면할 수 있었다. 지금 생각해보면 엄마는 그전까지 몇 년을 아버지를 위해 무급으로 일한 셈이었다.

나는 린 옆에 앉아, 린이 잡지를 넘기는 모습을 지켜보았다. 잡지에는 화장법이나 굶어서 날씬해지는 방법, 남자아이들에게 잘 보이고, 스스로에게 잘 보이고, 모두에게 잘 보여야 한다는 진부한 문구들이 적혀 있었다. 그런 공허한 말과, 그 잡지를 그야말로 '사랑했던' 열네 살의 나를 다시 마주하는 것이 불편했다.

린은 잡지를 넘기다 어린 물개 사진을 발견했다. 콧수염과 털, 크고 동그란 눈이 강조된 사진이었다.

"아기 물범들의 사투."

린이 기사 제목을 읽었다. 북해에서 물범들이 죽어가고 있다는 내용이었다. 그 기사는 내 머릿속에도 지금까지 또렷하게 남아 있었다. 당시 나는 그 기사를 읽고 너무 화가 나고 마음이 아파서, 잡지에서 권유한 대로 환경부 장관에게 항의 편지를 썼다. 클라우스 퇴퍼 박사가 장관이던 시절이었다.

줄노트 종이와 게하Geha사의 만년필, 잔뜩 멋을 부린 10대 시절의 내 필체가 떠올랐다.

그 무렵, 해양오염으로 수많은 아기 물범이 목숨을 잃었다. 유해 물질 때문에 약해지고 병에 취약해진 것이 원인이라고 했다. 기사는 환경부 장관에게 화학 폐기물과 정화수, 각종 유해 폐기물을 북해에 투기하는 것을 금지하는 법을 만들라고 요구하고 있었다.

"언제 거야?" 내가 물었다.

"1988년 6월 초." 린이 대답했다.

나는 환경부 장관에게 편지를 썼던 일을 들려주었다.

"그때 우리 학교에서도 서명운동이 있었어. 여기저기 시위도 많이 열렸고, 언론에서도 관심이 컸지. '환경오염'이라는 말이 갑자기 모든 곳에서 들리기 시작했어."

"죽은 아기 물범. 그런 게 사람들 감정을 움직이는 거지. 숫자나 도표 같은 거랑은 다르게."

나는 다른 잡지를 집어 들었다. 몇몇 부분은 보자마자 곧바로 기억이 떠올랐다. 얇은 마분지로 만든 타로 카드 세트, 친구와 미래를 점쳐보던 기억이 떠올랐다. 줄무늬 오버니삭스를 신은 소녀가 나오는 패션 화보, 이걸 보고 그 양말이 꼭 갖고 싶었다. 그 사진 바로 다음에는 지구의 미래를 다룬 특집 기사가 있었다. 불타는 숲에서 달아나는 동물들, 거대한 파도가 집을 삼키는 모습, 더 이상 아무것도 자라지 않는 메마른 초원 같은 아포칼립스 분위기의 일러스트가 실려 있었다.

제목은 이렇게 적혀 있었다. '50년 뒤 우리에게 닥칠 일.' 화석연료 사용으로 인한 온실가스 배출 증가와 그 영향이 지구 각 지역에 미치는 결과를 다룬 기사였다. 그 기사를 읽었을 때의 감정이 되살아났다. 그때는 이런 그림들을 보기만 해도 무력감과 공포가 몰려왔고, 나는 방 안에서 혼자 절망에 빠져 꼼짝도 하지 못했다. 하지만 두려움은 오래가지 않았다. 내가 사는 세상은 그런 일을 결코 허락하지 않을 거라고 스스로를 안심시켰기 때문이다. 그때 내게 세상이란 곧 어른들이었다. 그런 끔찍한 미래를 어른들이 보고만 있을 리가 없다고 나는 굳게 믿었다.

잡지를 덮고 표지를 바라보았다. 한 소녀가 눈처럼 새하얀 치아를 드러내며 웃고 있었다. 포니테일로 묶은 머리 아래로 새빨갛게 빛나는 체리 모양 귀걸이가 눈에 띄었다.

레빈은 정원에 서서, 예전에도 몇 번 본 적 있는 특유의 느긋하고 여유로운 동작으로 흰 테이블보와 행주, 리넨 냅킨, 레이스 손수건을 하나씩 널고 있었다. 꽃무늬와 이니셜이 수놓인 오래된 물건들이었다. 100년도 더 전에 어떤 농가의 혼수품이었다가 오랫동안 커다란 궤짝에 들어 있던 것처럼 보였다. 아마 집을 정리하는 곳에서 싸게 들여온 물건일 것이다. 레빈에게 말을 걸었다.

"꽃밭 예쁘게 만들어줘서 고마워요."

"별말씀을요. 저도 즐거웠어요."

"그럼 또 봐요."

"그래요? …좋죠."

“나 내일부터 일주일에 두 번씩 빵집에서 일해.”

린이 장 본 물건을 들고 들어오며 말했다. 내 차를 빌려 철물점에 다녀온 참으로, 커다란 봉투에서 페인트 두 통과 롤러, 붓, 비닐 깔개, 작은 플라스틱 통을 꺼냈다.

“뭐? 그게 무슨 말이야?”

린이 오히려 의아하다는 표정으로 나를 보았다.

“무슨 말이냐니?”

“일한다고? 빵집에서?”

“디크만 빵집. 이 동네에 있는 거.”

“그러니까 네가 계산대에서 빵을 판다는 거야?”

“맞아. 처음에는 일주일에 열 시간만 하기로 했어.”

“누구 대타로 잠깐 하는 거야?”

“아니, 대타 아니야. 정식으로 일하려고. 한두 달 뒤에는 주 25시간까지 늘릴 수 있어.”

이해할 수가 없었다. 왜 갑자기 아무 일자리나 구하려는 걸까. 그럴 필요가 전혀 없었다. 당분간은 내 수입만으로도 둘이 생활하기에 문제가 없고, 장을 볼 때 린이 조금씩 보태주는 것만으로도 충분히 도움이 됐다. 무엇보다 굳이 일을 찾는다면 왜 자기 능력에 맞는 일을 찾지 않는 걸까?

“빵집에서 일하는 게 좋은 선택일까?”

"빵집이 뭐 어때서?"

"아니, 잘못됐다는 게 아니라…. 그래 뭐, 괜찮지."

말만 그렇게 했을 뿐 맘속으론 '너는' 거기서 일하면 안 된다고 생각했다. 빵집을 운영하고 우리에게 매일 먹을 빵을 공급하는 사람들이 듣기에 건방진 말이라는 것은 나도 잘 알고 있었다.

아네트, 왜 그렇게 꽉 막혔어? 요한의 목소리가 들려오는 듯했다. 상상 속 요한은 젊었고, 낡은 청바지와 티셔츠 차림으로 의자에 앉아 다리를 꼬고서 밝은 줄무늬가 있는 스니커즈를 신은 발끝을 까딱이고 있었다.

"내가 무슨 말 하는 건지 알잖아. 네 능력에는 너무 아깝다는 거지. 시급은 얼마나 준대?"

"시간당 12유로 90센트."

생각할수록 마음에 들지 않았다. 이런 생각을 하는 나 자신도 싫었지만, 맘속에서는 좌절과 실망이 뒤섞여 들끓었다. 이러자고 대출까지 받아가며 5년 동안 학비를 댔나? 새 옷도, 외식도, 함부르크에 있는 친구들을 보러 가는 일도, 연극도, 책도, 여행은 말할 것도 없이 전부 포기했나? 학사만으로도 모자라 석사까지, 그것도 방세가 말도 안 되게 비싼 스웨덴에서 해놓고서 이제 와서, 아무것도 없는 이 시골 마을에서 호밀빵이랑 버터케이크나 팔겠다고? 거기서 무슨 답이라도 얻을 수 있다는 걸까?

나도 모르게 한숨이 새어 나왔고, 곧바로 후회했다. 한숨으로 말을 대신하는 사람을 좋아하지 않았으니까.

하지만 아이를 키운다는 것은 마치 산을 오르는 일 같았다. 온 힘을 다해 딸을 높이 들어 올려 더 멀리 나아갈 기회를 주고 싶었다. 아이가 무엇을 하든 조금은 더 수월해지도록. 그런데 린은? 다시 쭉 미끄러져 내려오더니 내 옆에 털썩 앉아 '너무 힘들어, 못 하겠어, 그게 뭐가 중요하다고'라고 말하는 것만 같았다.

"금방 시시하다고 느낄 거야." 나는 설득하듯 말했다. "그거 생각보다 중요하다. 일이 시시하면 사람이 불행해지고 불만만 쌓이거든."

"그게 내가 이 일을 하려는 이유야. 당분간은 전문성이 필요 없는 일을 하고 싶어. 그 시시한 일이 바로 내가 원하는 거야." 린의 목소리는 들떠 있었다.

"그 마음은 이해해."

나는 고개를 끄덕이며 말했다. 잠깐 전혀 다른 일을 하면서 부담 없이 지내고 싶다는 마음은 진심으로 이해할 수 있었다. 하지만 굳이 이 일을 해야 할까? 예전의 호기심이나 추진력은 다 어디로 사라진 걸까? 동네 사람들이 뭐라고 떠들지 안 봐도 뻔했다. 세상을 바꾸겠다던 야망

넘치던 환경 전문가가 결국 고향으로 돌아와 엄마 집에 얹혀살며 빵집에서 계산이나 하고 있다고, 분명 그렇게 수군댈 것이다.

그리고 린이 그런 일상에 익숙해지면 그다음은 어떻게 되는 걸까? 일주일에 몇 시간 빵을 팔다가 집에 돌아와 베란다나 침대에 누워 드라마를 보는 일상이 이어지면, 그다음에는? 그렇게 우리 두 모녀가 한 지붕 아래에서 보내는 시간이 몇 달에서 1년, 다시 몇 년으로 이어지면? 상상만으로도 속이 뒤집어졌다.

왜 그렇게 사서 걱정이야? 뭐라도 하려는 의지가 있는 게 다행이지. 요한의 목소리가 귓가에 울리는 듯했다.

네 여유가 부럽다. 나는 속으로 대답했다. 상황을 있는 그대로 받아들이는 여유, 어릴 때부터 든든한 부모 밑에서 자란 데서 나오는 안정감 같은 거. 하지만 요한, 너는 지금 여기 없잖아. 그리고 너희 어머니는 분명 나를 뚫어져라 노려보며 말하겠지. '빵집 아르바이트라니, 참 별일이 다 있네. 누가 뭐라고 했길래 애가 저러는 거니?'

그때 페인트 통이 눈에 들어왔다.

"네 방에 칠하려고?"

린이 고개를 끄덕이며 통 하나를 들어 보였다.

"청록색에 회색이 살짝 섞인 건데, 잘 어울릴 거야!"

몇 주 만에 듣는 밝은 목소리였다.

정원과 들판 위로 이상하리만큼 고요함이 내려앉은 저녁이었다. 새소리도, 농기계 소리도 들리지 않았고, 하늘은 구름 한 점 없이 연보랏빛으로 물들어 있었다. 린은 고등학교 친구를 만나러 갔다. 고등학교 졸업 후에도 이 지역에 남아 살고 있는 친구라고 했다.

다락방 창문으로 내려다보니, 레빈이 작은 구덩이를 여러 번 오가며 골판지 상자를 잔뜩 나르고 있었다. 나는 부엌으로 내려가 물에 레몬 시럽을 타고 얼음과 섞어 유리병에 담았다. 쟁반에 병을 올려 그쪽으로 다가갔다.

레빈은 무늬가 새겨진 청록색 타일을 양손에 하나씩 들고 있었다. 그가 말했다.

"재고로 남는다는 걸 수조에 쓰려고 가져왔어요. 그런데 무늬가 제각각이라 어떻게 맞춰야 할지, 어디서부터 시작해야 할지 고민이에요."

레빈은 내 대답을 기다리기라도 하는 양 나를 바라보았다. 나는 잔디 위에 쟁반을 내려놓고 타일을 살펴보았다. 크기도 모양도 들쭉날쭉했다. 정사각형, 직사각형, 심지어 오각형까지 있었다.

"일단 맞을 만한 것끼리 퍼즐처럼 맞춰보면 좋을 것 같

아요. 이리저리 맞추다 보면 되지 않을까요? 바닥부터 시
작해서 무늬를 만들고 사진을 찍어두면 좋겠네요."

레빈은 내 제안이 마음에 드는 눈치였다.

"같이하실래요? 지금 시간 괜찮으시면요."

나는 기쁜 마음을 들키지 않으려고 애썼다. 사실 쟁반
을 들고나온 것부터가 속이 훤히 다 보이는 행동을 한 것
일 테지만.

우리는 타일 상자를 풀고 타일을 하나씩 꺼냈다. 그중
에는 얇은 종이에 싸인 타일들도 있었다.

"며칠 전에 급속 건조 콘크리트를 부어놨거든요. 지금
쯤이면 굳었겠지만 혹시 모르니 밟지는 마세요."

레빈은 수조 가장자리에 무릎을 꿇고 타일을 늘어놓았
다. 타일을 이리저리 밀어보며 조합을 고민하는 듯했다.
결국 맞는 게 아무것도 없어 다 헛수고로 끝나는 건 아닐
까 하는 의심도 들었지만, 레빈 옆에 앉아 타일 한 장을 내
려놓고 옆으로 옮겨도 보고, 다시 몇 장을 이어 붙이기도
하니 생각보다 멋진 무늬가 만들어졌다. 퍼즐 놀이를 하
는 것만 같았다. 아무런 목적 없이 그저 함께 시간을 보내
다가, 마지막에는 퍼즐 상자를 정리하는 것처럼 타일을
다시 상자 속으로 돌려놓는 그런 놀이 말이다.

"여기는 좀 마음에 들어요?" 내가 물었다.

"네, 전반적으로 기대했던 딱 그대로예요."

"뭘 기대했는데요?"

레빈은 잠시 나를 바라보았다. 너무 개인적이고 직접적인 질문이라고 느낀 걸지도 몰랐다. 린이 베를린 생활과 직장, 아파트를 노련한 파산관재인처럼 말끔히 '청산'해 버린 이후로, 나는 더 조심스럽고 신중해졌다. 미래라는 주제를 예전처럼 가볍게 꺼낼 수가 없었다.

꼭 대답하지 않아도 된다고 말하려던 순간, 레빈이 먼저 입을 열었다.

"우리 마음에 들고, 또 그곳이 우리에게 뭔가 말을 걸어오는 느낌이면서, 동시에 모든 게 이미 정해져 있지는 않은 곳을 찾고 있었어요. 그렇다고 어디 은둔하겠다는 건 아니었고요."

레빈은 손에 오각형 타일을 들고 콘크리트 바닥 쪽을 유심히 살피며 말을 이었다.

"우리에게 딱 맞는 틈새를 찾고 싶었어요. 다른 곳에서는 찾을 수 없었죠. 특히 큰 도시에서는 더더욱요. 워낙 집값이 비싸니까, 다른 모든 게 거기 매여버려요. 그러면 스트레스만 늘고 자유는 사라지죠." 레빈은 시선을 올려 나를 똑바로 바라보았다.

"그리고… 여기가 얼마나 좋은지는 누구보다도 잘 아시

잖아요."

정말로? 나는 속으로 생각했다. 단호하고 확신에 찬 어조가 인상적이었다.

"그런데 오래 살기에는 너무 지루하지 않을까요? 여기는 아무 일도 없어요."

예전에 아그네스를 통해 세 사람이 함부르크 근교에서 자랐고, 같은 학교의 다른 학년에 다녔다는 이야기를 들었다. 아그네스는 졸업하고 나서 프라이부르크에서 지내다 거의 충동적으로 결혼할 뻔했지만 결국 관계를 끝냈고, 마리는 예술사를 전공하며 한동안 여행을 다니고 이런저런 일을 전전했다. 지금은 아그네스는 갯벌 가이드를, 마리는 어학 수업을 하고, 아그네스와 레빈은 원격 대학에 다니며 세 사람이 함께 집 정리 일을 하고 거기서 나온 중고품을 손질해 되파는 일을 했다. 내 눈에는 그런 생활이 어디까지나 과도기처럼 보였다. 장기적인 일을 찾아가는 과정이나, 삶의 다음 단계로 넘어가기 전에 잠깐 거치는 일이라고 생각했다. 그런데 그 '장기적'이라는 것이 무엇을 뜻하는지 이제는 나도 잘 모르겠는 기분이었다.

"저희한테는 충분히 바쁘고 재미있는 곳이에요. 여러 가지 일을 자유롭게 할 수 있으니까요. 한 직업에 매달려 모든 걸 쏟아붓는 게 아니라요." 레빈은 어깨를 으쓱하며 말을 더했다.

"그러다가 10년, 15년 뒤에 그 직업이 사라져버릴 수도 있잖아요. 우리는 여기저기 많이 다녀요. 벼룩시장이나 박람회도 가고, 2주 뒤에는 앤트워프에서 열리는 골동품 박람회에서 물건을 팔 거예요. 그리고 집을 정리하는 일은 절대 지루해질 수가 없어요. 정말로요."

"제일 흥미로운 게 뭐예요?"

"집에 남겨진 물건이나 잡동사니를 보면, 그 집에 살던 사람들이 아직도 거기 있는 것 같거든요. 그래서인지 사람들의 유품을 정리하고 소중히 다루는 데서 오는 감동이 꽤 커요."

나중에 나는 레빈이 말한 '틈새'라는 단어를 곱씹어보았다. 평범해 보이면서도 묘하게 단호한 말이었다. 저들은 이미 자신에게 중요한 것을 찾아냈거나, 아니면 의식적으로 어떤 것과 거리를 두며 살아가는 듯했다. 서로에게 잘 맞는 사람을 찾고, 또 뜻을 모을 수 있다는 사실이 부럽고도 놀라웠다.

우리는 다시 작업에 몰두했다. 나는 생각을 멈추고 타일의 형태와 색, 빈틈과 모서리에만 집중했다. 최면에라도 걸린 듯 맞는 부분을 예리하게 찾아냈다. 한 조각이 꼭 들어맞고 내 구상과 레빈의 아이디어가 딱 맞아떨어질 때마다 깊은 만족감이 밀려왔다. 마지막으로 이렇게 무언가에 몰입한 것이 언제였는지 기억조차 나지 않았다.

어느새 작업은 바닥 한가운데에 다다랐다. 우리는 잠시 레모네이드를 마시며 쉬었다가 다시 반대편부터 다시 시작했다. 작업이 손에 익자 어떤 무늬가 어울리고 자연스럽게 이어지는지 감이 왔다. 레빈의 어깨가 이따금 내 어깨를 스쳤고, 팔이 닿기도 했다. 그사이의 침묵은 평화로우면서도 은근한 합의처럼 느껴졌다. 가벼운 취기라도 오른 듯 묘한 기분이 들었고, 문득 그냥 레빈과 함께 잔디 위에 드러눕고 싶다는 충동이 일었다. 수조는 제법 멋진 모자이크로 완성되었다. 더 이상 단순한 놀이가 아니라 근사한 작업물로 보였다.

그때 레빈이 낮은 목소리로 말했다.

"우리 그냥 들어갈까요?"

내가 지금 제대로 들은 건지 확신이 서지 않았다. 어떻게 반응해야 할지 가늠할 수조차 없었다. 되묻는다면 이 순간이 깨질 것만 같았다. 그렇다고 못 들은 척 넘기는 것도 싫었다.

나는 몸을 일으키며 시선은 타일 무늬에 고정한 채 짧게 대답했다.

"그래요."

내 대답은 모호하고 별 의미 없는 말처럼 들렸다. 보통 할 말이 없을 때 하는 '흠'이나 '그렇군'처럼, 별다른 의미 없이 그냥 할 수 있는 말이었다. 말은 그렇게 했지만, 앞으로 무슨 일이 일어날지 가슴이 두근거렸다.

레빈이 일어서더니 내 쪽으로 몸을 기울여 내 손을 잡아 나를 일으켜 세웠다. 그 순간 전기가 흐른 듯 온몸이 떨렸다. 누가 손을 잡는다고 이런 감정이 느껴지다니, 스스로도 놀라웠다.

서서히 날이 밝고 있었다. 새벽 5시 무렵이었다. 아침 안개가 들판 위로 내려앉고, 잔디는 젖어 있었다. 내 얼굴은 열이 난 듯 달아올라 있었고, 눈을 감으면 내 몸 위에 얹힌 타인의 체중이 말로 설명할 수 없을 만큼 생생하게 느껴졌다.

수조 옆에는 유리잔과 물병이 놓인 쟁반이 전날 그대로인 채로 있었다. 나는 도둑이라도 된 듯 살금살금 우리 쪽 정원으로 넘어가 베란다 계단을 조심스럽게 올랐다. 순간 린이 자기 전에 테라스 문을 잠갔을지도 모른다는 생각이 스쳤다. 테라스 구석에 담요가 하나 흐트러져 있었고, 그냥 거기 누워 잠깐 쉴까 하는 마음도 들었다. 다행히 문은 내가 어제저녁에 해두었던 그대로 살짝 열려 있었다. 보가 거실 소파 옆에 누워 있다가 느릿하게 고개를 들었다.

부엌 식탁 위에 두었던 휴대전화에는 린의 메시지가 와 있었다. 오늘은 친구 집에서 자고 간다는 내용이었다.

—자전거 타고 가기에는 너무 피곤해서.

새벽 0시 57분에 도착한 메시지였다.

—알겠어. 이따 보자.

나는 린에게 답장과 함께 키스 이모티콘을 보냈다. 린이 열여섯, 열일곱 살 무렵 파티에 가거나 친구 집에서 자고 올 때와 똑같았다. 그럴 때면 나는 밤에 몇 번이고 깨서 휴대전화를 확인했고, 이제 침대에 누웠다는 린의 메시지를 받아야만 비로소 안심하고 깊이 잠들 수 있었다.

문득 레빈과 내가 수조 사진을 찍지 않았다는 사실이 떠올랐다. 나는 다시 밖으로 나가 완성된 모자이크 사진을 찍었다. 혹시 몰라 창고 옆에 있던 파란 방수포를 펴서 수조를 덮고 모서리마다 돌을 올려 고정했다. 비나 바람에 대비하기 위해서였다.

샤워기 아래에 서서 정수리 위로 뜨거운 물을 흘려보냈다. 침실 블라인드를 내리고 침대에 누웠다. 방 안은 더웠고, 나는 이불을 다리에서 밀어낸 채 그대로 잠에 빠졌다. 중간에 잠깐 깼다가 옆으로 돌아눕고 곧장 다시 잠에 들었다. 그런데 이상하게도 등 뒤에서 누군가 내 등을 쓰다

듣는 것이 느껴졌다. 그 기척과 온기가 너무나 선명했다. 몽롱한 상태에서도 단박에 알 수 있었다. 요한이었다. 요한이 내 곁에 돌아와 있었다. 그러니까, 이런 일도 일어날 수 있는 것이었다.

'아빠는 도대체 얼마나 더 있어야 와? 이제 못 기다리겠어.'

이제야 린의 질문에 단 한 점의 생략도, 포장도 없이 대답할 수 있었다. 그 순간 말로 다 할 수 없을 만큼의 해방감과 안도감이 밀려들었다. 20년 넘게 짊어지고 있던 무거운 짐이 사라지는 순간이었다. 요한과 나는 잠들어 있고, 린은 친구 집에 있었다. 나중에 린이 집에 돌아오면 얼마나 놀랄까.

잠에서 깨 눈을 떴을 때도 여전히 등 뒤에 온기가 남아 있었다. 나는 손을 뒤로 뻗어 이불 속을 더듬었다.

"엄마, 지난번에 옆집 사람들 한번 초대하자고 했었잖아. 아까 물어봤는데 오늘 저녁 괜찮대. 음식은 내가 준비할 테니까 엄마는 아무것도 안 해도 돼."

이틀 전 그날 밤 이후로 레빈을 보지 않았다. 그날 아침, 내가 그 방에서 몰래 빠져나왔을 때 레빈은 잠들어 있었다. 나는 아직 레빈을 다시 볼 준비가 되지 않았고, 그날

일에 대해서는 린에게도 말하지 않았다.

린은 부엌에서 토마토를 썰고 있었다. 나는 린의 말대로 준비를 거들지 않고 보를 데리고 밖으로 나갔다.

들판에는 갓 깎은 풀내가 가득했다. 도랑에는 물이 거의 말라 있었고, 뒤엉킨 덤불 위로는 나방들이 팔랑거리며 날고 있었다. 들판을 크게 한 바퀴 돌아 양젖 치즈 공장까지 갔다가 길을 한 번 더 꺾어 일부러 멀리 돌아갔다. 어스름이 내려앉았고, 시간은 어느새 밤 10시를 넘겼다.

그때 잉리드의 남편 라르스가 떠올랐다. 그가 어떤 마음이었을지 다 알 수는 없겠지만, 모든 것에서 잠시 벗어나고 싶다는 충동 자체는 이해할 수 있을 것 같았다. 헛간이나 나무 아래 숨어서, 다시 감당할 힘이 생길 때까지만 버티는 것이다. 모든 사람, 모든 일에서 벗어나 숨어버리는 것이다. 아주 잠깐 동안만이라도.

신기하네. 그런데 왜 네 딸한테는 그런 이해심이 없어? 린이 필요하다던 게 딱 그런 거잖아. 그래서 지금 그렇게 하고 있는 거고. 요한의 목소리가 또다시 울렸다.

멀리서 대화 소리와 웃음소리, 음악 소리가 들렸다. 보가 나보다 조금 앞서 걷다 옆집 정원으로 들어가 바람 빠진 비닐 풀장에 드러누웠다. 풀장 안에는 물이 조금 고여 있었고, 베란다 위 전구 줄에 불이 들어와 있었다.

나는 인사를 건네며 슬쩍 주변을 살폈다. 아그네스와 마리는 테이블 옆면에 앉아 있었고, 테이블 머리에는 린이, 그 옆에는 린의 학창 시절 친구 야나가 있었다. 야나와 함께 온 야나 오빠는 문가에 서서 진 한 병을 손에 들고 있었다. 저 뒤쪽 어둠 속에서 레빈은 벽에 다리를 뻗고 기대 있었다. 나는 문 옆 벤치 끝 빈자리에 앉아 빵을 조금 집어 먹으며 이야기를 들었다. 10분이나 15분쯤 있다가 위로 올라가 잠자리에 들 생각이었다. 레빈을 굳이 피하려는 건 아니었지만, 어떻게 행동해야 할지 몰랐다.

마리가 한 엄마와 아들 이야기를 꺼냈다. 우크라이나 하르키우에서 온 사람들이고, 마리는 그 소년을 포함해 10대 아이 몇 명에게 독일어를 가르치고 있다고 했다. 이제 열일곱 살인 그 소년이 열여덟 살이 되면 우크라이나로 돌아가 군사훈련을 받겠다고 했다는 것이다. 이제 네 달 남짓 남았고, 엄마는 아들을 말리려 애쓰고 있었다. 엄마는 아들이 독일에 남아 대입 시험을 보고 대학에 가기를 바란다고 했다.

"그냥 못 가게 해야지." 아그네스가 말했다.

"그걸 어떻게 막아? 너는 그 아들이 이해가 안 돼?" 린이 물었다.

"정말 가고 싶은 거면 결국 아무도 못 말려." 레빈이 끼어들었다. "게다가 다른 사람들이 목숨 걸고 싸우는 걸 옆에서 보기만 하는 것도 쉽지 않잖아. 양심적으로 버틸 수 있는 사람도 별로 없을 거야."

"그렇게 말하지 마. 누구든, 어디서든 전쟁에 끌려가서 총을 들어야 하는 상황이 되면 안 되지." 아그네스가 받아쳤다.

"그건 맞아. 그 점에는 누구나 동의할 거야." 마리가 말했다. "하지만 침략을 당했잖아? 우리는 침략당한 적이 없잖아. 그게 어떤 건지 우리는 몰라."

잠시 침묵이 흘렀고, 아무도 말을 잇지 못했다. 모두 진지한 얼굴이었다. 내가 그 나이였을 때, 내 주변에서는 군대에 가지 않는 것이 당연했다. 병역거부는 예외가 아니라 보통이었고, 대학 파티에 가면 '너는 어디서 사회복무 했어?' 같은 말이 흔히 오갔다. 병역을 거부하느냐 마느냐는 개인의 신념일 뿐, 그 이상도 이하도 아니었다. '동원령'이라는 단어는 역사 수업이나 빛바랜 흑백사진 속에서나 존재했다.

내가 그 소년의 어머니라면 어떻게 했을까. 아들이 자기가 군대에 가서 조국을 지켜야 한다고 믿는다면, 나는 어떻게 반응했을까. 상상만으로도 속이 메스꺼웠다. 분노와 반감이 동시에 치밀었다. 전쟁을 해야 한다고 믿는 자들이 한 인간을 빼앗는 것이었다. 내가 낳고 기른 아이를 무자비하게 강탈하는 것이었다.

여러 책과 영화의 장면이 스쳤다. 1914년 제1차 세계대전, 애국심과 자부심에 취해 잔혹하고 무의미한 현실로 내몰린 열여덟 살 청년들, 그로 인해 수백만 명이 폭력의 소용돌이에 휘말린 역사. 노르망디 해안에 상륙한 연합군, 죽음을 선고받은 채 전장으로 뛰어든 수많은 사람. 베트남, 이라크, 아프가니스탄 전쟁, 외상 후 스트레스 장애에 시달리는 젊은 참전용사들에 대한 다큐멘터리. 우크라이나의 얼굴들이 떠올랐다. 그중에는 아직 10대에 가까운 이들도 있었다.

나는 그 소년의 마음을 이해했고, 동시에 어머니의 마음도 이해했다.

'손해 배상 건' 메일 제목에는 이렇게 적혀 있었다.

안녕하세요, 앞서 말씀드린 바와 같이 5월 21일 발생한 사고와 관련한 서류를 전달드립니다. 문서 세 건을 첨부하오니 확인하시고 보험사에 제출하시기 바랍니다.

첨부된 문서는 홀 리모델링 공사비 청구서, 베를린의 복원 전문가가 작성한 견적서, 피해 상황과 원인에 대한 감정서였다.

유리잔이 바닥에 떨어져 부서지면서 충격으로 인해 설탕과 산이 함유된 붉은 주스가 튀어 벽과 작품에 얼룩을 남겼음.

메일에는 복원 의뢰는 이미 마쳤지만, 실제 수리가 시작되려면 몇 주가 걸릴 것이라는 설명이 덧붙어 있었다. 다만 견적서와 감정서는 바로 보험사에 제출해도 된다고 했다. 최종 청구서는 작업이 끝나는 대로 보내주겠다며, 끝에는 안부 인사까지 덧붙였다.

메일을 보낸 사람은 지난번 전화를 건 홀딩스 회사 소속이 아니라, 호텔 그룹 소속의 다른 직원이었다. 메일 서명란에는 '마케팅 및 회계'라고 적혀 있었고, 맨 아래에는 튀링엔의 어느 숲속에 있는 오래된 성을 개조해 새로 문을 연다는 호텔의 광고가 붙어 있었다. 광고에는 큼지막한 필기체로 '자연을 만끽하세요'라고 적혀 있었다.

첫 번째 문서는 복원 전문가의 견적서였다. 세부 감정 내용과 예상 작업 시간, 가로 1.8미터에 세로 2.2미터 크기 그림을 복원하는 데 필요한 재료비가 적혀 있었고, 예상 비용은 약 4천5백 유로였다.

다음 문서는 도장 업체의 청구서였다. 훼손된 벽 색을 맞추기 위해 홀 전체를 다시 칠했다는 설명과 함께 총 9천 5백 유로를 청구했다. 마지막으로 손해배상 감정 보고서를 열자, 훼손된 벽 사진이 증거로 첨부되어 있었다.

총 1만 4천 유로. 내가 가족 책임보험사로 청구해야 하는 금액이었다. 이렇게 큰 금액을 청구하는 것은 처음이었다. 그 보험은 예전에 린이 일곱 살 때 친구 생일 파티에서 뛰어놀다가 비싼 스탠드 조명을 쓰러뜨렸을 때 한 번, 내가 친구 집 파티에서 실수로 친구의 새 캐시미어 스웨터에 오렌지색 술을 쏟았을 때 한 번 청구한 것이 전부였다. 하지만 둘 다 너무 오래전 일이라, 이제는 보험사 담당자가 누구였는지도 기억나지 않았다. 나는 본사 전화번호를 찾아 담당자를 새로 배정받기로 했다. 메일 주소와 직통 번호를 받아서 궁금한 점을 바로 물어보고, 직원에게 상담도 받을 수 있을 것이다.

하지만 나는 보험사에 바로 전화를 거는 대신, 인터넷 창을 열어 지역 뉴스를 읽기 시작했다. 첫 번째 기사는 도서관에서도 그리 멀지 않은 시내에서 벌어진 사건이었다. 10대 무리가 더 어린 소년을 둘러싸고 욕설을 퍼붓는 장면을 누가 동영상으로 찍었다는 내용. 혹시 내가 도서관에서 본 아이들은 아닐까 생각했다. 다음 기사는 한 할머니가 갯벌 진흙 구덩이에 허리까지 빠지는 바람에 나오지 못했다는 소식이었다. 그것도 밀물 때였다니, 생각만 해도 끔찍했다. 다행히 부양정 두 대를 동원한 대대적인 수색 끝에 할머니는 무사히 구조되었다고 했다.

나는 가기 싫은 치과 예약 전화를 회피하듯 보험사에 전화 거는 일을 계속 미뤘다. 마음 같아서는 그냥 청구서와 메일을 닫아버리고, 애초에 아무것도 받지 못했다고 우기고 싶었다. 린에게는 연락을 무시하면 안 된다고 잔소리로 일장연설을 하면서, 정작 나는 보험사 전화번호를 누르지 못한 채 머뭇대고 있었다.

린은 꽃무늬 점프슈트를 입고 이어폰을 귀에 꽂은 채 자전거를 타고 집을 나섰다. 예전 학교 친구를 만나러 나간다고 했다.

토요일 초저녁이었고, 나는 밖에 앉아 식어버린 차를 마저 마시며 책을 읽으려 했다. 그때 레빈이 베란다 계단 아래에서 나타났다. 살짝 미소를 지으며 내게 인사를 건네더니, 잠깐 옆을 흘깃 대다 물었다.

"잠깐 근처로 나들이 가지 않을래요?"

"음, 그럴까요? 어디로 갈 건데요?"

나는 태연한 척 대답했지만, 속으로는 너무 반가워 가슴이 터질 것 같았다.

"차로 조금 가야 해요. 원하면 수영도 할 수 있고요."

나는 어젯밤에 입고 잔 트레이닝 바지 차림이었다. 하루 종일 갈아입을까 말까 하다가, 어차피 늦었다 싶어 그대로 입고 있던 것이다.

"좋아요. 20분만 줘요."

나는 휴대전화를 충전기에 꽂아두고 욕실로 올라가 최대한 빨리 샤워를 하고 머리를 감았다. 거울 앞에서 다크서클을 가리고 볼에 블러셔를 바른 뒤 머리를 말렸다. 평소에는 한참 걸리던 준비를 단 몇 분 만에 끝냈다. 서둘러 원피스를 입고 옷장에서 긴 카디건을 꺼내 걸쳤다. 스니커즈를 신으며 가방에 휴대폰과 수영복, 수건, 물 한 병, 사과 두 개와 시리얼바를 챙겼다. 아직 저녁을 먹지 않았고, 아마 레빈도 그럴 것 같았다.

머리를 대충 뒷목에 틀어 올린 뒤 거울을 보았다. 그래, 이게 지금 네 모습이야. 서른도 아니고, 마흔도 아니야. 누구나 보면 아는 사실이야.

밖으로 나왔다. 레빈이 차고 앞에 차를 세워두고 기다리고 있었다.

"여기서 40분쯤 갈 거예요."

우리는 국도를 달렸다. 뒷좌석에는 식탁보로 반쯤 덮인 바구니가 있었고, 그 사이로 병목과 잔이 보였다. 레빈이 피크닉을 준비한 모양이었다. 창문 너머로 부드러운 저녁 바람이 흘러들어왔다. 옆 자전거 도로에는 한 가족이 지나가고 있었다. 알록달록한 헬멧을 쓴 세 아이가 작은 자전거로 앞서가고, 부모는 자전거 짐받이에 커다란 가방을 싣고 뒤에 달린 트레일러에 캠핑 장비를 실은 채 뒤따르고 있었다.

"서프라이즈로 할까요, 아니면 어디로 가는지 말해주는 게 좋아요?" 레빈이 물었다.

나는 그냥 비밀로 해달라고 말했다. 행복이 온몸을 타고 퍼졌다.

우리는 해안가를 지나 방조제를 건너 다시 내륙으로 들어왔다. 어느 순간 국도를 벗어나 작은 마을과 몇몇 농가, 간간이 캠핑용 트레일러 몇 대만 서 있는 캠핑장을 지나쳤다.

레빈이 속도를 줄일 때마다 나는 주위를 두리번거리며 혹시 도착한 건지 살폈다. 좁은 길 양옆으로는 짙은 초록빛 목초지가 펼쳐져 있었고, 사이사이를 넓은 도랑이 가로질렀다. 맞은편에는 제방이 있었고, 그 너머로 강이 흐르고 있었다. 강은 몇 킬로미터를 더 흐르다가 큰 강과 만나, 다시 방조제를 지나 북해로 이어질 것이다.

레빈은 습지 낮은 곳에 자리한 집 앞에 차를 세웠다. 커다란 격자무늬 창이 달린 오래된 붉은 벽돌집이었고, 정원에는 무릎 높이까지 풀이 무성했다. 주변에는 방치된 듯한 초지와 농경지 말고는 아무것도 없었다. 다리나 수문도 없었고, 조금 떨어진 곳에 농가 하나와 작은 숲이 전부였다. 나는 이곳 근처에조차 와본 적이 없었다.

"집주인이 몇 달 전에 돌아가셨어요. 80대 후반이셨는데 마지막까지 자전거로 모든 일을 직접 하셨대요."

우리는 차에서 내렸다.

"이제 그 아들이 집을 판대요. 그래서 우리에게 물건을 치우고 청소를 하고 가능한 곳은 페인트칠까지 해서 좀 보기 좋게 만들어달라고 맡긴 거예요." 레빈이 차에서 피크닉 바구니를 꺼내며 말했다. "집이 안 팔릴까 봐 걱정하더라고요."

우리는 현관으로 걸어갔다. 외벽 앞에는 나무벤치가 있었고, 그 옆 모래 섞인 땅 위에는 이끼가 덮인 작은 점토 거북 몇 마리가 모여 있었다.

"이리 와서 보세요."

레빈이 아무렇지 않은 듯 자연스럽게 내 손을 잡으며 말했다. 그러곤 하늘색 페인트가 칠해진 나무문을 열쇠로 열었다.

"이래도 괜찮아요?" 내가 물었다.

"솔직히 잘 모르겠어요. 하지만 곧 여기 있는 찬장을 다 치워야 되기는 해요."

우리는 테라조 타일이 바닥에 깔린 현관으로 들어섰고, 오른쪽에 난 거실 문턱에서 잠시 멈췄다. 집 안 공기는 바깥보다 서늘했고 살짝 곰팡내가 났다. 어두운 색으로 광을 낸 단단한 마룻바닥 위에는 연한 갈색 벨벳 소재의 오래된 소파와 안락의자가 놓여 있었다. 옆에는 작은 탁자 두 개와 꽃병, 장식품이 있었고, 구석 장식장 위에는 묵직한 구형 텔레비전이 위용을 뽐내고 있었다. 소파 위에는 쿠션이 정갈하게 놓여 있었다.

집 안을 다시 살펴보니, 무릎 높이까지 갈색 자국이 길게 벽을 따라 나 있었다. 가까이 다가가니 지진계 그래프나 심전도 곡선처럼 가는 톱니 모양이었다. 여러 차례 다양한 수위로 집 안까지 물이 밀려든 침수 흔적이었다. 곰팡이 얼룩과 벽지 곳곳에 문질러 닦아낸 자국이 남아 있었다. 두꺼운 천으로 된 하늘색 커튼에도 물 자국이 번져, 원래 무늬에 새로운 무늬가 겹친 것처럼 보였다.

이 집 주인은 강물이 범람해 제방 꼭대기까지 차올라 넘치는 위험을 감수하며 살았던 모양이었다. 물이 몇 번이고 집 안으로 들이닥쳤을 것이다. 나는 벽에 남겨진 자국을 가리키며 레빈을 보았다.

"그것 때문에 집 팔기가 쉽지 않을 거예요. 여기는 땅이 수프 접시처럼 움푹 들어가 있고, 주변에 사는 사람도 거의 없잖아요. 꽤 외진 곳이죠. 그래도 풍경 하나는 진짜 멋져요."

나는 물가에서 사는 것을 꿈꾸는 이들을 떠올렸다. 바다가 보이는 집이나 강가 정원 같은 것을 동경하는 사람들. 하지만 아무리 좁고 잔잔한 강이라도, 겨울 폭풍이나 봄비가 이어지면 언제든 괴물로 변한다. 차 한 대 없이, 자전거 하나로만 살아온 이 집 주인은 그런 강물 앞에서도 집을 포기하지 않았던 배짱 있는 사람이었던 모양이다.

부엌 벽에는 오래된 시계가 걸려 있었는데, 초침 소리가 기묘할 만큼 컸다. 창문 달린 뒷문 너머로 증축된 공간이 보였고, 빨래 건조대 위에 행주와 손걸레가 걸려 있었다. 아마도 그것이 집주인의 마지막 손길이었을 것이다. 설거지를 하고 그릇의 물기를 닦고 개수대를 정리한 다음, 행주와 걸레를 가지런히 걸어두는 일. 그것이 자신이 세상을 떠나기 전 마지막으로 하는 일이라는 사실은 전혀 모른 채로.

요한이 세상을 떠났을 때를 떠올렸다. 주방 조리대 위

에는 반쯤 먹다 남은 사과가 놓여 있었고, 싱크대에는 버터밀크가 조금 남은 유리잔이 있었다. 나는 그 사과를 먹을 수도, 버릴 수도 없었다. 결국 갈색으로 변해 서서히 말라가는 사과를 작은 접시에 담아 냉장고에 넣어두었다. 며칠 뒤 나를 도와주러 온 엄마가 부엌을 청소하다가 사과를 버렸다. 그 사실을 알았을 때 안도했다. 나 대신 어려운 결정을 내려준 것 같았다.

"이런 집 정리는 어떻게 해요? 절차 같은 게 있어요?"

"기본은 다 꺼내서 새로 정리하는 거예요. 먼저 유족이 가져가고 싶은 물건이 있는지 확인하고, 나머지는 우리가 알아서 처리해요. 기부할 것과 팔 것을 나누고요."

"전에 이웃집은 값나가는 것만 빼고 나머지는 전부 파란색 큰 비닐봉지에 넣어서 바로 버리더라고요. 꽉 찬 쓰레기봉투가 산더미처럼 쌓였었죠."

"우리는 그렇게 안 해요. 사실 거의 모든 것에는 저마다 가치가 있어요. 그냥 주거나 기부하는 물건이라고 해도요. 벼룩시장에 가면 전혀 모르는 가족의 사진이 담긴 오래된 앨범까지 사 가는 사람들이 있거든요. 이유는 모르겠지만, 어쨌든 그런 사람들이 있어요."

"아마 진짜 가족이 아니라서 오히려 더 애정이 가는 것일지도 모르죠."

나는 늘 나를 부족한 사람이라고 느끼게 하는 요한의 어머니를 떠올렸다. 그리고 스스로를 대단한 사업가로 여기며 누구의 말도 듣지 않던 내 아버지를 떠올렸다.

모르는 가족의 사진을 사는 사람들은 어쩌면 사진 속 인물들에 대해 마음대로 이야기를 지어낼 수 있어서 그런 사진을 좋아하는지도 모른다.

우리는 위층으로 올라갔다. 레빈이 방문을 열자, 거울 문이 달린 거대한 옷장과 주황색 커버를 씌운 좁은 침대, 그 옆에 재봉틀이 놓인 작은 협탁이 보였다. 침대 옆 벽에는 무당벌레와 네잎클로버, 작은 만화 캐릭터 스티커가 붙어 있었다.

레빈은 의자를 창가로 끌고 가서 창문을 열더니, 아래 층 부엌 앞에 덧댄 차양지붕 위로 올라갔다. 레빈이 바구니를 내려놓고 내게 손을 내밀었고, 나는 창틀을 딛고 조심스레 지붕에 내려섰다. 따뜻하고 마른 나무지붕 위에 앉으며 중얼거렸다.

"이게 버텨줬으면 좋겠네요."

레빈은 바구니에서 와인과 잔을 꺼내고, 식탁보를 펼쳐 빵, 크림치즈, 올리브, 블랙베리와 살구를 올려놓았다. 지붕 위에서는 강이 내려다보였다. 해는 이미 서쪽으로 기울어 하늘이 주황빛으로 물들었고, 수면 위에도 그 빛이

번져 있었다. 그 뒤로 보이는 나무들의 수관이 어둑한 실루엣을 드리우고 있었다. 나는 와인을 한 모금 마시고 빵을 베어 물었다. 살구가 물렁하고 달았다.

"여기 데려와줘서 고마워요." 내가 말했다.

그 한마디를 끝으로 우리는 거의 말을 하지 않았다. 따뜻한 나무지붕 위에서 10대처럼 손을 맞잡고 나란히 누워 있었다. 시간이 어떻게 가는지도 모른 채. 문득 눈을 떴을 때는 이미 어스름이 내려앉고 있었다.

레빈이 몸을 일으키며 물었다.

"어두워지기 전에 수영하러 갈까요?"

물에 들어갈지 말지 아직 마음을 정하지는 못했지만, 강가가 어떻게 생겼는지는 보고 싶었다. 길을 건너 제방을 따라 조금 걸으니 군데군데 부서지고 빠져 있는 나무 계단이 나타났다. 반대편 비탈길을 따라 내려가니 강둑에 갈대가 빽빽하게 자라 있었다.

레빈이 갈대 사이의 틈을 가리켰다. 가까이 가보니 그 안에는 나무말뚝과 난간, 갈대에 가려진 수영용 나무부두가 있었다. 길이는 10미터 남짓에, 끝에는 물속으로 내려갈 수 있는 사다리까지 있었다. 나는 가방에서 수영복을 꺼내 빠르게 속옷을 벗고 수영복을 걸친 뒤, 원피스를 벗고 수영복 끈을 어깨에 걸었다.

해는 나무 뒤로 사라졌고, 모든 것이 짙고 빛나는 푸른 색과 보라색에 잠겼다. 나는 사다리 세 번째 칸까지 천천히 내려갔다. 등에 닿는 차가운 물에 몸이 떨렸지만, 이내 몸을 뒤로 젖혀 강물 위에 누웠다.

강은 매끄럽고 고요했고, 수면 위에는 강둑이 그대로 비쳤다. 나는 팔과 다리를 천천히 움직이며 주변을 둘러보았다. 온통 푸른빛 속에서 그저 둥둥 뜬 채로 헤엄치면서 몸을 맡기기만 하면 되었다. 오랫동안 잊고 지냈던 가벼운 감각이 몸을 감쌌다.

린은 폭이 좁은 쿠션이 들어간 의자 두 개와 50년대 스타일의 작은 탁자 하나를 위층으로 옮겼다. 옆집에서 헐값에 얻어 온 중고 가구였다.

나는 살짝 열린 문을 두드린 뒤 안을 들여다보았다. 새로 칠한 회청록색 벽 덕분에 방이 훨씬 넓고 차분해 보였다. 커다란 옷장은 문 뒤편으로 옮겨 공간을 덜 차지하게 했다. 린이 그 무거운 것을 혼자서 옮긴 모양이었다. 옷장이 있던 자리에는 새로 가져온 의자와 탁자가 자리를 잡았다. 침대에는 얼마 전 주문한 울 담요가 깔려 있고, 크기가 다른 쿠션 여러 개가 겹겹이 쌓여 있었다. 침대는 커다랗고 푹신한 둥지 같았다. 방 전체가 작은 원룸처럼 변해 있었다.

빵집에 새로 일자리를 구한 것도, 방을 이렇게 공들여 꾸민 것도 영 마음에 들지 않았다. 마치 앞으로 나아가는 대신, 뒤를 향해 전속력으로 달려 되돌아가는 것처럼 보였다. 혼자든, 친구나 연인과 함께든 원하는 곳에서 원하는 방식으로 자기 삶을 꾸리는 것이 맞는데, 린은 다시 엄마 집으로 들어와 어릴 적 쓰던 방에서 지내고 있는 것이다. 어쩔 수 없이 미래에 관한 걱정이 들었다. 린이 계속 빵집에서 일하면서 이 방에서 지낸다면, 그다음은 어떻게 되는 걸까? 언젠가는 내가 이 둥지에서 린을 밀어내야 할까? 내가 정말 그럴 수 있을까? 내 마음이 그걸 받아들일 수 있을까? 그러면 우리 관계는 어떻게 되는 걸까?

책상 옆 벽에는 베를린 집에서 보았던 자석 칠판이 그대로 기대져 있었다. 여전히 시트에 싸인 채, 이사한 후에는 한 번도 손대지 않은 듯했다.

"봐도 돼?" 내가 칠판을 가리키며 물었다.

"그럼, 당연하지." 린이 일어나 칠판을 침대 위에 올리고 천을 풀었다.

나는 도표와 그림을 살피고, 쪽지를 훑어보았다. 어떤 쪽지에는 문장이 길게 적혀 있고, 단어만 몇 개 적힌 것도 있었다. 복원, 파리협정, 탄소배출권. 탄자니아, 짐바브웨,

인도네시아, 스코틀랜드, 페루, 뉴질랜드, 호주 같은 나라 이름이 적힌 쪽지도 있었다.

"이건 무슨 일 하는 거야?"

"했던 거야." 린이 '했던'이라는 단어를 강조했다.

"그래, 무슨 일을 '했던' 거야?"

"발표 준비였어."

"나무 종류별 회복력에 대한 그 발표 말이지?"

"원래 그럴 생각이었는데, 주제를 바꿨어. 지금 전 세계적으로 기업과 투자펀드들이 숲이나 토지를 엄청나게 사들여서 거기에 숲을 만들고 있거든. 숲을 만들어서 탄소배출권을 얻고, 그걸로 자기들이 배출하는 온실가스를 상쇄한다는 거야. 그걸 자발적 탄소배출권 거래라고 해. 근데 그 과정에서 무시되는 문제들이 있어. 그게 우리 모두에게 어떤 영향을 미치는지 알리고 싶었어."

린의 말투가 달라졌다. 지난 몇 주 동안 들었던 지치고 무기력한 모습과는 전혀 달랐다. 린은 그 문제 자체는 새로운 이슈가 아니라고 했다. 하지만 재조림 시장이 커지면서 허점도 함께 드러나는 거라고 설명했다.

"좀 더 자세히 말해줄래?"

린은 고개를 끄덕이며 책상 모서리에 걸터앉았다.

"나무는 이산화탄소를 저장하지, 그건 좋은 일이야. 그런데 문제는 투자펀드나 기업, 재단들이 쓸 만한 땅을 닥치는 대로 사들이고 있다는 거야. 말 그대로 지구를 이 잡듯이 훑는 거지. 주로 남반구 나라들 얘기이긴 하지만 꼭 거기서만 그러는 것도 아냐.”

그런 다음에는 원래 있던 숲이나 새로 조성되는 숲이 앞으로 수십 년간 ‘이론적으로’ 줄일 수 있는 탄소량을 계산하고, 그만큼 배출권을 얻는다. 그러고는 자기들이 탄소배출을 줄였다고 주장한다는 것이다.

“그래서 기업이 자기네는 몇 퍼센트 기후 중립적이다, 이렇게 말하는 거야. 사실은 별 의미도 없는 말이지. 아니면 그 배출권을 다른 기업에 팔기도 해. 탄소배출권 가격은 계속 오르고 있고, 앞으로 몇 년 동안은 훨씬 더 오를 거야.”

린은 퇴원한 후로 일 얘기를 거의 꺼내지 않았고, 나도 굳이 묻지 않았다. 린이 쉬었으면 했기 때문이었다. 하지만 이런 대화가 그리웠다. 예전에도 린은 대학에서 공부하는 내용을 이렇게 강의하듯 설명해주었고, 나는 매번 새로운 세계에 눈을 뜨는 기분으로 이야기에 푹 빠져들었다. 린이 자랑스럽기도 했다. 가끔은 린의 말을 다 이해하기 어려울 때도 있었지만, 나는 그런 기색을 들키지 않으려 애썼다. 의자에 앉으며 물었다.

"너무 순진한 질문인지도 모르겠지만, 숲을 보호하거나 새로 만드는 게 아무것도 안 하는 것보다는 낫지 않아? 어쨌든 좋은 일이잖아."

"전혀 순진한 질문이 아니야. 자연을 보호하는 게 옳다는 건 누구나 동의하는 사실이지. 진짜 그것만 목적으로 일하는 단체나 재단도 많아. 분명 좋은 일이고, 꼭 필요한 일이야."

하지만 문제는 '어떻게' 하느냐에 달렸다고 했다.

"어떤 기업들은 그 지역 주민들을 아예 무시하고 일단 땅부터 사들여. 주민들한테는 한마디 상의도 없이 숲을 만들겠다면서 농경지를 없애지. 그러면 그 땅에서 농사로 먹고살던 사람들은 삶의 터전을 잃는 거야. 게다가 기업이 땅을 그렇게 사들이면 땅값이 치솟아서 주민들이 더 이상 감당할 수 없게 돼."

린의 설명은 빠르면서도 명료했다. 이미 이 주제로 여러 번 발표나 토론을 해본 듯했다.

"심지어 조림 사업에는 국가 보조금이나 세금 혜택이 붙기도 해. 거기다 탄소배출권까지 팔 수 있지. 그러면 숲이 곧 투자 상품이 되는 거야. 그런데 정작 거기 주민들한테는 아무런 도움이 안 되는 거지."

'탄소배출권 거래'난 '탄소인증제' 같은 말은 여러 번 들었고, 대충은 안다고 생각했다. 하지만 '정확히' 무슨 뜻인지, 어떻게 돌아가는지는 알지 못했다. 인증서라고 하면 액자에 끼워 책상 뒤에 걸어놓는 상장처럼 느껴졌고, 배출권은 모노폴리 게임에서 쓰는 얇은 종이로 된 가짜 돈처럼 느껴졌다.

내가 그렇게 말하자 린은 웃으며 말했다.

"실제로도 딱 그 정도야. 이해할 수 있는 게 아니지. 누군가 인위적으로 만든 시스템이거든. 사람들은 그걸로 최대한 오래 돈을 벌고 싶어 하는 거야."

린은 우리 둘이 동시에 볼 수 있도록 자석 칠판을 벽 쪽으로 기울였다.

"쉽게 설명해볼게. 예를 들어서 엄마가 결혼을 했는데 바람을 피운다고 해봐. 그게 잘못인 건 당연히 알지. 솔직하게 말하거나, 부부 상담을 받거나, 아니면 이혼할 수도 있어. 그런데 그렇게는 하기 싫고 그냥 지금 상태를 유지하고 싶은 거야. 가만히 있는 게 제일 편하니까. 그래서 방법을 하나 떠올려. 다른 부부에게 돈을 주고, 그 사람들이 100퍼센트 정직하고 서로에게 충실하게 살게 해. 그리고 엄마는 '좋은 부부 인증서'를 대신 받는 거지. 그러면 이제 나는 인증된 사람이니까 계속 바람을 피워도 괜찮다고 말하는 거야. 인증서만 있으면 그런 행동이 없었던 일이 되고, 책임을 안 져도 된다고 생각하는 거지. 하지만 말도 안 되잖아."

린은 연도별 수치를 그린 표를 가리켰다.

"파리 기후 변화 협약 알지?"

2030년까지 많은 기업이 탄소배출량을 줄이겠다는 목표를 세웠지만, 실제로는 지키지 못할 것이라고 했다. 탄소배출량을 그만큼 충분히 줄이지 못한다는 것이다.

"그러면 어떻게 하겠어? 인증서를 사서 상쇄하려고 하겠지. 유럽연합이 기후 중립을 달성하겠다고 한 2050년이 오면 어떨까? 그때도 다들 인증서나 사고 만다면 인증서 수요가 폭등할 거고, 숲은 원자재처럼 돈이 되는 거야. 이미 수많은 기업이 이 사업에 뛰어들었어."

린은 창문을 활짝 열어 환기를 시켰다. 멀리서 농기계 소리가 희미하게 들려왔다. 나는 어쩐지 부끄러웠다. 미래, 사회문제, 자원과 분배 같은 것들이 어떻게 돌아가는지 전혀 모르고 살아왔다. 내 딸은 이런 시스템을 조금이나마 나은 방향으로 바꿔보겠다고 몇 년을 애써왔는데 나는 딸이 무슨 일을 하는지조차 몰랐다.

"그리고 숲을 사서 보호하겠다고 아무리 요란하게 떠들어도, 실제로 온실가스가 줄어드는 것도 아니야. 숲은 원래 그냥 거기 있던 거니까."

린은 누군가 가만히 있는 나무 한 그루를 사서, 이제 그 나무를 구해냈다며 자신에게 인증서를 달라고 요구하는 모습을 상상해보라고 했다.

"그런데 무엇으로부터 구했다는 거지?"

그 말은 누군가 나무를 사지 않으면 베였을 것이라는 가정이 있어야만 말이 된다. 그런데 정말 그럴까? 정말로 베일 나무였을까? 어쩌면 아무도 사지 않아도 나무는 그대로 있었을지 모른다. '보호한다'는 말은 얼마든 주장할 수 있는 명분이다. 게다가 폭풍우와 가뭄, 산불, 해충같이 예측 불가능한 수많은 변수는 또 어떤가? 그런 일이 일어날지를 누가 예측하고, 어떻게 검증할 수 있겠는가? 그런데도 순전히 가정만으로 하나의 거대한 산업이 만들어졌다. 그건 결국 소망이자 신기루에 불과하다.

"그러니까. 엄마 말이 맞아. 인증서는 장난감 돈 같은 거야. 게임 속 차용증이랑 다를 바가 하나도 없지."

자석 칠판에는 '자선가들'이라고 적힌 쪽지도 붙어 있었다. 어떤 이야기나 영화, 연극의 제목 같기도 했고, 다의적이면서 어딘가 고발하는 느낌도 들었다.

"이건 누구를 말하는 거야?" 나는 쪽지를 가리키며 물었다. "이 '자선가들'이라는 말이 진짜 자선 활동을 하는 사람들을 말하는 거야, 아니면 비꼬는 말이야?"

"자기 돈 벌겠다고 투자하는 걸 대단한 공익 활동처럼 포장하는 사람들. 그러면서 정작 그 지역과 주민들에게 그게 어떤 영향을 주는지, 배출권 장사 얘기는 한 마디도 안 하는 사람들을 말하는 거지."

린은 그들이 대중에게 자신들이 숲을 보존하고 조성하는 데 얼마나 큰돈을 쏟는지만 강조한다고 했다. 자연으로의 회귀, 종 보호, 생물 다양성, 누구도 반대할 리 없는 주제들이다. 하지만 그 뒤에는 지역 주민들이 쫓겨나고, 집이 무너지고, 소유 관계가 뒤바뀌는 현실이 있었다. 이렇게 자본이 그 지역을 점유하는 것에 대해 말하는 사람은 별로 없다.

"중세 봉건영주처럼, 자기들은 살지도 않는 땅을 쥐락펴락하는 거야." 린이 말했다. "그러다가 예쁜 시골 호텔이나 숲속 휴양지 같은 걸 지어서, 마을 사람들이 관리인이나 청소부로 일하게 하는 거지. 겉으로는 자선가인 척하지만 사실은 우리 시대의 가장 심각한 위기를 장사 수단으로 삼는 거야."

린은 눈을 비볐다. 피곤해 보였다.

"지금은 간단하게 말했지만, 발표에서는 더 자세히 설명했어."

핵심은 모든 배출권 거래를 없애자는 게 아니라, 최소한 지금처럼 아무 규제도 없는 상태는 안 된다는 것이라고 했다.

"돈이 걸리면 언제나 포장과 거짓말이 따라붙으니까."

그런데도 이런 '자선가 신화'는 대중에게 항상 잘 먹힌다고도 했다.

"사람들은 누군가가 세상을 구해줄 거라고 믿고 싶어 해. 그래야 양심이 덜 불편하고 마음이 놓이잖아."

"네 발표문 한번 읽어봐도 돼?"

"그럼."

예전에 린이 베를린에서 일자리를 얻었을 때 얼마나 신이 나 있었는지 떠올렸다. 맡을 업무도 자연보호 프로젝트의 기획과 수치 산정으로, 린의 전공인 환경경영과 꼭 맞았다. 급여도 충분했다. 룬드에서 베를린까지 면접을 보러 간 린은 면접 전에는 긴장했지만, 합격 소식을 받고 나서는 잔뜩 들떠 있었다.

"네가 일했던 회사는 이런 문제에서 어떤 쪽이었어?"

"바로 그 자선가들 쪽이었지. 그 회사에서 기업이나 펀드사를 위해 만든 조림 프로젝트는 겉보기에는 아주 모범적이었지만, 실제로는 전혀 아니었어."

린이 업계의 실상을 파악하는 데에는 석 달이 걸렸다.

그 뒤로는 원래 흥미가 있던 분야였기에 겨우 버티고 있던 것뿐이었다.

"그래서 학회 전에 그만뒀던 거구나."

린이 끄덕였다. 조금씩 상황이 이해되기 시작했다.

"네 발표가 그 사람들 눈에 곱게 보일 리가 없었겠네."

"별로 안 좋아했지. 좋게 말해서 그 정도." 린이 어깨를 으쓱였다.

"어차피 몇 분밖에 못 했어. 갑자기 혈압이 떨어지는 바람에. 행사장에는 회사 동료들 말고도 우리가 자문하던 홀딩스 회사 이사회 사람도 두 명 와 있었거든. 그 호텔을 가지고 있는 회사 말이야. 사실 발표 전에 화장실에서 토했어." 린이 잠시 머뭇거리더니 덧붙였다. "그 사람들이 무서웠거든. 그리고 별거 아닌 것 같지만 상징적인 게 또 하나 있지. 그 회사는 전용기 임대업도 해."

그런데 그 비행기들이 내뿜는 이산화탄소를 상쇄하기에 그 회사가 산 나무로는 어림도 없다고 했다. 차라리 전세기 회사를 접으면 페루나 짐바브웨, 루마니아 사람들의 땅을 가로챌 필요조차 없다는 것이었다.

"진짜 미친 건 그런 걸 정상적이고 합리적이라고 생각하는 사람들이야. 이런 걸 비판하는 사람이 아니라."

린은 침대 위로 올라가 담요 위에 책상다리를 하고 앉

왔다. 그 순간 린이 너무 사랑스러워 눈길을 뗄 수가 없었다. 놀라운 것은 린의 표정이나, 입술을 살짝 일그러뜨리거나 눈꺼풀을 비비는 성숙한 여자의 모습 속에 여전히 내 아이의 모습, 심지어는 내가 낳았던 그 갓난아기의 모습까지도 보인다는 것이었다. 하지만 동시에 그때와 지금이 한없이 멀어 보이기도 했다. 아이였던 린과 어른이 된 린이 서로 아무런 관련도 없는, 전혀 다른 두 사람처럼 느껴졌다.

"이런 사업을 비판하는 건 쉽지 않아. 미친 종말론자로 보이기 십상이거든."

수원이 오염됐다! 이 도시의 부는 전부 거짓 위에 세워졌다!

나는 잠 못 이루던 어느 밤, 침대에서 노트북으로 보았던 연극을 떠올렸다. 헨리크 입센의 〈민중의 적〉, 도서관 자료실에서 찾은 것 중 가장 최근 연출한 버전이었다. 예전에 요한과도 한 번 본 적이 있는 연극이었다. 새롭게 떠오르는 한 작은 온천 마을의 의사 슈토크만 박사는 환자들을 치료할 약수가 인근 제혁소의 산업 폐수에 오염된 사실을 알게 된다. 슈토크만 박사는 물을 실험실에 맡겨

분석했고, 결과는 분명했다. 처음에는 사람들도 박사의 말에 귀를 기울였고, 모두들 감사해했다. 환자들이 병에 걸리거나 죽고, 온천 마을의 평판을 잃는 것을 막아주었다며 칭송했다. 하지만 분위기는 차츰 기울기 시작했다. 도시의 관리자인 슈토크만 박사의 형은 수도관 개조와 온천장 임시 폐쇄에 드는 막대한 비용과 손실을 계산해 보여주며, 마을 사람들이 감당하기 힘들 거고, 모두에게 지나친 부담이 될 거라고 했다.

슈토크만 박사의 형이 실험 보고서를 읽으며 말하는 장면이 떠올랐다. "흠, 아니, 납득이 안 되네. 과학적 사실이라는 것도 결국에는 하나의 의견일 뿐이야."

입센이 이 작품을 쓴 것은 1880년대 초반이었다.

마을 분위기는 급변했다. 사람들은 슈토크만 박사와 물이 오염되었다는 그의 경고에 등을 돌렸다. 더는 그 이야기를 들으려 하지 않았다. 오히려 화를 내며 박사를 거짓말쟁이로 몰았다.

자기 도시를 그런 식으로 모욕하는 사람은 분명 사회의 적이다!

도시 관리자인 형이 동생에게 한 말이다. 그렇게 슈토

크만 박사는 민중의 적이 된다. 작품의 마지막에 슈토크만 박사는 모욕을 당하고, 군중에게 쫓기며, 일자리를 잃고, 그의 가족은 괴롭힘을 당하고, 창문에는 돌이 날아든다. 모든 삶의 기반이 파괴된 것이다. 단지 불편한 진실을 말했다는 것이 이유였다.

"정말 용기 있는 일을 했네. 너도 알지?"

"글쎄, 용기라니, 말은 쉽지. 늘 그럴듯해 보이고. 난 진짜 중요한 순간이 오기도 전에 기절했잖아."

"그래도."

"내 발표가 그렇게 대단한 것도 아냐. 새로울 건 하나도 없고, 발표문에 있는 건 이미 오래전부터 나왔던 내용들이야. 그게 문제야! 다들 이미 수없이 들었어. 이미 닳고 닳아버린 말이야. 배출 가스, 지구온난화, 이상기후. 슈퍼리치, 개인 전용기, 요트. 이제는 다 진부한 말이고, 사람들도 지겨워해. 기후니, 위기니 하는 말만 들어도 짜증을 낸다니까. 자연보호라는 말은 이제 거의 금기어야. 사람들이 조금이라도 듣게 하려면 그 말을 쓸지 말지부터 고민해야 할 정도라고."

사실은 변하지 않는다. 사실이 덜 사실이 되는 것도 아니다. 하지만 린은 이제 사실만으로는 아무도 설득할 수 없다고 했다.

"내가 발표에서 말하고 싶었던 건 그거야. 우리가 서로를 속이고 또 속임을 당하는 데 얼마나 어마어마한 노력과 비용을 쏟는지를 보여주고 싶었어."

"슈토크만 박사도 네 말에 동의했을 거야."

"누구?"

"아냐, 별거 아니야."

왠지 쓸쓸함이 밀려왔다. 린은 여기서 뭘 하고 있는 걸까? 세상에 나가 자기 지식과 통찰을 전해야 할 사람이, 왜 여기 이렇게 무너져 있는 걸까? 린도 지금 자기 모습이 옳다고 생각하지는 않을 것이다. 내가 다시 말을 꺼내려는 기색을 느꼈는지, 린이 먼저 말을 꺼냈다.

"나 잠깐 누워야겠어. 머리가 어지러워." 린은 천천히 일어나 창문 블라인드를 내렸다.

내 딸과 같은 젊은이들은 도대체 이 세상 어디에서 희망을 찾아야 할까?

그러나 그런 생각을 차마 입 밖에 낼 수는 없었다. 그 말은 곧 패배를 선언하는 것이자, 어른으로서 그동안 현실을 태만하게 감추어온 것을 고백하는 것처럼 느껴졌기 때문이다. 나는 늘 린에게 미래에는 대단한 일들이 기다리고 있고, 많은 것을 이루게 될 거라고 말해왔다. 부모가 아이들에게 용기를 주려고 흔히 하는, 그런 말들. 세상의 온갖 장점과 가능성을 내세우면서 두려운 진실은 사소한 것처럼 축소하거나 감추었다. 언제나 반쪽짜리 진실만을 전한 셈이었다.

나는 문을 나서며, 린이 다시 천을 내려 메모가 붙은 칠판을 가리는 것을 보았다.

밖에서는 젖은 나뭇잎과 잘 익은 사과 냄새가 풍겼고, 공기는 따뜻하고 눅눅했다. 조금 전까지만 해도 소나기가 베란다 지붕을 북처럼 두드리며 쏟아졌지만, 먹구름이 몰려왔던 속도만큼이나 빠르게 다시 흩어져버렸다.

갯벌에서 주워 온 오래된 벽돌은 여전히 베란다 바닥에 놓여 있었다. 린이 보면 잔소리할 게 뻔해 일부러 눈에 띄지 않는 곳에 숨겨둔 것이었다. 벽돌을 꺼내 소금기로 거칠어진 표면과 옆구리에 바짝 붙어 말라버린 해초를 바라보았다. 이곳에 있을 물건이 아니었다. 별것 아닌 일에 괜한 고집을 부리며 린의 말을 외면하고 벽돌을 챙겼던 그때의 내가 다른 사람처럼 낯설게 느껴졌다. 기회가 되는 대로 이 유물을 다시 갯벌에 돌려놓겠다고 마음먹었다.

나는 정원을 지나 대문을 열고, 돌아서서 보를 불렀다. 저녁 산책을 나갈 셈이었다. 그러면서도 애써 레빈의 창문 쪽을 올려다보지 않으려 노력했다.

레빈과 강가의 집에 다녀온 지도 사흘이 지났다. 그 뒤로 레빈의 소식은 전혀 듣지 못했다. 어제 차가 다시 나타난 걸 보니 집을 비웠다가 이제야 돌아온 모양이었다. 우리는 전화번호조차 주고받지 않았다. 오히려 홀가분했다. 괜히 기대할 필요도, 메시지가 왔는지 들여다볼 필요도 없으니까. 하지만 또 한편으로는 모든 게 어정쩡한 이런 상태가 견디기 힘들었다.

나는 결국 다시 몸을 돌려 창문을 올려다보았다. 창문 너머로 불이 켜져 있었다. 저 위, 저 방 침대에 함께 누워 몸을 포개고 내 얼굴을 레빈의 목에 파묻은 채 스며드는 새벽빛을 받던 것, 며칠 뒤 강가의 집 지붕에서 햇볕을 쬐던 오후, 밤중에 강에서 함께 수영하던 순간까지. 모든 것이 믿을 수 없을 만큼 아득했다.

나는 밤새 뒤척인 사람처럼 피곤하고 불안했다. 레빈을 떠올리면 요한이 눈앞에 선했고, 요한을 생각하면 다시 레빈이 겹쳐 보였다. 요한을 그리워할 자격조차 없는 사람이 된 듯한 기분이었다.

전화를 받은 보험사 직원은 친절했다. 내 사건을 담당할 직원의 연락처를 알려줘서 그 번호로 여러 번 전화를 걸었지만 연결되지 않아 결국 메일을 보냈다. 사고 경위를 설명하고 호텔에서 관련 서류를 최근에야 보내와서 접수가 늦어졌다고도 적었다. 복원가의 견적서와 도장 업체의 청구서도 함께 첨부했다.

다음 날 답장이 왔다. 접수가 늦어진 건 문제가 되지 않는다고 했다. 다만 아직 린이 학생 신분인지 확인이 필요하다고 했다. 그게 아니라면 이 사고 건은 2000년 7월 17일 자 보험 약관에 따라 더 이상 가족보험의 적용을 받을 수 없다는 것이었다.

'더 궁금하신 사항이 있으시면 언제든 연락주세요.'

나는 무언가를 짓밟아 버리겠다는 듯, 온 힘을 다해 페달을 밟았다. 태양이 등으로 내리쬐고, 티셔츠는 피부에 달라붙었으며, 땀은 샘처럼 솟아 배를 타고 흘러내렸다. 목장의 소 몇 마리가 나무 그늘에 드러누운 채, 내가 분노에 차 오르막을 힘겹게 기어오르는 모습을 물끄러미 바라보고 있었다. 자전거를 타기에는 너무 더운 날씨였지만, 도저히 집에 앉아 있을 수가 없었다.

"멍청해. 생각조차 못 하는 멍청이. 글도 못 읽는 멍청이. 숨 쉬는 법도 모르는 멍청이. 모든 게 다 멍청해. 딸한테 1년에 40유로짜리 보험 하나 들어주지 못한 멍청이."

나는 씩씩거리며 나에게 화를 냈다. 눈부신 태양에 시

야가 흐려지고, 눈에서는 눈물이 흘렀다. 돈. 지난 20년간 나는 돈 생각을 해야 했다. 매달, 매주, 매 학기, 매 방학, 아이 생일마다, 계절이 바뀔 때마다, 여름에도 겨울에도, 아침에도 저녁에도 밤에도, 계산기를 두드렸고, 한 푼이라도 아꼈다. 돈 걱정뿐이었다. 린 앞에서는 내색하지 않으려 했고, 실제로도 어느 정도 태연한 척할 수 있었다. 그렇게 집 대출을 조금씩 갚아나갔지만, 은행은 거기에 린의 학비 대출을 얹어주었다. 그래도 감당할 수 있었다. 린이 석사를 마쳤을 때는 가슴을 짓누르던 돌덩이가 떨어져 나간 듯했다. 린이 해낸 것은 곧 내가 해낸 것이었고, 내 임무를 다했다는 뜻이었다.

숨이 턱까지 차올라 자전거를 멈췄다. 맥박이 명치에서 쿵쾅거렸고, 땀이 등줄기를 타고 흘러내렸다. 나는 자전거를 끌고 제방 위로 올라가 벤치에 털썩 주저앉았다.

1만 4천 유로. 어디서 구해야 할지 막막한 돈. 1만 4천 유로. 내 딸이 무더운 날씨와 긴장 속에 쓰러졌기 때문에, 무언가에 반대하는 발표를 준비했기 때문에 내야 하는 돈. 반대한다는 건 사람의 힘과 정신을 갉아먹는 일이기 때문에. 1만 4천 유로. 내가 보험 하나 들어주지 않았기 때문에 내야 하는 돈.

항구에서는 물이 빠지고 있었고, 적갈색 물이 쓸려가며

드러난 진흙 섬 위로 갈매기들이 모여들었다. 선착장에 묶인 어선 두 척이 물결 위에서 가볍게 흔들리고 있었다. 눈부신 햇살 아래 모든 것이 세밀하고 또렷하게 보였다. 시야가 맑았고, 지평선 너머 할리히와 제방의 윤곽까지 선명하게 보였다.

결국 다시 대출을 늘리는 수밖에 없을 것이다. 달리 누구에게 돈을 구하겠는가, 요한의 부모? 그럴 수는 없었다. 분할 납부 같은 방법이 잠깐 머릿속을 스쳤지만, 그 홀딩스 회사에 손을 벌리고 싶지는 않았다. 그들과는 가능한 한 얽히고 싶지 않았다. 볼이 달아올랐고, 이마를 훔치자 오른쪽 눈 뒤로 두통이 스멀대는 기운이 느껴졌다.

고작 보험 하나, 그거면 됐는데.

우리는 주말에 다시 갯벌 트레킹에 나섰다. 아그네스가 일몰 트레킹을 제안했고, 조석에 맞춰 오후에 출발하면 지난번처럼 제방에서 음식을 먹고 밤 10시까지 본토로 돌아올 수 있을 거라고 했다.

"또 세 시간 갔다가 세 시간 돌아오는 거야? 난 못 해, 절대 못 해." 마리가 말했다.

아그네스는 레빈도 강가의 집에서 할 일이 있어 오지 못한다고 전해주었다. 그 말을 하는 아그네스의 눈빛이 어쩐지 의미심장하게 느껴졌다.

결국 셋이서 노르트슈트란트로 향했다. 햇살이 눈부시게 쏟아졌고, 기온은 25도를 넘었다. 린에게서 선크림 냄새와 따뜻한 살냄새가 풍겨왔다. 우리는 제방 매점 근처에 차를 세우고 걷기 시작했다. 갯벌 바닥은 단단하면서도 잔물결이 져 있었고, 발밑이 따뜻하게 느껴졌다. 배낭 속 벽돌의 무게가 느껴졌다. 적당한 장소가 보이면 다시 놓아두려고 가져온 것이었다. 멀리서 마차 두 대가 지난번처럼 할리히로 향하고 있었다. 햇살이 물웅덩이 위에 반짝였다. 우리는 몇 번인가 걸음을 멈추었고, 그때마다 우리를 둘러싼 주변은 갯벌 속 작은 생물들과 퇴적물이 희미하게 바스락거리는 소리마저 들릴 만큼 고요했다.

"그 잠긴 도시 얘기 좀 더 해줘." 린이 아그네스에게 말했다. "나는 여기서 자랐는데도 거의 몰라."

린이 이 지역 옛이야기를 모르는 건 내 탓이기도 했다. 내가 그런 쪽에 별 관심이 없다 보니, 린에게도 구전설화나 옛날이야기를 들려준 적이 거의 없었다. 매일 동네 박물관 앞을 지나면서도 들어가볼 생각은 하지 않는 것처럼, 너무도 당연하고 익숙해서 신경조차 쓰지 않았던 것들이었다.

"지금 눈에 보이는 모든 곳이 한때는 사람들이 살던 땅이었어." 아그네스가 말했다.

아그네스는 친구 이야기를 꺼냈다. 나이가 좀 있는 갯벌 가이드인데, 이 근처 농가에서 나고 자란 사람이었다. 친구는 어릴 때부터 아버지를 따라 갯벌에 나가곤 했는데, 거기서 도자기 조각이나 동물 뼈를 발견하기도 하고, 간조 때마다 드러나는 옛 제방의 윤곽도 보았다고 한다. 그 도시가 아직 존재하던 1360년 무렵에는 제방이 지금처럼 둥근 모양이 아니라 사각형이었고 높이도 더 낮았단다. 어느 날, 이제는 좀 더 자라 혼자서 갯벌을 걷던 그 친구가 말의 두개골을 발견했다. 수백 년은 된 것이었고 진흙에서 밀려 나온 모습이 검게 풍화된 나무 화석 같았다고 했다.

"갯벌이 무엇을 드러낼지는 바람과 조류가 정하는 거야." 아그네스가 말했다. 가라앉은 도시, '침몰'이라는 표현은 맞지 않는다고 했다. 그 도시는 침몰한 게 아니라 휩쓸려 간 것이고, 간조와 만조가 바뀔 때마다 장례식이 되풀이되는 것에 가깝다고 했다.

그때 말을 탄 무리가 우리 쪽으로 다가왔다. 성인 여자 한 명에 열다섯이나 열여섯 살쯤 되어 보이는 소녀 셋이었다. 말 한 마리가 달리자, 그 말에 탄 소녀가 환호성을 질렀다. 린이 휴대전화를 들어 그 모습을 몇 초간 동영상으로 찍더니 조용히 중얼거렸다.

"맞아, 저랬었지." 잊고 있던 무언가를 떠올린 듯한 말투였다. 예전에 친구들과 말 목장에서 마구간을 치워주고는 무료로 말을 타던 때가 떠오른 것인지도 몰랐다.

할리히가 가까워졌고, 염습지를 가로질러 인공 제방으로 오르는 길이 보이기 시작했다. 마차를 타고 온 사람들은 지난번처럼 이미 휴식을 마치고 떠나는 참이었다.

우리는 감자샐러드와 훈제생선, 홍차를 주문해 바깥 자리에 앉았다. 테라스 옆 울타리 안에는 새끼 염소들이 뛰어놀고 있었다. 해가 점점 저물고, 저녁 기운이 감돌았다. 여름이 정점을 지난 것이 분명히 느껴졌다. 올려다보니 갈대 지붕 아래 창문 하나가 활짝 열려 있었다. 나는 그 방 침대에 누워 갈매기 울음소리와 점점 가까워지는 바다의 잔물결 소리를 들으며 잠드는 상상을 했다.

요한은 가끔 할리히에서 일하며 살고 싶다는 이야기를 했다. 작은 초등학교가 있는 노르츠트란디슈모오어 섬 같은 곳이라면 린도 다른 아이들 두세 명과 함께 수업을 들을 수 있을 거라고 했다. 그때마다 나는 대꾸하지 않았다. 인구 1천3백 명 남짓한 반도의 작은 마을로 이사 온 것만 해도 충분히 할 만큼 했다고 생각했기 때문이었다. 게다가 요한은 킬 대학에서 일을 했으니, 주중의 절반은 린과 나 단둘이 지내야 했다.

"네오프렌 양말 챙겨왔어. 날이 어두워지고 추워졌을 때 신으면 좋아." 예정대로 저녁 7시쯤 돌아가는 길에 아그네스가 말했다.

우리는 발걸음을 재촉하다가도 가끔씩 멈춰 저녁 하늘을 올려다보았다. 해가 지고, 사방이 주홍빛에 잠겼다. 하늘은 분홍과 라일락빛으로 물들었고, 동쪽은 짙은 쪽빛으로 가라앉아 있었다. 저녁 무렵의 갯벌은 그야말로 장관이었다. 어쩌다 20년이 넘게 놓치고 살았을까 싶은 풍경이었다. 내 뒤에 서 있던 린이 나를 끌어안았다.

"엄마 머리카락에서 옛날 냄새 나."

조금 뒤, 아까 마주쳤던 말을 탄 사람들을 다시 발견했다. 그들도 돌아가는 길이었다. 갈색 말 셋에, 흰색 말이 한 마리.

"밤갈색 말이네."

린이 중얼거렸다. 네 사람은 우리와 조금 떨어진 곳에 있었는데 말에서 내려 고삐를 잡고, 우리가 방금 건너온 갯골의 움푹한 자리를 조심스럽게 지나고 있었다. 발을 잘못 디디면 깊게 쑥 빠지는 곳이라, 말과 함께라면 더욱 조심해야 했다.

그들이 갯골을 지나 다시 말에 타려는 순간, 흰말이 신경질적으로 머리를 흔들더니 몸을 틀고 발을 굴렀다. 그러더니 한 소녀가 쥐고 있던 고삐를 홱 잡아당겼다. 소녀는 비틀거리다 넘어졌고, 미처 일어나기도 전에 말은 이미 뛰쳐가버렸다. 방향은 육지 쪽도, 할리히 쪽도 아닌 북쪽이었다. 말은 펠보름 섬 방면 페리 항로 쪽으로 비스듬히 달렸다. 한참 달려간 말은 멀찍이 멈춰 서더니 콧김을 뿜으며 진정하는 듯 보였다. 다른 말들은 차분히 고개를 떨구고 있었다.

"도와드릴까요?"

아그네스가 소리쳤고, 우리는 그쪽으로 다가갔다. 여자는 한 아이에게 자기가 잡고 있던 고삐를 맡기더니 직접 가보겠다고 했다. 그리고 배낭에서 '말 쿠키'라고 적힌 종이 상자를 꺼냈다.

아그네스가 시계를 보더니 말했다.

"말을 붙잡으실 때까지 우리가 여기서 같이 기다릴게요. 혹시 도움이 필요할지도 모르니까요." 그리고 몸을 돌려 우리에게 말했다. "그런 다음에 좀 서둘러 걸으면 시간은 맞출 수 있을 거야. 그렇지?"

여자는 상자를 흔들며 흰말을 따라갔다. 안에서 과자가 달그락대는 소리가 났다. 말은 기다리는 듯 서 있다가도 금세 뒤로 몇 걸음 물러섰다. 여자는 말을 놀라게 하지 않으려고 더 천천히 다가가 말을 불렀다.

연보랏빛 하늘 아래 은백색 털이 빛나는 말의 모습은 비현실적이었다. 일부러 과장해서 낭만적으로 꾸민 포스터나 동화 속 장면 같았다.

"내가 반대쪽에서 가볼까?"

린이 말하자, 아그네스는 배낭에서 네오프렌 양말을 꺼내어 건넸다. 그걸 신으면 조개껍질을 신경 쓰지 않고 걸을 수 있다고 했다.

린은 양말을 신고, 할리히 쪽으로 크게 원을 그리며 돌아가다 북쪽으로 방향을 틀어 천천히, 하지만 큰 걸음으로 나아갔다. 우리는 숨을 죽이고 린이 흰말에게 다가가는 것을 지켜보았다. 린은 서서히 거리를 좁혀 30미터, 20미터 앞까지 다가갔다. 멈췄다가 다시 몇 발짝 가고, 또 멈췄다가 다시 조금 더 가까이 갔다. 이제 감을 잡은 것처럼 보였다. 마침내 1미터도 떨어지지 않은 거리까지 다가갔다.

린이 말에게 낮게 속삭이며 천천히 손을 뻗었고, 금방이라도 고삐를 잡을 수 있을 만큼 가까워졌다. 하지만 그 순간 말이 다시 발을 구르며 몸을 돌려 뒷걸음질 쳤다. 그리고 조금 떨어진 곳에 다시 멈췄다. 린은 말을 따라가며 달래듯 계속 부드럽게 말을 걸었다. 하지만 말은 다시 방향을 틀어, 이번에는 갯벌 저 멀리까지 달려가버렸다.

"도대체 왜 저러는 걸까?" 아그네스가 중얼거렸다.

사위는 어스름한 땅거미에 잠겼고, 흰말은 유령처럼, 혹은 반투명하게 빛나는 전설 속의 어느 동물처럼 보였다. 나는 린의 모습을 눈으로 좇았다. 키가 크고 마른 린의 실루엣 너머로 희미해진 푸른 지평선과 어렴풋한 할리히가 겹쳐 보였다. 그러던 어느 순간, 갑자기 무언가 달라졌다. 섬뜩한 공포가 서서히 엄습했다. 린에게 다가갔다가 다시 멀어지는 그 말이 우리를 가지고 노는 것 같았다. 린이 말을 유인하는 게 아니라, 오히려 '그 말'이 린을 더 깊은 갯벌로, 밀물이 차오르는 쪽으로 이끌고 있는 것 같았다. 저건 말이 아니라 유령이었다.

배낭 속 벽돌의 무게가 느껴졌다. 오는 길에는 눈에 띄지 않게 내려놓을 기회를 찾지 못했지만, 이제는 당장이라도 내던져버리고 싶었다. 내가 가라앉은 마을의 평화를 깨뜨린 탓에 흰말이 나를 벌주려는 것만 같았다.

이곳을 떠도는 음울한 신화와 전설이 순식간에 나를 삼켜버렸다. 갯벌 깊은 곳에서 밀려 나온 말의 두개골, 달빛 아래 피와 살을 가진 동물로 되살아난 할리히의 해골 말. 나는 이런 이야기를 알고 있었다. 학교에서 소설과 시로 배웠고, 도서관에서 테오도어 슈토름 낭독회를 열어 그의 작품 『백마의 기사』* 속 불운한 인물 하우케 하이엔에 대해 토론하기도 했다. 새로 쌓는 제방에는 살아 있는 고양이나 개, 새끼 양을 산 채로 집어넣어 제물로 삼았다는 전설, '제방에는 반드시 산 것이 들어가야 한다'는 옛 미신. 이성과 비이성, 과학과 전설, 진실을 둘러싼 끝없는 싸움이 여전히 이곳에 남아 있었다.

린은 유령 말을 쫓아 더 깊은 갯벌로 들어가고 있었다. 위험과 상실이 눈앞에 도사렸고, 두려움이 점점 커졌다. 나는 당장 달려가 린을 붙잡고 싶었다. '조심해, 그 말은 악마야!'라는 소리가 턱끝까지 차올랐다. 대신 나는 이렇게 말했다.

"뭔가 불길해. 이제 그만 돌아가자. 저 말은 어차피 우리가 붙잡을 수 없어."

"시간은 아직 괜찮아요." 아그네스가 시계를 보더니 대답했다.

"너무 멀리 갔어." 내 목소리가 크고 날카로워졌다.

"린이 저 말을 따라가면 안 돼. 곧 물이 찰 거야. 이제 그

---

* 평범한 갯벌 농가의 아들로 태어난 주인공 하우케 하이엔이 재능과 노력을 바탕으로 마을의 제방 감독관이 되어 미신, 구습과 싸우며 우여곡절 끝에 힘겹게 새 제방을 건설하지만, 결국 오래된 제방이 무너져 목숨을 잃는다는 내용의 소설이다. 이 작품은 『휩쓸린 것들만 남는다』와 같이 북해 후줌Husum 지역을 배경으로 하고 있다.

만 나와야 해."

"그렇긴 하지만, 린도 자기가 알아서 할 거예요." 아그네스가 의아하다는 눈길을 보냈다.

'그걸 어떻게 장담해?' 나는 속으로 반박했다. 린은 지금 시간과 거리 감각을 잃은 채, 세이렌의 노래에 홀린 뱃사람처럼 저 말을 따라가고 있는지도 몰랐다.

아그네스와 나는 같은 갯벌을 바라보고 있었지만, 서로 전혀 다른 세계에 서 있는 듯했다.

그 순간, 현실에 균열이 생기면서 그 너머에 무언가 도사리고 있는 듯한 감각이 몰려왔다. 익숙한 것과 위협적인 것이 뒤엉키고 서로 맞서는 듯한 섬뜩함. 예전에도 비슷한 경험을 한 적이 있었다. 요한이 달리러 나갔다가 돌아오지 않은 지 1년쯤 된 어느 아침이었다.

나는 한밤중에 린이 흐느끼는 소리에 잠에서 깼다. 곧 날카로운 비명이 들렸고, 나는 침대에서 벌떡 일어나 린의 방으로 달려갔다. 린은 눈을 커다랗게 뜬 채 숨을 헐떡이며 침대에 앉아 있었고, 온몸이 긴장으로 굳어 떨고 있었다. 나는 린을 끌어안아 달래주었다. 한참이 지나서야 조금 진정된 린은 꿈 이야기를 했다. 커다랗고 검은 딱정벌레가 자기를 끌고 가려 했고, 거의 질질 끌려갈 뻔했다는 것이었다.

우리는 린의 이불과 베개를 들고 내 방으로 건너갔다. 린은 내 곁에 바짝 붙어 눕자마자 곯아떨어졌지만, 나는 좀처럼 다시 잠들 수 없었다. 검은 벌레와 그 벌레에 붙잡혔을 때의 무력감, 끝없는 외로움, 구원에 대한 희망조차 가질 수 없는 상태를 생각하며, 그 꿈이 요한과 나, 이 집 안의 분위기와 연관이 있는 건 아닐까 생각했다. 그런 생각을 곱씹을수록, 근심의 수렁에 더 깊이 빠져들었다.

다음 날 아침, 알람 소리에 겨우 몸을 일으켰다. 린에게 다시 이불을 덮어주고 욕실로 가 뜨거운 물줄기 아래 눈을 감은 채로 몇 분간 꼼짝하지 않고 서 있었다. 목덜미가 뻣뻣했고, 중간중간 졸음이 덮쳤다. 샤워를 마치고 방에 돌아와 린을 깨우려는데, 침대가 비어 있었다. 이불은 젖혀져 있고, 베개에는 눌린 자국이 그대로 남아 있었다. 곧장 린의 방으로 가봤지만, 거기에도 린은 없었다. 이름을 불러도 고요했다. 다락방에도 올라가보고, 다시 아래층으로 내려가 부엌, 거실, 베란다, 심지어 지하실까지 찾아보았지만 린은 어디에도 없었다. 현관문은 잠겨 있었고, 창문도 모두 닫혀 있었다. 그 순간, 균열이 열렸다. 일상의 모든 것이 돌연 아득하고 낯설어지고, 어떤 논리도 맞지 않는 것 같고, 온갖 끔찍한 상상이 가능해졌다. 쥐 죽은 듯 고요한 집, 텅 빈 침대, 아침 햇살, 지난밤의 울음소리와 비명, 흉흉한 꿈이 모두 불길한 전조로 느껴졌다. 내 아이가 사라졌다. 괴물 같은 벌레가 끝내 아이를 데려간 것이다. 누군가, 아니 무언가가 내 딸을 빼앗아 갔다. 나는 숨도 제대로 쉴 수 없었다.

나는 다시 위층으로, 린의 방으로 올라갔다. 그때 키득거리고 바스락대는 소리가 들려왔다. 욕실에서 나는 소리였다. 린은 뚜껑이 달린 커다랗고 둥근 등나무 세탁 바구니 안에 쪼그려 앉아 있었다. 내가 샤워하는 동안 그 안에 숨겠다고 들어간 것이었다. 린은 장난이 성공한 것에 신이 나 웃음을 터뜨렸다. 아무리 들어도 질리지 않는, 아이들 특유의 한없이 들떠 목청부터 터져 나오는 웃음이었다. 린은 조금 전까지 내가 어떤 감정을 겪었는지, 무슨 생각을 하고 어디까지 상상했는지 조금도 짐작하지 못한 채 그저 순수하게 웃고 있었다.

잠시 뒤, 린이 아래층에서 시리얼을 먹는 동안 나는 욕실로 올라와 문을 잠그고 쌓인 두려움과 긴장을 눈물로 쏟아냈다. 그런 다음 세수를 하고, 립스틱을 살짝 바르고 다시 부엌으로 내려가 린에게 말했다.

"자, 이제 유치원 가야지. 오늘도 좋은 하루가 될 거야."

말은 이내 멀리 달아나버렸다. 더는 우리와 엮이고 싶

지 않다는 듯, 제방 쪽으로도 할리히 쪽으로도 향하지 않았다. 우리는 말이 점점 작아지다 수평선 너머로 사라지는 모습을 지켜보았다.

"해안경비대라면 방법이 있을 거예요. 전화해볼게요."

아그네스가 그렇게 말하고 여자 쪽으로 돌아서서, 이제 다들 돌아가는 게 좋겠다고 했다. 아이들은 당황한 눈빛으로 우리를 바라봤다.

아그네스는 해안경비대와 통화를 하다가 휴대전화를 여자에게 건네, 여자가 자기 연락처를 전할 수 있도록 했다. 그들은 말을 타고 떠났고, 아이 둘은 한 말 위에 함께 올라탔다. 우리는 해안가에서 다시 만나기로 했다. 돌아오는 길 내내 혹시나 흰말이 뒤따라오지 않을까 싶어 몇 번이고 돌아봤지만, 끝내 말은 보이지 않았다.

"밀물이 들어올 때 해변에 있으면 어떻게 되는 거야?" 얼마쯤 걷다가 린이 물었다. "여기서도 익사할 수 있어? 물이 그렇게 깊어져? 물살에 휩쓸릴 수도 있는 거야?"

"그럴 때는 구조 요청을 해서 위치를 알려주면, 해안경비대가 호버크래프트로 데리러 와."

"근데 만약 배터리가 없거나 전파가 안 잡히면? 옛날 사람들은 어떻게 했을까?" 린이 다시 물었다.

우리는 발끝에 시선을 두고 나란히 걸었다. 발이 빠질

만한 자리를 피하느라 괜히 힘을 빼지 않으려고 그랬다. 문득 고개를 들어 달을 바라보았다. 사실은 참 아름다운 밤이었다.

"참 이상해. 숲에서는 길을 잃어도 한 달도 버틸 수 있을 것 같거든. 그런데 갯벌에서 밀물에 갇히면 어떻게 해야 안전한지 전혀 모르겠단 말이지." 린이 말했다.

"근처에 도움을 청할 곳이 없다면 가만히 서서 움직이지 말고 물이 빠질 때까지 기다려야 해." 아그네스가 말했다. "어두워서 해안선이 안 보이면 숲에서처럼 길을 잃을 수도 있어. 갯골을 못 보고 빠져서 갇힐 수도 있고. 물살이 거세면 억지로 건너가려고 하지 말고, 최대한 단단하고 높은 곳을 찾아서 거기서 정신 붙들고 버티는 거야."

나도 전에 비슷한 이야기를 들은 적이 있었다. 갯벌에서 밀물을 견디며 살아남은 사람들의 이야기였다. 어느 이웃의 할아버지는 전쟁 직후 가족을 먹여 살리겠다고 밤마다 갯벌 수로에 게를 잡으러 나갔다고 했다. 몇 번이나 물에 휩쓸렸지만, 그럴 때마다 해초와 조개껍데기를 쌓아 작은 둔덕을 만들었고, 심지어 한겨울에도 그 위에서 밀물을 버텨냈다고 했다. 그 이웃은 40년대 중후반에 어린 시절을 보냈는데, 그 게 덕분에 그 시절을 버틸 수 있었다고 했다. 집 마당에 솥을 걸어 게를 삶아 끓인 수프, 게살로 만든 경단, 게살을 빵가루와 섞어 쪄낸 푸딩, 게와 순무를 먹으며 자랐고, 그것이 자기 어린 시절의 맛이었다고 했다.

"여기쯤이면 아마 물이 허리까지만 찰 거야. 몸통 위로 넘지만 않으면 괜찮아. 물은 다시 빠져."

"그렇게 위험할 것 같지는 않네." 린이 말했다.

"응, 이 근처는 그렇지. 그래도 한겨울이라면 또 얘기가 달라져. 겨울에는 체격이나 몸 상태도 중요하고, 물살도 중요해. 푀르 섬하고 암룸 섬 사이만 가도 여기랑은 전혀 달라. 거긴 진짜 위험해. 쿡스하펜이나 노이베르크 쪽도 그렇고. 그래서 그쪽에는 갯벌 중간중간에 비상 대피 시설이 있어. 기둥 위에 철망 같은 게 달려 있는데, 거기 올라가서 대피하는 거야."

아그네스가 시계를 보았다. 우리는 서로 보조를 맞춰 걸으며 서로를 북돋아주었다. 해안선 앞 마지막 갯골을 건널 때는 이미 작은 물줄기들이 모여 강처럼 불어나고 있었다.

"결국에는 정신력이야. 혼자 있을 때는 더 그렇지."

아그네스가 덧붙였다. 그럴 때일수록 상황에 휘둘리지 않고, 당황하지 않고, 이성을 잃은 채 결정을 내리지 않는 것, 체력을 아껴두는 것이 중요하다고 했다.

"그럴 땐 스스로를 좀 다그쳐야 해. '거기서 빠져나와!' 라고." 아그네스는 자기 친구가 그런 말을 했다고 했다.

"빠져나와…." 그 말을 따라 하는 린의 어조가 어쩐지 미심쩍었다.

그 표현은 오랜만에 듣는 것이었다. 예전 어른들이 자주 쓰던 말인데, 가족 간의 갈등이나 이웃과의 다툼처럼 달리 해결할 방법도 없고 서로 의미 없이 기분만 상하는 상황을 중재하겠다고 나섰다가 괜히 화만 키우는 대신, 그냥 거기서 빠져나오라는 뜻이었다.

"내 생각에는 두려움이나 과거의 짐을 다 끌어안지 말고, 정신적으로 그 상황에서 빠져나오라는 말 같아." 아그네스가 말했다. "말하자면 감정에 휘둘리지 말라는 거지. 그래야 끝까지 버틸 힘이 생기니까."

말들은 평화롭게 풀을 뜯고 있었고, 아이들은 그 옆 풀밭에 쪼그리고 앉아 있었다. 셋 다 후드를 눌러쓰고 있었다. 여자는 경찰관과 이야기를 나누고, 다른 경찰은 근처에서 무전을 하고 있었다. 근처에 사는 노부부가 이미 소식을 들었는지 나와 있었다. 이 동네는 소문이 어찌나 빨리 퍼지는지 매번 놀란다. 두 사람은 폴리스 담요와 따뜻한 차가 담긴 보온병을 가져왔고, 아이들은 담요로 몸을 감싼 채 휴대전화로 누군가와 메시지를 주고받으며 눈물을 훔쳤다. 공기가 차가워 나도 몸이 떨려왔다.

경찰은 드론으로 일대를 수색할 예정이고, 해안경비대도 대기 중이라고 설명했다. 우리에게는 여기에 남아 있어 봐야 달라질 건 없으니 일단 집으로 돌아가라고 했다. 린은 아이들과 전화번호를 교환했고, 무슨 소식이 있으면 알려달라고 했다.

밤 11시가 넘었고, 달빛이 물 위에서 빛나고 있었다. 나는 우리가 함께 여기 서 있다는 사실에, 린도, 아이들 누구도 이 기묘한 모험 속에서 잃지 않았다는 사실에 말로 다 할 수 없을 만큼 감사했고, 또 안도했다.

마리는 문가에 서서 우리가 차에서 내리는 것을 보고 있었다.

"몸 좀 녹이고 싶지? 사우나 켜놨어. 그냥 바로 건너와."

잠시 후 내가 베란다로 나왔을 때, 옆집에서는 음악과 말소리가 들렸다. 손님이 와 있는 모양이었다. 나는 수건을 몸에 두르고 정원 사이로 재빨리 걸음을 옮겼다. 자정이 다 된 시각이었지만 전혀 졸리지 않았다. 어느새 수조에도 물이 채워져 있었다.

사우나 안에는 은은한 조명이 들어와 있었고, 열기와

함께 로즈마리 향이 코끝을 스쳤다. 나는 좁은 문을 닫고 수건을 펼쳐 그 위에 누웠다. 쑥스러워서 비키니 하의를 걸쳤는데, 다른 사람 때문이 아니라 혹시 린과 함께 앉을 때를 생각해서였다. 딸 앞에서는 이상하게 부끄러웠다.

눈을 감자 어스름한 갯벌과 밀려드는 밀물의 모습이 눈앞에 떠올랐다. 이미 빠져나가기에는 늦었다는 것을 깨닫고 그곳에 홀로 서 있는 상상을 했다. 외로움이 잠식하고, 그 감정에 속수무책으로 휩쓸리고, 허리를 감싸는 어두운 바닷물을 바라보다 마침내 두려움만 남는 장면이 마치 현실처럼 생생했다.

거기서 빠져나와. 말처럼 쉽지는 않지만, 분명 핵심을 찌르는 말이었다.

그건 '정신 차려'와는 달랐다. 빠져나오라는 말에는 스스로 결단을 내리고 다짐하는 힘이 있었지만, 정신 차리라는 말은 꾸짖는 것처럼 엄격하고 억압적으로 들렸다. 문득 우리 엄마가 떠올랐다. 엄마가 그런 말을 직접 한 적은 없었지만, 우리 집 분위기가 늘 그랬다. 엄마 스스로 늘 자신을 억누르며 살았기 때문이다.

그 긴장감이 아버지 때문이었다는 것은 나중에야 깨달았다. 아버지는 늘 자신이 대단하다고 여기는 사람이었다. 택시 회사를 인수해 낡은 벤츠를 여러 대 굴리던 시절에는 그 기세가 절정에 달했다. 차 시트에는 늘 눅눅한 담배 냄새와 헌 옷 냄새가 배어 있었고, 심지어 배기 필터조차 없는 차들이었다. 각종 신고 기한과 벌금, 예기치 못한 돈 문제가 끊임없이 터져 나왔고, 그 모든 것은 고스란히 엄마 몫이 되어, 엄마는 저녁마다 탁상용 계산기를 두드리며 최악의 상황만은 면하려 애를 썼다. 하지만 내가 집을 떠나 킬에서 대학 생활을 시작했을 무렵, 엄마도 결국 어느 날에는 그런 생각을 했던 것 같다. '뭘 위해 이러고 있는 거지?' 아버지의 빚은 눈덩이처럼 불어났고, 심지어 아버지가 세상을 떠난 후에도 또 다른 빚이 있다는 사실을 알게 되었다. 결국 우리는 법원에서 상속을 포기했다. '상속'이라는 것이 반드시 무언가를 남기는 것이 아니라, 오히려 더 큰 짐을 떠넘기는 것일 수도 있다는 것을 그때 처음 알았다.

그리고 지금 나는 충분히 피할 수 있던 일을 내 딸의 보험을 들어놓지 않았다는 어처구니없는 이유로 스스로 짊어지고 있었다. 아버지의 부주의한 모습을 보고 자랐으면서 배운 것이 없거나, 부모의 귀 모양이나 손짓을 닮는 것처럼 그것이 유전자에 새겨진 운명이라는 듯, 같은 일을 반복하고 있었다. 그때 문이 열렸다.

"여기 있었네요."

마리의 목소리였다. 나는 눈을 떴고, 마리가 맞은편 벤치에 수건을 깔고 누웠다.

"유령 말 따라가다가 큰일 날 뻔했네요."

잠시 후 마리가 그렇게 말했을 때, 그 말이 놀랍고 고마워서 웃음이 났다. 혼자 어두운 생각에 갇혀 있던 기분이 조금 나아지는 것 같았다.

"말을 찾으면 좋겠는데."

"말이 안개로 변해서 파도를 타고 흘러가버린 건 아니겠죠?"

"그런데 그 말은 왜 그랬을까? 본능대로라면 해안가로 향할 텐데. 스스로 위험을 자초한 거잖아요. 그런 자기 파괴는 인간이나 할 법한 행동이니까."

마리가 일어나 달궈진 돌에 물을 끼얹었고, 나는 눈을 감았다. 우리는 잠시 그대로 있었다.

"린이 쓰러졌던 호텔에 1만 4천 유로를 내야 해요. 쓰러지면서 포도주스 잔이 떨어졌는지 엎질러졌는지, 그게 벽이랑 예술 작품에 튀어서 망가졌다더라고요." 나는 마침내 그 이야기를 꺼냈다. "그래서 벽은 새로 칠했고, 그림도 복원해야 한다네요. 그런데 가족보험이 이제 린한테는 적용이 안 되는 걸 내가 놓쳤던 거지. 이런 게 바로 자기 파괴적인 행동인 거고."

"린이 쓰러지면서 잔을 쳐서 그렇게 됐다고요? 심지어 그 호텔 투숙객이었는데 손님한테 청구하고요? 그 호텔은 자기네 평판 걱정도 안 하나 봐요?"

"원래 그런 거죠 뭐. 이런 경우에는 호텔이 책임지지 않아요."

"법적으로야 그렇다 쳐요. 하지만 의학적으로 응급 상황이었잖아요. 그런데도 그렇게 매몰차게 나오는 게 말이 돼요? 나라면 가능한 모든 플랫폼에 확실하게 리뷰를 남겼을 거예요."

그런 생각은 못 했었다. 마리 말이 맞았다. 나는 왜 모든 걸 순순히 받아들였을까? 처음에 린의 짐을 가지러 갔을 때 아무 도움도 받지 못한 때부터, 홀딩스 소속이라는 남자의 전화, 그 사람이 사용했던 '손해 사건', '복원가', '견적서' 같은 단어들에 위축되었던 것이다.

"그 예술 작품이라는 게 뭔데요?"

"나도 사진으로만 봐서…. 잘은 모르지만 현대미술 작품이고, 크기가 굉장히 커요. 세상을 떠난 미국 작가 작품인데, 아크릴이랑 수채화, 목탄을 혼합한 작품이래요."

" 까다롭긴 하겠네요. 복원 비용은 얼마래요?"

"4천 유로가 넘는다네요."

"꽤 큰 작업이네요."

마리는 몸을 일으켜 목을 이리저리 돌리더니 나를 바라
보았다. 약간 도도한 그 표정은 묘하게 매혹적이면서도
어딘가 마음을 불안하게 흔드는 구석이 있었다.

"저라면 직접 가서 그 그림을 한번 보겠어요." 마리가
말했다.

자동 안내 음성은 목적지에 도착했다고 말했지만, 눈앞
에는 나무와 울창한 덤불뿐이었고, 집은커녕 길조차 보이
지 않았다. 나는 좁은 도로에서 간신히 차를 돌려 조금 뒤
로 돌아갔다. 길가에 차를 세우고 주소를 다시 입력하려
던 순간, 굽이진 길 너머 키 큰 전나무 사이로 작은 오솔길
이 눈에 들어왔다. 그 길을 따라가자 몇 미터 앞에 집이 나
타났다.

복원가는 베를린에서 공방을 운영하지만, 지금은 시내
에서 차로 한 시간쯤 떨어진 숲가의 외딴 화실에 머물고
있었다.

처음 전화를 걸었을 때만 해도 큰 기대는 없었다. 인터
넷으로 찾아보니 업계에서 이름나고 몸값이 높은 전문가
같았기 때문이었다. 당연히 바빠서 나를 만나줄 시간 따
위는 없을 것이고, 정중하게 둘러대며 거절할 거라 생각
했다. 하지만 잃을 것도 없었다. 전화를 걸어 그림을 직접

볼 수 있겠느냐고, 그것만으로도 큰 도움이 될 거라고 부탁했다. 뜻밖에도 복원가는 흔쾌히 승낙했고, 원한다면 며칠 내로 화실로 오라며 초대까지 해주었다.

일주일간 휴가를 내고 기차로 베를린에 간 뒤, 거기서 렌터카를 빌렸다. 가방에는 이삼일 지낼 수 있는 짐을 챙겼다. 화실에 들른 다음에 근처 펜션에 묵으면서 산책도 하고, 가까운 호수에서 수영도 할 생각이었다. 거의 석 달을 린과 한 지붕 아래 지내다 보니, 며칠쯤은 혼자 있고 싶었다.

사실 복원가를 만나서 무슨 말을 해야 할지는 몰랐다. 그렇지만 그 그림을 직접 내 눈으로 보고, 호텔에도 다시 가서 행사장을 확인해보고 싶다는 생각만은 분명했다.

공기에는 전나무와 활엽수 향기, 부드럽고 축축한 흙냄새가 섞여 있었다. 날씨는 따뜻했지만, 멀리서 천둥소리가 희미하게 들렸다. 문에는 초인종 대신 작은 종 하나가 밧줄에 매달려 있었다. 그 종을 조심스레 흔들자 녹슨 듯 둔탁한 소리가 났다. 이래서야 집 안이나 뒤뜰에까지 들릴까 싶었지만, 잠시 후 복원가가 문을 열었다. 가장 먼저 눈에 들어온 것은 묵직한 안경테였는데, 꽤 잘 어울렸다. 복원가는 밝은 셔츠에 청바지를 입고, 밑창이 닳은 에스파드리유 샌들을 신고 있었다. 나이는 내 또래쯤 되어 보였다. 리트리버가 섞인 듯한 금빛 털의 개 두 마리가 다가와 내 다리에 몸을 비볐다.

복원가는 어두운 복도를 지나 부엌으로 나를 안내했다. 부엌 한가운데에는 테이블 두 개가 놓여 있었고, 그 위로 공구와 책, 신문, 그릇이 어지럽게 뒤섞여 널려 있었다. 정원으로 통하는 문을 열고 나가자, 담벼락에는 접시꽃이 피어 있었고, 무거운 꽃송이가 땅을 향해 고개를 떨구고 있었다. 맞은편에 있는 석회 칠이 된 희고 낮은 건물이 작업실일 거라고 짐작했다.

복원가는 얼음을 띄운 커피를 한 잔 내왔고, 한 모금 마셔보니 바닐라 향이 느껴졌다.

"바로 그림부터 보실래요? 뭔가 급해 보이시네요." 복원가가 말했다.

"그래 보였나요? 그런 건 아니었는데…."

나는 정원 의자에 앉으며 답했다. 조급하다기보다는 긴장이 됐다. 누구의 잘못도 아니라는 것을 알면서도, 그림이 손상되어 복원가의 손에 맡겨졌다는 생각만으로도 알 수 없는 죄책감이 밀려왔다.

그 화가에 대한 글을 여럿 읽어보았다. 작가는 생의 마지막 몇 년을 메인주 앞바다의 작은 섬에서 홀로 지내며 이 그림을 그렸고, 지금은 딸이 어머니의 유작을 관리하고 있다고 했다. 문득 그런 생각이 들었다. 작가의 딸은 어머니의 작품이 손상된 일을 어떻게 받아들일까? 이상하게 들리겠지만, 나는 죽은 화가와 그 딸에게도 괜히 미안한 마음이 들었다.

화실은 넓었고, 흰 벽과 천장은 인상적이었다. 문 바깥쪽 위에 작은 카메라가 달려 있었고, 비밀번호를 입력해야만 들어올 수 있는 구조였다. 긴 작업대 위에는 배율이 다른 확대경 여러 개와 현미경, 붓이 가득 담긴 통, 줄지어 선 병과 안료 단지, 면봉이 있었고, 조정 장치가 달린 기계 하나가 놓여 있었는데 그것도 현미경 같았다. 구석의 이젤에는 작은 유화 한 점이 놓여 있었다.

복원가는 옆방으로 사라졌다가 커다란 캔버스를 들고 돌아왔다. 캔버스는 시트에 싸여 있었는데, 그걸 보자 린의 자석 칠판이 떠올랐다.

복원가가 캔버스를 작업대 위에 올리고 천을 벗긴 뒤 벽에 기대 세웠다. 그 그림이었다. 그 그림이 내 눈앞에 실제로 있었다. 압도적인 인상을 주는 그림이었다. 키 큰 흑록색 나무들이 빽빽하게 서 있고, 어두운 줄기 사이로 난 좁은 길 너머로 하늘과 구름이 보였다. 어떤 부분은 두텁고 강렬하게, 또 어떤 부분은 투명하게 칠해진 물감 사이로 가느다란 목탄 선이 지나갔다. 거대한 크기와 생생한 색채가 마치 그림 속으로 걸어 들어갈 수 있을 것 같은 착각을 불러왔다.

나는 캔버스 가까이 다가가 얼룩이나 튄 흔적을 찾았지만 아무것도 보이지 않았다. 구석구석 샅샅이 훑어보아도 답이 없는 숨은그림찾기를 하는 기분만 들 뿐이었다.

"제가 못 찾는 건지도 모르겠는데, 아무것도 안 보이네요."

"실제로 눈에 띌 만한 건 거의 없어요. 손상은 아주 미미하니까요."

복원가는 작업대에서 확대경을 들어 몇 군데를 보여주었다. 그제야 작은 물방울들이 눈에 들어왔다. 어떤 것은 길쭉했고, 어떤 것은 바늘구멍만큼 작았으며, 그보다 더 작은 것도 있었다. 맨눈으로는 전혀 알아볼 수 없는 흔적들이었다.

"아래쪽 가장자리에 좀 더 있어요." 복원가는 숲 바닥 쪽 어두운 녹색과 갈색이 뒤섞인 부분을 가리켰다. "따님이 시위는 처음인가 봐요. 조준을 못하셨네." 복원가는 그렇게 말하며 웃었다.

나는 순간 놀랐다. 진심으로 하는 말일까? '시위'에 '조준'이라니, 일단 농담이라고 생각하기로 했다. 아마 얼마 전에 있었던 미술관 시위를 떠올리고 한 말인 것 같았다.

기후 활동가들이 미술관에서 작품에 수프나 으깬 감자를 던진 사건이었다.

"그런 시위는 보통 서두르니까요. 정확히 맞추지 못할 수도 있죠." 나도 따라 웃으며 맞장구쳤다.

그러자 이번에는 그가 되레 나를 이상하다는 듯 바라보았다. 그 시선에 오히려 내가 더 당황했다. 우리 둘 다 지금 누가 농담을 하고 진담을 하는지 모르는 것 같았다.

"저는 농담이었어요." 내가 조심스럽게 덧붙였다.

"저는 진담에 가까웠습니다."

"제 딸이 일부러 주스를 쏟았다는 말씀이신가요?"

"듣기로는 그런 것 같던데요."

복원가가 호기심 어린 눈빛으로 나를 바라보았다. 처음 듣는 얘기였다. 나는 잠시 생각을 가다듬었다.

"그런 얘기를 누가 했다는 거죠?"

"저한테 그림 복원을 의뢰한 직원이요. 이름은 기억 안 나네요."

"호텔 직원인가요?"

"아니요, 호텔이 아니라 홀딩스 쪽 직원이었습니다. 미술품 소장과 관리, 운영을 맡은 부서라고 하더군요."

"그 직원이 정말 제 딸이 일부러 그림에 주스를 쏟았다고 말했다는 건가요?"

솔직히 순간적으로 그게 사실일지 모른다는 생각도 들었다. 린이 나에게 그런 부분은 숨겼을 수도 있지 않을까. 린이 그런 시위를 할 만한 사람인가. 하지만 그건 내 딸과 어울리지 않았다. 물론 린이 시위에 나간 적은 있지만, 어디까지나 전공과 관련된 활동이었다. 일부러 그림을 망가뜨려서 무언가를 바꾸려는 것과는 전혀 다른 일이었다. 게다가 만약 린이 고의적으로 그림을 파손한 것이었다면 이미 경찰이 개입했을 터였다.

"그 직원이 정확히 그렇게 말했다고는 장담할 수 없어요."

복원가가 인정하듯 말하고는 그림 앞으로 의자 두 개를 끌어와 하나는 내게 권하고 자신은 다른 의자에 앉았다.

"그 직원이 기후 회의 얘기를 했습니다. 젊은 여성, 그러니까 아마도 따님이겠죠? 그분이 아주 진하고 산성이 강한 포도주스로 그림을 손상시켰다고 하더군요. 난리도 아니었다고 했습니다."

마치 포도주스가 독극물이라도 된다는 식이었지만, 복원가는 담담했다. 사건을 과장하거나 비난하는 기색도 없고 평가하는 태도로 말하지도 않았다.

"그러니까 그 직원이 제 딸이 그림에 주스를 일부러 뿌렸다고 말한 건 아니라는 거네요." 나는 잠시 생각을 가다 듣고 말했다. "시위였다고까지는 말하지 않은 거죠."

"네, 그렇게 말하지는 않았습니다."

"하지만 그렇게 이해하신 거고요."

"그런 것 같네요."

우리는 잠시 말없이 그림을 바라보았다. 그림에서 나뭇잎과 솔잎 향기가 풍겨오고, 햇살의 온기가 느껴지고, 바다의 어느 섬에서 밀려오는 파도 소리가 들려오는 듯했다. 화가가 우리 곁에 앉아 있다면 뭐라고 했을까. 어쩌면 그 작은 포도주스 방울도 이제는 그림의 일부라며, 삶이란 결국 누구에게나, 어디에나 흔적을 남기는 법이고, 예술 작품도 예외는 아니라고 말했을지도 모른다. 낭만적인 상상에 불과했지만, 적어도 처음 도착했을 때의 긴장은 사라지고 이곳이 오히려 편안하게 느껴졌다.

"아마 단어 선택 때문이었을 거예요. 몇몇 단어의 조합 때문에 그렇게 생각하신 거죠." 내가 말했다.

"어떤 조합요?"

"기후 회의, 젊은 여성, 예술 작품, 포도주스, 손상. 이런 단어들을 나란히 놓으면 자연스럽게 기후운동을 하는 젊은 여성이 그림에 붉은 주스를 뿌린다는 장면으로 이어지잖아요."

"게다가 「모나리자」처럼 유리로 보호된 그림도 아니었

고요." 복원가가 말을 보태며 미소를 지었다.

"맞아요. 요즘 그런 일이 자주 있고, 언론에서도 크게 다루니 자연스럽게 연상이 된 거겠죠."

"희한하지 않나요? 그렇게 연상이 된다는 게. 기후 회의, 젊은 여성, 예술 작품, 포도주스, 손상." 복원가가 단어를 다시 중얼거렸다. "그것만으로도 꽤 근사한 드라마가 되네요. 급진적인 장면처럼 들리기도 하고요. 그 직원은 일부러 그런 느낌을 주려고 한 걸 거예요."

복원가는 그렇게 말하더니 자리에서 일어나 구석에 있는 냉장고에서 물 두 병을 꺼내 뚜껑을 열고 하나를 내게 건넸다.

"실제로는 급진적인 것하고는 거리가 멀었죠. 제 딸은 폭염에 탈진해서 쓰러진 거였어요. 그러니까 정확히 말하면 젊은 여성, 폭염, 발표, 실신, 구조대 정도겠네요."

나는 병원 진단서가 있다는 것까지 떠올리며, 그 얘기를 할까 잠시 고민했다.

"뭐, 그 회의에 가십지 기자가 없었던 게 다행이죠. 그랬다면 그 단어들을 짜맞춰서 조회수 장사를 했을 테니까요. 사실 여부는 어차피 중요하지도 않아요. 그냥 기사만 올려도 순식간에 사건이 되니까요. 어차피 사람들은 정확한 내용 같은 데엔 관심도 없고요."

"생각만 해도 어이가 없네요." 내가 말했다.

"신기해요. 그런 시위는 어차피 다 연출된 건데, 사람들이 엄청나게 화를 내잖아요. 사실 기후 활동가들이나 박물관 쪽이나 작품이 실제로 파괴되는 게 아니라는 건 다 알잖아요. '작품에는 손상이 없다'고 대놓고 말까지 해주는데요. 어차피 모든 작품이 유리 너머에 있어요. 반 고흐의 「해바라기」나 다빈치의 「모나리자」에는 토마토수프 한 방울 튈 일도 없는 거죠."

복원가의 말이 맞았다. 액자는 손상될 수 있어도 작품 자체가 망가질 일은 없다. 물론 유쾌한 일은 아니지만, 예술사적 비극이라 부를 만한 사건도 아니다.

"그런데도 사람들은 마치 예술 작품에 테러라도 한 것처럼 반응하죠. 사실은 일종의 퍼포먼스 같은 건데. 물론 그 퍼포먼스가 원래의 목적을 달성했는지는 또 다른 문제지만요." 복원가가 어깨를 으쓱하며 말을 이었다. "그게 요즘 시대의 특징인 것 같아요. 현실과 연출, 사실과 허구를 구분하는 것이 점점 중요하지 않게 되는 거죠."

"혹시 통화하면서 그 직원이 일부러 그렇게 들리도록 말한다는 느낌을 받으셨나요?"

복원가는 잠시 생각하더니 고개를 끄덕였다.

"제가 그런 쪽으로 말을 꺼냈는데, 적어도 부정은 하지 않더라고요." 그렇게 답하고는 물을 한 모금 마셨다. "솔직히 그 의뢰인 자체가 원래 별로 호감 가는 스타일은 아니에요. 뭐, 꼭 그래야 하는 것도 아니지만요."

"왜요?"

"작품 자체보다 시장가치를 훨씬 더 중요하게 생각하거든요. 복원이라는 건 섬세한 작업입니다. 예를 들어서 이 그림에는 분명히 손상이 있지만, 아주 미세하거든요. 그걸 복원할 방법은 여러 가지가 있는데, 중요한 건 작품에 어디까지 개입할 것인가, 즉 손상 정도와 개입의 균형을 적절하게 맞추는 겁니다. 그런데 그 사람들은 제가 제안한 몇 가지 방법 중에서도 가장 번거롭고 비용이 많이 드는 걸 골랐죠. 하지만 비용이 높다고 해서 반드시 최선은 아니에요. 게다가 제 시급도 꽤 높고요."

"그 사람들한테는 별로 상관없을 거예요. 어차피 비용은 제가 내는 거니까요."

"글쎄요, 아마 자기들이 직접 낸다고 해도 똑같이 했을 겁니다. 보여주기식으로 비싼 복원을 하는 거예요. 근사한 인증서가 일종의 지위를 상징한다고 생각하는 거죠. 결국 그림은 다시 그들의 세계로 돌아가서, 어느 회의실 벽에 걸려 있다가 적당한 때에 경매에 나오겠죠. 결국 투자 수단으로만 보는 거예요."

복원가가 그렇게 말하며 나를 바라보았고, 순간 그 눈빛에 마음이 흔들렸다.

"그 비용을 전부 당신에게 떠넘긴 건 정말 너무하네요."

"제 딸은 그 회사랑 관련된 환경 컨설팅 회사에서 일했어요. 그런데 회의 직전에 회사를 그만뒀어요. 회사가 하는 일에 불만이 있었거든요. 아마 그걸 공개적으로 비판하려 했던 것 같아요. 그래서 우리에게 유독 곱지 않게 구는 걸지도 모르죠. 물론 단순한 우연일 수도 있고요."

복원가는 빈 물병을 냉장고 옆 상자에 넣곤, 미소를 지으며 말했다.

"다음에 그 직원과 통화하게 되면, 모르는 척 다시 물어봐야겠네요. 뭐라고 하는지 들어보죠. 어쨌든, 박물관 시위를 두고 사람들이 그렇게 호들갑을 떠는 건 이해 안 됩니다. 백 년 전에도 이미 있었던 일이에요. 예술과 시위는 언제나 맞닿아 있어요. 전혀 새로운 일이 아니죠."

그러곤 복원가는 몇 년 전 테이트 갤러리에서 본 장면을 이야기해줬다. 활동가들이 입구와 전시장 바닥에 온통 시럽과 당밀을 쏟아부은 일이었다.

"언뜻 보기에는 꼭 석유 같았죠."

시위는 박물관이 여전히 정유 회사의 후원을 받고 있다는 사실을 비판하기 위한 것이었다. 결국 그 사건 이후로 정유 회사는 테이트 갤러리에 대한 후원을 끊었다.

"회사 입장에서는 그랬겠죠. 좋은 일 한다고 후원했더니 부정적인 기사나 나오네, 그러면 뭐하러 후원하나. 하지만 만약에 그런 항의나 퍼포먼스가 없다면 미술관이라는 존재는 어떻게 될까요? 그런 것들이 있어야 살아 숨 쉬는 공간이 되는 겁니다. 「모나리자」도 마찬가지고요."

복원가가 시계를 흘끗 보았다. 이제 슬슬 자리에서 일어나야 한다는 신호였다. 어느덧 두 시간이 훌쩍 지나 있었다. 이미 그의 시간을 충분히 빼앗았다.

"혹시 같이 식사라도 하실래요?" 복원가가 물었다.

다음 날 아침에는 일찍 눈이 떠졌다. 6시가 조금 지난 시각이었고, 열린 창문 너머로 새들이 요란하게 지저귀는 소리가 들려왔다. 극적이라고 할 만큼 서로 누가 더 크게 지저귈 수 있는지 겨루는 듯했다. 숲속의 아침이 이렇게 소란스러울 줄은 예상하지 못했다. 자리에서 일어나 커튼을 젖히고, 핸드백에서 휴대전화를 찾아 아침 햇살에 반짝이는 나무들의 풍경을 사진으로 찍었다. 잠이 부족했다. 고작 다섯 시간 남짓 눈을 붙였을 뿐이었다. 다시 자리에 누워 휴대전화를 열어보니 메시지가 와 있었다.

린이 어젯밤 늦게 연락을 했던 모양이었다. 내가 전화

를 받지 않자 메시지를 몇 개 연달아 보냈는데, 잠들기 전에 휴대전화를 아예 보지 않아 이제야 확인한 것이다.

—어디야? 위치 좀 보내봐.

이어서 물음표만 덩그러니 찍힌 메시지가 두 개 더 연달아 와 있었다.

나는 창밖 풍경 사진을 보내며 답장을 보냈다.

—숲은 아침에 참 시끄럽네. 갈매기들은 상대도 안 되겠어.

잠시 후, 린에게서 답장이 왔다.

—고맙네, 멀쩡히 살아 있다는 거 알려줘서.

린의 비꼬는 듯한 말투에 순간 놀랐다. 내 걱정이라도 했던 걸까? 아니면 화가 난 걸까? 이제 너도 그 기분을 알겠지. 린이 열여덟 살 무렵, 스웨덴이나 루마니아 숲에 들어가 있을 때면 나는 린의 연락을 기다리며 애를 태웠고, 그런 초조함을 내색하지 않으려 무던히 애를 썼다. 내가 린에게 물음표를 줄줄이 보내며 답을 재촉하는 모습은 상상조차 할 수 없는 일이었다.

—미안! 나 완전 괜찮아. 이따 다시 연락할게.

사실 따지고 보면 린의 반응은 이상할 것도 없었다. 린에게 나는 언제든 의지할 수 있고, 언제든 연락할 수 있는 사람이었으니까. 린에게 그런 것이 중요하다는 것을 오래

전부터 알고 있었다. 불현듯 한 장면이 떠올랐다. 린이 일곱여덟 살쯤 되었을 때, 린은 집 열쇠를 들고 다니면서 학교 수업이 끝나면 혼자 집에 돌아오곤 했다. 어느 날, 내 퇴근길에 사고로 국도가 완전히 막히고 우회로도 없는 데다가 휴대전화 배터리마저 닳아버린 채로 귀가 시간을 한참 넘긴 적이 있었다. 몇 시간 만에 집에 도착했는데 린이 부엌 창가에 앉아 잔뜩 겁먹은 눈으로 창밖을 뚫어져라 바라보며 나를 기다리고 있었다.

나를 늘 따라다니던 이 책임감이 때때로 우스운 상황을 만든 적도 있다. 한 번은 도크쿠그에서 수영을 하다가 우연히 어떤 남자와 이야기를 나누었고, 저녁 식사 제안을 받았다. 이 지역에 새로 온 사람인 듯했고, 호감이 가는 스타일이기에 그 제안을 받아들였다. 그 무렵 린은 열두 살쯤이었고, 그날은 옆집 잉리드네서 자고 오기로 되어 있었다. 그 남자와 나는 저녁을 먹고 산책을 했다. 구시가지를 지나 항구로, 다시 강변으로 걸었는데, 이미 늦은 시간이어서 길이 어둡고 인적도 없었다. 곧 가랑비가 내리기 시작했고, 항구의 불빛이 점점 멀어졌다. 그 순간 문득 이런 생각이 들었다. 내가 지금 대체 뭘 하고 있는 거지? 잘 알지도 못하는 사람과 이렇게 외딴 강가를 걷는다니 제정신인가? 나는 경찰관이 린에게 다가와 조심스럽게 엄마가 실종되었고 차만 도서관 주차장에서 발견됐다고 전하는 장면을 상상했다. 그 상상에 이르는 순간, 몸을 홱 돌려 '미안한데, 갑자기 너무 춥네요'라는 말만 남기고 항구와 식당, 시가지, 주택가 불빛이 있는 쪽으로 서둘러 발걸음을 옮겼다.

그렇게 생각하면 린이 내 행동을 이상하게 여기는 것도 무리는 아니었다. 나는 복원가의 집에서 잠깐 더 머무른 정도가 아니라, 그 사람이 해준 음식을 먹고, 그 사람이 만들어주는 보드카 토닉을 한 잔, 아니 두 잔이나 마셨다. 넓고 푹신한 소파에 기대 기분 좋게 웃었고, 내가 정말 좋아하는 폴란드 피아니스트의 라이브 연주를 들었다. 복원가는 소파 옆 바닥에 앉아, 자신과 연락을 끊은 다 큰 아들 이야기를 하고 있었다. 이미 내 모든 원칙을 땅바닥에 내던진 나는, 숲가의 외딴집에서 하루 자고 가라는 그의 제안까지도 받아들였다. 결국 보드카에 취해 침대에 쓰러져 잠들었고, 딸에게 아무런 연락도 남기지 않았다.

나는 옷을 챙겨 삐걱거리는 바닥을 조심스럽게 디디며 욕실로 향했다. 샤워기 아래에서 거품을 내며 머리를 감는데 이상하게 자꾸 웃음이 났다. 해결된 것은 아무것도 없었지만, 기분은 왠지 한결 가벼웠다.

복원가는 아래층 부엌에 있었다. 어수선하게 온갖 물건

이 뒤섞인 두 식탁 한편을 치워 내 자리를 만들고, 커피도 내려두었다.

담녹색 외벽, 양옆의 작은 탑, 그 사이로 난 계단. 5월 말 그때처럼, 나는 작은 성처럼 보이는 그 호텔 앞에 다시 섰다. 현관 돌바닥 위에서 무언가 움직였고, 자세히 들여다보니 여윈 개구리 한 마리가 폴짝 뛰어 내 앞을 지나갔다.

이번에는 젊은 여자 직원이 리셉션에 앉아 있었다. 나는 테라스에서 약속이 있다고 말하고 그대로 지나치려 했는데, 직원이 길 안내가 필요하냐고 물었다.

"괜찮아요, 어딘지 잘 알아요." 그러고는 괜한 말을 덧붙였다. "방금 개구리 한 마리가 여기 바닥을 뛰어가던데, 아직 근처에 있을 거예요."

직원은 정신 나간 소리를 한다는 듯 나를 이상하게 쳐다보았다.

객실과 도서관을 지나 마침내 그 홀 앞에 도착했다. 양쪽 문을 조심스레 밀자, 널찍한 홀은 전혀 다른 모습으로 바뀌어 있었다. 지난번의 눈부신 하늘색 벽은 사라지고 고급스러운 회백색으로 칠해진 데다 커튼도 새로 달려 있었다. 줄지어 서 있던 의자도 사라지고, 커다란 원탁마다 묵직한 은식기와 크기가 다른 와인 잔들이 가지런히 놓여 있었다. 새하얀 식탁보 위는 담쟁이덩굴로 장식되어 있었다. 축하 연회를 준비하는 듯한 풍경이었다.

홀 뒤편으로 걸어가니, 커다란 그림이 걸려 있던 자리에 작은 목탄화 여러 점이 유리 액자에 담긴 채로 걸려 있는 것이 보였다.

새로 칠한 벽은 확실히 잘 어울렸다. 전체적으로 더 밝고 세련된 인상을 주었고, 아예 다른 장소처럼 보였다. 하지만 나는 기만당한 기분이 들었다. 화려한 새 단장에 들어간 비용의 대부분은 결국 내가 내는 셈이었으니까.

잠시 망설이다 탁자에 앉았다. 눈앞에 다시 연단의 모습이 떠올랐다. 이 자리에서 몇 미터 앞에 있던 그 연단. 린이 홀을 가로질러 걸어가 연단 앞에 서서 발표를 시작하는 장면이 머릿속에 그려졌다.

위기는 구조를 바꿉니다. 위기가 클수록, 그 틈에서 이익을 챙길 여지도 커집니다.

나는 린의 발표문을 여러 번 읽었고, 몇몇 구절은 아예 머릿속에 새겼다.

자선이라는 이름으로 벌어지는 이런 쇼는 사실 이윤을 극

대화하려는 행위이자, 희망이라는 이름으로 빌린 값싼 위안에 불과합니다. 무엇보다도 지금 실제로 무슨 일이 벌어지는지, 누가 이익을 얻고 손해를 보는지 가려버리는 눈속임일 뿐입니다.

청중 가운데 일부는 당혹스러웠을 것이다. 나는 그들의 놀란 얼굴을 떠올려봤다. 저 여자 지금 무슨 말을 하는 거야? 방금까지 자기가 일한다고 소개한 분야를 정면으로 비판하다니?

유럽의 어느 조림 프로젝트 펀드 설립자는 투자자들에게 이렇게 말합니다.
"산림 조성은 장기적으로 자본을 축적할 수 있는 녹색 금광입니다. 2037년까지 탄소배출권 시장은 약 1조 달러 규모로 성장할 것입니다. 따라서 두 가지를 명심해야 합니다. 토지는 신속히 확보하고, 비밀은 철저히 지킬 것."

린이 나중에 말해준 바에 따르면, 그날의 청중은 미래가 유망하고 친환경적인 투자처를 찾으려는 이들이었다. 그 투자처가 자신에게 적합한지 확인하기 위해 정보를 얻으려 그 자리에 온 것이었다. 거기에 인맥을 넓히려는 산림 소유자들, 조림 시장에 진출하려는 스타트업 관계자들이 섞여 있었다. 만약 린이 발표를 끝까지 마칠 수 있었다면, 대화는 어떤 식으로 흘러갔을까?

그 펀드를 만든 억만장자 기업가에게 한 기자가 이렇게 물었습니다.
"솔직히 말씀해보시죠. 당신들의 탄소 인증서 계산이 실제 현실에 기반한 것 맞습니까?"
그러자 기업가는 이렇게 대답했습니다.
"저도 질문 하나 해도 되겠습니까? 그렇게 말씀하시는 현실이라는 게 도대체 뭡니까?"

린은 그런 질문을 던질 수 있는 건 대개 철학적 농담을 할 여유가 있는 사람들이라고 했다. 현실의 고통에서 벗어날 수 있을 만큼 충분히 가졌으니 그런 여유가 나온다는 것이었다. 우리가 기후 목표에 매달리며, 정상회담의 작은 조치 하나에 희망을 걸고, 분리수거를 하고, 장바구니를 챙기고, 집 단열에 신경을 쓰고, 에너지 효율이 좋은 보일러로 교체하는 동안, 자산가들은 지구 온도 상승 1.5도 제한 같은 건 안중에도 없이 오로지 시장만을 바라보고 있었다. 그들의 생활 방식은 한 시간 만에 수많은 사람이 평생 쓰는 것보다 더 많은 온실가스를 내뿜는다. 그러면서도 가뭄이나 폭염, 물 부족이나 홍수 피해에서 가장 안전한 지역의 부동산을 일찌감치 선점해 자신과 자식, 손주 세대가 살아갈 미래까지 보장해두었다.

나는 테이블마다 가지런히 접혀 있는 흰 천 냅킨의 개수를 세어보았다. 냅킨은 여덟 장, 테이블은 열 개, 곧 여든 명이 이곳에서 만찬을 즐기고 축배를 들 것이다.

홀 안은 고요했다. 멀리서 청소기 같은 기계가 작게 웅웅대는 소리만 들려왔다. 나는 냅킨 옆에 장식된 담쟁이덩굴을 만져보았다. 인조일 거라고 생각했지만 진짜였다.

이제 무엇을 해야 할지, 애초에 내가 왜 여기 와 있는지조차 알 수 없었다. 고개를 들어 벽과 석고 장식이 달린 천장을 바라보았다. 1만 4천 유로. 온갖 장면이 머릿속을 스쳐갔다. 사소한 복수를 상상하는 장면들이었다.

테이블 장식을 엉망으로 만들거나, 레드와인 한 잔을 주문해 그림이 걸려 있던 바로 그 자리, 새로 칠한 벽에 와인을 쏟아버린다든가 하는 터무니없고 유치한 생각이었다. 그러면 곧바로 붙잡혀 다시 벌금을 물게 되겠지. 아니면 방을 하나 예약해 온갖 특별 요청과 불평으로 직원들을 괴롭히는 것이다. 하지만 그건 직원들에게 부당할뿐더러, 그러기에는 숙박료도 비쌌다.

결국 이렇게 앉아 사소한 보복이나 상상하는 내 모습이 한심하고 초라하게 느껴졌다. 사실 따지고 보면, 먼저 치졸하게 굴기 시작한 것은 호텔 쪽이었는데.

"행사 장소를 찾고 있는데, 이 호텔에 괜찮은 곳이 있더라고요. 상담을 좀 받을 수 있을까요?" 나는 리셉션의 직원에게 물었다.

"네, 알겠습니다. 지금 지배인님과 말씀 나누실 수 있는지 확인해 보겠습니다. 아마 가능할 거예요." 직원은 내선으로 전화를 걸더니 곧 고개를 끄덕였다.

"곧 내려온다고 합니다."

잠시 후, 종아리까지 오는 스커트에 트위드 재킷을 걸친 여자가 나타나 인사를 건넸다. 손에는 가죽 서류철을 들고 있었다. 여자는 테라스에서 이야기하자고 했고, 우리는 파라솔 아래 테이블에 마주 앉았다. 직원이 생수를 내오며 더 필요한 것은 없는지 물었고, 나는 다르질링 티한 잔을 부탁했다. 호텔 지배인은 어떤 행사를 계획하고 있는지, 어떻게 진행할 생각인지 물었다. 고민할 필요도 없이 곧장 대답이 나왔다.

"결혼식요."

"아, 멋지네요. 따님 결혼식인가요? 아니면 아드님?"

"제 결혼식이에요."

"아, 그렇군요." 지배인은 조금 놀란 듯했지만 바로 축하 인사를 건넸다.

"하객은 100명 정도로 생각하는데, 가능할까요?"

"물론 가능합니다. 연회장을 직접 한번 보시지요."

지배인이 양쪽 문을 밀어 열었고, 나는 연회장을 둘러본 뒤 말했다.

"전에도 한 번 와본 적이 있는데, 그때와는 완전히 달라졌네요."

"네, 최근에 막 리모델링을 끝냈거든요. 1년 전부터 호텔 전체 색상 콘셉트를 바꿔왔는데, 이 연회장이 마지막 순서였어요. 이제 공사는 모두 끝났습니다."

"그러니까 리모델링이 애초에 예정되어 있었다는 말씀이군요?"

"네, 맞습니다. 호텔 운영에 지장이 없도록 단계적으로 진행했지요."

머릿속에 하고 싶은 말이 잔뜩 떠올랐지만, 괜히 말이 잘못 나올까 조심스러웠다.

"궁금한 게 하나 있는데요. 어차피 벽을 새로 칠할 계획이었다면 왜 저한테 공사 비용을 청구하신 거죠?"

"무슨 말씀이신지요?"

"5월에 이 연회장에서 쓰러진 젊은 여자가 제 딸이에
요. 그러고 나서 제가 이 연회장 보수비로 수천 유로를 내
야 한다는 얘기를 들었거든요."

"죄송하지만 무슨 말씀이신지 잘 모르겠네요."

"지배인이라면 아셔야죠. 그림하고 벽이 손상되었다는
그 사건 말이에요."

지배인은 어떻게 반응해야 할지 몰라 당황한 기색이 역
력한 채 말없이 서 있었다.

"제 딸 상태가 어떤지 묻는 사람은 아무도 없고, 청구서
만 보내더군요."

아무것도 모른다는 듯 시치미 떼는 지배인의 태도에 점
점 화가 치밀었다.

"솔직히 말해, 시설에 비해 객실 요금이 지나치게 비싸
지 않나요?"

나도 모르게 말이 불쑥 튀어나왔다. 린의 사고와는 관
련도 없는 얘기였지만, 멈추지 않았다. 꼭 한 번은 하고 싶
었던 말이었다.

"그리고 여기서 하는 2천 유로짜리 퇴비 만들기나 주말
농장 워크숍 얘기를 들으면 뒤뜰에 퇴비 더미 하나 두고
정원에서 토마토나 무 몇 포기 기르는 사람들도 다 비웃
을 거예요. 너무 지나친 장사 아닌가요?"

이게 영화였다면, 이 장면에서 주인공이 세상의 불의에 대한 억눌린 분노를 통렬한 독백으로 쏟아내며 절정에 이르렀을 것이다. 그러나 현실은 달랐다. 지배인은 오히려 친절한 얼굴로 내가 말을 끝낼 때까지 기다리겠다는 듯 바라보고 있었다. 아마 이런 불평을 차분히 들어주도록 훈련된 사람이겠지. 그걸 알면서도 나는 계속했다. 어차피 여기까지 온 이상 똑똑히 말해주고 싶었다. 이 호텔이 내세우는 자연주의가 사실은 얼마나 터무니없는지, 우리가 얼마나 이상한 그물망에 얽혀 허우적대며 살아가는지 말하고 싶었다.

"이 호텔이 속한 홀딩스가 개인 제트기 전세 회사도 운영한다는 사실을 아시나요? 당신이나 제가 아무리 평생 퇴비를 만들고 텃밭을 가꾼다고 해도," 나는 숨을 고르고 다시 말을 이었다. "그 회사 제트기 한 대가 내뿜는 이산화탄소를 상쇄하기에는 턱도 없어요."

지배인은 이마를 살짝 찌푸렸다. 내가 말을 끝내기를 여전히 기다리는 듯했다.

"제가 이해한 대로라면," 지배인이 마침내 입을 열었다. "저희 호텔에서 행사를 하지 않으시겠다는 거군요."

지배인의 입꼬리가 살짝 움직였다. 그것이 마치 웃음을 참는 것처럼 보여서 나도 덩달아 웃음이 나올 뻔했다. 우리는 억지로 표정을 다잡으며 서로를 마주 바라보고 있었다. 그러고 있는 상황 자체가 조금 우습게 느껴지기도 했지만, 실은 전혀 웃을 일이 아니었다.

"방금 말씀하신 따님 얘기, 조금만 더 여쭤봐도 될까요? 저희 호텔에 머무시던 중에 기절하셨다고요?"

"분명 기억하실 텐데요. 그때 실수로 잔을⋯."

나는 말을 멈췄다. 이제는 그 문장을 도저히 다시 내뱉고 싶지 않았다. 이 얘기를 처음부터 또다시 설명하는 건 정말 진저리 났다. 그래서 짧게만 덧붙였다.

"아시잖아요."

"죄송하지만, 혹시 언제 일어난 일인지 다시 말씀해주실 수 있나요?"

"5월 말요."

"아, 이제 알겠네요. 그때는 제가 여기서 근무하지 않았습니다. 여기 부임한 지 오래되지 않았거든요."

내가 처음부터 사건을 다시 설명하자, 지배인은 그런 사안은 호텔이 아니라 본사에서 처리한다며, 자기가 본사에 연락해 확인하겠다고 했다.

이 호텔을 처음 찾아와 텅 빈 복도를 헤매던 순간부터, 홀딩스 회사에서 온 전화, 그리고 지금 나눈 지배인과의 대화까지, 모든 과정이 하나로 이어지며 어느 고객센터에 전화를 건 듯한 기분이 들었다. 한참을 대기 음악에 붙들려 기다리다가 어렵사리 연결돼 사정을 설명해도 돌아오는 건 '접수되었습니다'라는 자동 응답 메시지뿐, 지금 누구와 통화했는지, 그게 정말 사람인지조차 알 수 없고, 문제가 해결될지도 모르는 채 희망과 무용함이 뒤섞인 상태로 방치되는 그런 기분 말이다. 겉으로는 고객에게 문을 활짝 열어둔 것 같지만, 실상은 정반대인 시스템.

호텔 지배인이 나를 로비까지 배웅하며 말했다.

"성함과 주소를 다시 한번 남겨주시겠어요?" 그러고는 작별 인사를 건넸다.

로비 한가운데에는 처음 왔을 때와 똑같이 거대한 크리스털 꽃병이 탁자 위에 놓여 있었다. 그 안에는 들판에서 막 꺾어온 듯한 커다란 야생화가 가득 꽂혀 있었는데, 너무도 아름다워 오히려 비현실적으로 느껴질 정도였다.

흰말은 달아난 그날 밤 곧바로 목격되었다. 해안경비대가 출동했고, 소방대와 수상구조대까지 합세해 밀물에 맞춰 보트를 띄웠다. 누군가 드론으로 쥐데로흐 할리히 앞 모래톱에 서 있는 말을 발견한 것이다. 하지만 해안경비대가 도착했을 때 말은 이미 흔적도 없이 사라진 뒤였고, 물이 다시 빠지면서 수색을 중단할 수밖에 없었다.

다음 날 펠보름 근처에서 선원들이 다시 그 말을 보았다고 신고했지만, 이번에도 허사였다.

"나는 자꾸 그 말 생각이 나. 말이 밤마다 모래톱 위에서 있는 모습이 눈앞에 아른거려. 그 모습을 떠올리면 말로 할 수 없을 만큼 마음이 아파." 린이 말했다.

초저녁 무렵, 나는 수영을 하러 도크쿠그로 향했다. 평소처럼 몇 사람은 있겠거니 했지만, 수영하는 사람은 한 명도 없고, 근처에서 산책하던 두 사람도 막 자리를 뜨는 참이었다. 혼자 수영하기에는 왠지 무서웠다. 혹시라도 무슨 일이 생겼을 때, 적어도 나를 보거나 내 외침을 들을 사람은 있어야 한다는 생각에 그냥 돌아갈까 잠시 망설였다. 하지만 결국 다리만이라도 물에 담가 식히기로 했다.

늘 모든 것이 금방이라도 깨져버릴 것 같은 이 감정은 도대체 어디서 온 걸까.

이상할 것도 없지. 내가 어느 날 달리다 갑자기 쓰러졌으니, 너도 수영하다가 그럴 수 있다고 생각하는 거잖아. 요한의 목소리가 들려오는 듯했다.

하지만 계속 이렇게 있을 수는 없다고, 생각했다. '거기서 빠져나와.' 아그네스가 했던 말이 다시 떠올랐다.

'두려움과 지나간 일들, 그 모든 것으로부터.'

나는 천천히 몸을 더 깊은 물속으로 미끄러뜨렸다. 잠시 숨을 고른 뒤, 온몸을 물에 맡기고 팔을 움직이기 시작했다. 물살이 가볍게 느껴졌고, 모든 것은 예전과 다르지 않았다. 나는 나만의 코스를 그리며 헤엄쳤다. 물가를 따라 움직였다 되돌아왔고, 다리에 해초가 스칠 때엔 오히려 자유롭고 안전하다고 느꼈다. 머리 위로 은빛 갈매기한 마리가 유유히 떠 있었고, 문득 숲가의 복원가 집에서새벽녘에 들었던 요란한 새소리가 떠올랐다. 나는 두 팔을 크게 벌려 물을 힘껏 밀어내 물결을 일으켰다. 그 힘으로 앞으로 나아갔다.

"내 친구가 면접을 봤는데, 5년 후에 본인이 어디 있을것 같냐는 질문을 받았대."

마리가 테이블 위에 접시와 식기를 놓으며 말했다. 아그네스는 벤치에 앉아 있었다. 린이 두 사람을 저녁 식사에 초대했다.

"전형적인 질문이지." 린이 답했다. "정말 시대에 뒤떨어진 질문이야. 앞으로 몇 년 동안 무슨 일이 일어날지, 내가 어떤 사람이 되어 있을지 어떻게 알아?"

"그 질문에 솔직하게 대답한 사람이 과연 한 명이라도있을까 모르겠네." 마리가 말했다.

"네 친구는 뭐라고 했대?" 아그네스가 물었다.

"적당히 그럴듯한 말을 생각해서 대답했대. 팀을 발전시키겠다, 뭐 그런 식으로."

"솔직하게 답했다면 뭐라고 했을까?" 린이 물었다.

"나도 궁금해서 친구한테 물어봤지. 그 친구는 5년 안에 아이를 두 명 낳고 싶대. 근무시간도 줄이고 싶다고 하더라. 물론 아이 때문에 직장에서 왕따당하거나 쫓겨나지 않고 말이야. 하루에 네 시간만 일하고, 오후에는 애들이랑 제방에 앉아서 아이스크림 먹는 게 꿈이래."

"그걸 필터 없이 그대로 말했다고 상상해봐." 아그네스가 웃으며 말했다.

"그러면 일할 의지가 없다느니, 태도가 잘못됐다느니 하는 소리를 들었겠지." 린이 맞장구쳤다.

나는 위층 욕실로 올라가 샤워를 하고, 머리를 말린 뒤 하나로 묶었다. 티셔츠와 트레이닝 바지로 갈아입고, 잠깐 아래층에 내려가 함께 저녁을 먹은 후 일찍 잠자리에 들 생각이었다. 부엌에서 빵을 자르고 있는데, 린이 들어와 물병에 물을 채우더니 몸을 돌려 나를 똑바로 바라보았다.

"뭔가 확 달라 보여."

"다르다고? 어디가?"

"그건 모르겠어. 눈빛도 그렇고 피부도, 하여튼 뭔가 달라. 한 이삼 주 전부터 그랬는데, 오늘은 특히 더 그러네."

"오늘은 그냥 피곤해서 그래."

하지만 속으로는 린이 무슨 말을 하는지 알 것 같았다. 나도 내가 무언가 달라졌다는 것을 느끼고 있었다.

"오늘은 셋이 아니네?" 내가 물었다.

"응, 레빈은 오늘 없어."

린은 문가에 서서, 마치 방금 무언가를 깨달은 사람처럼 다시 한번 나를 유심히 바라보았다.

"5년이라는 시간은 정말 길게 느껴져." 아그네스가 말했다. "특히 5년 전에 세상이 어땠는지를 생각해보면 더 그래."

아직도 그 이야기를 하고 있는 모양이었다.

"그 질문은 솔직하게 대답하려고 하면 할수록 더 어려워." 마리가 말했다. "깊게 생각할수록 복잡해져. 내가 가르치는 학생들 중에는 정말 비극적이고 모험 같은 복잡한 삶을 살아온 사람들이 있어. 그런 걸 생각하면 차라리 '5년 전에는 어디 계셨나요?'라고 묻는 게 더 낫지 않을까 싶어. 그게 그 사람이 어떤 사람인지, 어떤 강점이나 능력이 있는지 훨씬 더 잘 보여줄 거야."

5년 뒤면 린은 서른에 가까워질 것이다. 반면 요한은 서

른두 살에 멈춰 있다. 부모 중 한 명을 일찍 잃는 건 어떤 기분일까? 언젠가 자식이 부모가 세상을 떠난 나이가 되어, 마침내 부모의 삶을 추월하는 순간이 오면, 그때는 어떤 느낌일까? 눈에 보이지 않는 유산을 물려받은 듯, 그해에는 유독 연약하고 상처받기 쉬워질까?

우리 엄마는 잠든 사이 심장마비로 다시는 일어나지 못했다. 나는 그 뒤로 며칠 밤을 불안에 뒤척이며, 눈을 감는 순간 엄마처럼 다시는 깨어나지 못할까 봐 두려워했다. 그렇게 일주일쯤 지나니, 기진맥진해진 몸이 마지못해 그 두려움을 스스로 극복해버렸다.

"아네트는요? 5년 뒤에 어디에 있고 싶어요?" 아그네스가 내게 물었다.

놀라서 아그네스를 바라보았다. 미래 얘기에 내가 끼게 될 줄은 예상하지 못했다. 하지만 맞는 말이었다. 그 질문은 나에게도 중요한 것인데, 나는 늘 피하기만 했다.

"솔직히 말하면, 나도 그 답이 궁금하네요. 지금은 내가 앞으로 어떻게, 또 어디서 살고 싶은지 찾는 중이에요."

"여기가 아니라 다른 곳에서요?" 마리가 물었다.

이런 말을 린이 처음 듣는다는 건 알고 있었다. 린이 불안해하며 귀를 기울이는 기색이 느껴졌다.

"그럴지도."

다음 날 아침 아래층으로 내려가니 린이 이미 일어나 있었다. 린은 바닥에 앉아 또 지하실에서 꺼내온 상자 두 개를 풀어놓고 있었다. 린의 발치에는 요한이 노스캐롤라이나 교환학생 시절에 가져온 기다란 금속 상자 하나가 더 있었다. 그 상자는 요한이 셰어 하우스에 살 때는 책상 위에, 킬의 아파트에서는 작업 공간 한편에, 이 집에서는 다락방에 있던 것이었다. 군데군데 긁힌 자국에 글씨도 희미해진 그 상자는 아이들이 자기 보물을 넣어 침대 밑에 숨겨둘 때 사용할 법한 상자처럼 보였다. 요한은 그 안에 펜이나 메모지 같은 자잘한 물건을 넣어두었고, 가끔은 작은 마리화나 봉지가 들어 있기도 했다.

바닥에는 요한이 쓰던 오래된 달력과 A5 사이즈의 검은색 몰스킨 노트가 여기저기 흩어져 있었고, 그 옆에는 두툼한 패드가 달린 무거운 헤드폰이 있었다. 요한이 음악을 들을 때 쓰던 것이었는데, 늦은 밤에 나와 갓난아기였던 린을 깨우지 않으려고 가끔 그걸 사용하곤 했다. 함께 바다에 갔을 때 주워 온 조개껍데기와 돌이 담긴 작은 상자, 요한이 입던 노르딕 스웨터도 있었다.

"왜 아빠 물건들을 지하실에 뒀어? 나는 이런 게 있는지도 몰랐네."

나는 소파 모퉁이에 앉아 열린 상자들과 그 안의 익숙

한 물건들을 바라보았다. 그 물건들은 나에게 린 앞에서
는 차마 꺼낼 수 없는 감정과 기억을 불러일으켰다.

처음에는 그 스웨터를 보는 것만으로도 무너져 내렸다.
그래서 요한이 쓰던 물건들을 하나둘 이삿짐 상자에 담기
시작했고, 어느새 상자가 두 개가 되었다. 나는 물건들을
간직했다. 그 물건들이 존재했다는 확실한 증거가 필요했
기 때문이었다. 하지만 그것이 눈에 보이는 것은 견딜 수
없었다. 나는 나를 다잡아야 했고, 그건 린과의 일상을 버
텨내기 위해서이기도 했다.

처음 몇 주는 옷장 너머에 괴물이라도 숨어 있다는 듯,
요한이 쓰던 쪽 옷장은 아예 쳐다보지도 못했다. 그러다
아무 날도 아닌 어느 날에 갑자기 옷장을 모조리 비워 기
부해 버렸지만, 요한이 가장 자주 입던 그 스웨터만큼은
차마 버리지 못했다.

그 두 상자는 오랫동안 다락방 서재 한편에 박혀 있었
다. 잠시만 거기 두는 거라고, 언젠가는 다시 꺼낼 준비가
될 거라고 믿었다. 하지만 1년이 지나도, 4년이 지나도 내
감정에는 변화가 없었다. 결국 나는 그 상자들을 지하실
로 옮겼다. 그 모든 결정은 아무도 이해하지 못할, 나조차
스스로에게 설명할 도리가 없는 논리에 따른 것이었다.

린은 10대가 되면서 요한에 대해 더 자주, 더 의식적으

로 묻기 시작했다. 린은 요한이 어떤 사람이었는지 알고 싶어 했다. 자신과 요한 사이의 연결 고리를 찾고, 요한에 대한 이야기를 듣고 싶어 했다. 나는 린에게 요한에 관해 들려주었고, 요한의 어린 시절 사진첩을 보여주었으며, 내가 가지고 있던 사진 봉투를 건넸다. 린과 요한, 나, 우리 셋이 함께한 다섯 해의 사진이 들어 있는 봉투였다. 그러나 나에 대해서는, 특히 요한이 달리기를 나갔다가 돌아오지 않았던 그날 이후로 내가 어떤 상태였는지는 한마디도 하지 않았다. 내 절망은 깊고 검은 물처럼 짙었고, 한창 자라나는 사람에게 보여서는 안 되는 것이었다. 가능하다면 린이 아무것도 모른 채 지내기를 바랐다.

그 작은 금속 상자 안에 무엇이 들었는지는 훤히 알았다. 만년필, 연필, 동전과 나무구슬, 요한이 10대 때 차고 다니던 천으로 엮은 팔찌, 분홍색 꽃 장식이 달린 플라스틱 반지, 증명사진 기계에서 장난스럽게 얼굴을 일그러뜨리고 찍은 열다섯 살 요한의 사진 뭉치가 있었다. 날짜가 새겨진 도자기 기념패도 하나 있었는데, 지루하기 짝이 없던 친한 친구의 결혼식에서 받아 온 것이었다. 그날 우리는 과할 정도로 춤을 추었고, 우리 결혼식은 다르게 하자고 맹세했으며, 실제로 그렇게 했다. 구청에서 혼인신고를 하고 한여름 바닷가에서 피로연을 열었다. 하객들은

수영복 차림으로 바다에서 수영을 했고, 요한의 어머니는
못마땅해했다.

내 시선은 헤드폰에 닿았다. 한때 요한의 향수와 체취
가 배어 있던 물건이었다. 그것을 들어 코에 대보고 싶은
충동이 일었다. 아직 그 냄새가 남아 있을까, 이렇게 오랜
세월이 흘렀는데도 그럴 수 있을까 궁금했다.

"린, 조심히 다뤄." 린이 무언가 연약한 것을 함부로 건
드리기라도 한 듯한 말투였다.

"이런 걸 왜 지하실에 썩혀두는 거야?"

"우리 지하실에서는 아무것도 썩지 않아."

보가 내 무릎에 머리를 올렸다. 린과 나 사이에 흐르는
기류를 느낀 듯했다.

"이것도 그래. 이런 걸 지하실에 두면 안 되지." 린이 노
르딕 스웨터를 가리키며 말했다. "이거 내가 입을래." 손
으로 스웨터를 쓰다듬으며 덧붙였다.

린은 거의 비어 있는 코롱 병을 집어 뚜껑을 열고 향을
맡았다. 도자기 촛대 두 개와, 요한의 시계가 든 작은 상자
도 꺼냈다. 요한의 부모님이 대학 입학 선물로 주었던 크
로노그래프 시계였다. 작은 서랍에 말이 들어 있는 휴대
용 나무체스 세트도 있었는데, 우리는 그걸 들고 해변이
나 대학 근처 공원에 돗자리를 펴고 누워 체스를 두곤 했

었다. 작은 원형 아르데코 스타일 찻주전자와 설탕 그릇 세트도 있었다. 우리가 처음 함께한 아침, 요한이 쟁반에 받쳐 침대까지 가져왔던 것이었다. 요한의 곁에서 깨어난 그날 아침 풍경과 감정이 순식간에 되살아났다. 마치 누군가 창문을 열자, 그 시절이 바람처럼 불어온 것만 같았다. 잠시 그 공기를 깊이 들이마셨다.

"이해가 안 돼. 왜 이걸 그냥 지하실에 둬?"

속이 메스꺼웠다. 물 한 잔을 마시고 뭐라도 먹어야 했다. 이제 잠에서 막 깬 참이었다.

"나는 아빠에 대해 아는 게 거의 없어. 아예 기억이 없는 거나 마찬가지라고. 엄마가 이런 물건들을 나한테 줄 수도 있었잖아." 린이 작은 찻주전자를 나에게 내밀며 말했다.

"뭐라고 말이라도 좀 해봐. 엄마는 진짜…. 어떻게든 아빠 흔적을 안 보이게 하려는 것 같아."

고개를 저었지만, 린은 내 얼굴을 바라보지 않았다.

이번 겨울이면 린이 스물다섯 살이 된다. 그 모든 해, 그 모든 시간이 내게는 한순간이었다. 철도 건널목 앞을 스쳐 지나가는 기차처럼 빠르게 흘러가버렸다. 멀리서 기차가 오고, 지나가고, 사라지고, 이내 메아리처럼 멀리서 들려오는 굉음만 남을 뿐이다. 임신을 하고, 아이를 낳고, 배우자를 잃고, 아이를 키우고, 아이가 떠나는 것을 지켜보는 세월. 그 모든 것이 여기 있었고, 내가 저지른 실수들이 여기 있었다.

"엄마는 아빠가 죽었다는 말도 못 하잖아."

"뭐라고?"

"그러니까 죽었다는 말을 절대 못 한다고. 엄마는 아빠 얘기할 때 절대 그렇게 말 안 해. 달리기를 하러 나갔다가 돌아오지 못했다, 이런 식으로만 돌려 말하지. 그거 이상하다는 생각 안 해봤어? 그 한 단어를 피하려고 그렇게까지 돌려서 말하는 게 오히려 더 번거롭지 않아?"

지금껏 전혀 의식하지 못했던 부분이었다. 하지만 린의 말이 맞았다. 나는 그 말을 입에 올리는 것을 꺼렸다. 그 말을 입 밖으로 내뱉는 순간 무슨 재앙이라도 불러들여 불길한 일이 생길 것만 같았다. 그 생각이 아주 이상하고 미신처럼 보인다는 건 나도 잘 알고 있었다.

"엄마가 그 말을 피하는 이유가 날 지켜주려는 거야? 아니면 통제하려는 거야? 나는 진짜 모르겠어. 난 가끔 우리가 슬픈 일이라면 뭐든 조심하고 피해서, 아무 일 없는 것처럼 계속 굴러가야 한다는 느낌이 들어."

보호인가, 아니면 통제인가. 나는 잠시 숨을 멈췄다. 린이 다음에 무슨 말을 꺼낼지 두렵기도 했지만, 한편으로는 린의 마음속을 무겁게 눌렀던, 오랫동안 속으로만 붙들고 있던 생각을 마침내 솔직하게 듣고 싶기도 했다.

"베를린 집 정리하고 돌아와서 생각했어. 내가 지금 힘들어하는 것 때문에 엄마도 힘든 거잖아. 예전부터 그랬어. 내가 조금이라도 슬프거나 지쳐 있으면 그걸 못 견뎌. 그게 엄마를 힘들게 하는 거야. 엄마는 늘 뭔가에 쫓기는 것 같고, 눈에 보이지 않는 압박을 받는 것 같았어."

린은 찻주전자를 바닥에 내려놓았다.

"이 상자들도 그래. 이게 뭔데? 그냥 슬픔을 박스에 담아서 눈에 안 보이게 치워버린 거잖아. 엄마는 늘 그런 식이야. 아빠 문제에서만 그런 게 아니라, 본질적으로 그래."

"본질적이라니, 그게 무슨 뜻이야?"

"엄마가 나한테 세상을 보여주는 방식 말하는 거야. 엄마는 불편한 진실을 못 받아들이잖아. 예전에 같이 아침 먹을 때 기억나? 라디오에서 '북극 빙하가 기록적인 속도로 녹고 있다'는 뉴스가 나오자마자 엄마가 갑자기 다른 얘기를 꺼냈잖아. '오늘 말 타러 가니?' 하면서 내 관심을 돌리려고 했지. 나도 부모가 아이에게 세상의 모든 슬픔을 알려주느니 차라리 크게 라라라, 하고 노래를 불러서

가려주고 싶은 마음은 이해해. 하지만 나도 열두세 살쯤 되니까 눈치가 생기더라."

린의 말은 사실이었다. 예전에 나는 뉴스에서 아무리 희망적으로 포장하려 해도 도저히 그럴 수 없는 소식이 나오면 곧바로 채널을 돌리고 싶었다. 특히 인간이 나쁘게 보이거나 스스로 파멸로 향하고 있다는 듯한 내용일 때는 더욱 그랬다.

린은 요한의 스웨터를 접어 다시 상자에 넣고, 찻주전자도 조심스레 제자리에 돌려놓았다.

"그게 얼마나 힘들지 나도 알아. 완전히 모순이잖아. 엄마는 내가 엄마보다 더 잘 살고, 더 잘 해냈으면 해. 내가 용감했으면 좋겠다고 하면서도, 동시에 순응적이고 성실하게 세상에 잘 적응하기를 바라지. 내가 나무를 심고 환경 프로젝트를 할 때는 엄마도 만족했어. 그건 좋은 일이니까. 그런데 내가 이제 그 일에서 더 이상 아무런 의미를 못 느끼고 그냥 빵집에서 잡곡빵이나 팔고 싶다고 하니까 엄마가 불안해하잖아."

린은 바닥에 떨어진 나무구슬들을 하나씩 주워 모으기 시작했다. 그 구슬들이 요한에게 어떤 의미였는지, 요한이 왜 간직했는지는 나도 몰랐다.

"실망했을 거야. 내가 엄마 기대에 못 미쳤으니까. 물론 그걸 직접 말하지는 않겠지. 요즘에는 자식한테 그러면 안 된다고들 하니까. 대신 '너는 가능성이 많은 사람이야, 능력도 많고' 이런 식으로 말하지. 그런 말은 격려처럼 들리지만 속으로는 어떻게 생각할까? '뭐라도 해, 최선을 다해, 망치지 말고!' 아마 이렇게 생각할걸."

린은 나무구슬을 두 손에 모아 유심히 바라보다가 이내 나를 보며 말했다.

"가끔은 내가 엄마의 프로젝트인 것 같아. 엄마가 절대 드러내지 않는 야망을 내가 대신 이뤄주고, 엄마의 소망을 채워주는 사람인 것 같다고."

그날 우리는 하루 종일 베란다에 누워 있었다. 둘 다 지쳐서 기운이 빠진 상태였다.

비 냄새가 나더니 곧 짙은 구름이 몰려왔고, 정원의 그림자가 하나둘 사라졌다. 린의 얼굴에는 졸음이 가득했고, 나는 그 얼굴을 바라보았다. 반쯤 감긴 눈꺼풀, 여름 햇볕에 그을린 이마, 뺨에 닿아 있는 손. 손톱에 칠한 하늘색, 노란색, 핑크색 매니큐어는 군데군데 칠이 벗겨져 있었다.

이윽고 빗방울이 떨어지기 시작했다. 빗소리가 점점 커졌고, 비는 촘촘하면서도 부드럽게 내리고 있었다. 기분 좋은 시원한 바람이 우리 쪽으로 불어왔다.

나는 눈을 감고, 태어난 지 며칠 안 되었던 때의 린을 떠올렸다. 기저귀 갈이대 앞에서 작은 두 발을 붙들고, 아직 작은 상처 하나 없는 보드라운 피부에 후— 하고 숨을 불던 순간. 그때 나는 아주 분명히, 굳게 다짐했었다. 너를 위해 내가 좋은 사람이 되겠다고. 그때 나는 새로운 시작을 하는 기분이었다.

나는 돌봄에 대해 생각했다. 아이를 돌본다는 건 무엇일까, 돌봄은 아이의 자유를 어디까지 막는 걸까?

돌봄과 자유 사이에는 늘 갈등, 정확히 말하자면 모순이 있었다. 나는 그 사이에서 매일같이 저울질을 했지만, 그 모순을 풀 방법은 없었다. 언제나 달콤하면서도 쌉싸름한 불확실함이 맴돌았다. 내가 낳은 아이, 이 한 인간을 어떻게 키워내야 할지, 내가 자라온 세상과는 전혀 다른 세상에 어떻게 대비시켜야 할지 알 수 없는 데서 오는 불확실함이었다.

린은 아직 모르겠지만 언젠가 깨닫는 날이 올까. 나의 돌봄이 아이의 자유뿐 아니라 내 자유와도 모순된다는 것을. 돌봄과 자유, 자유와 돌봄. 그 둘은 서로를 가로막으면서도 서로 떼어낼 수 없을 만큼 깊이 얽혀 있었다.

나는 장 본 물건이 가득 든 봉투를 차에서 집까지 끌고 왔다. 일주일 치 장을 한꺼번에 봤더니 봉투가 묵직했다. 숨이 거칠어지고 손목은 욱신거렸다. 예전에는 이렇게까지 힘들지 않았는데. 린이 잠깐이라도 나와서 도와줄 법도 한데 그러지 않는 것이 못마땅했다.

부엌에서 휴대전화를 꺼냈다. 린에게서 메시지가 와 있었다. 킬 대학 도서관에 가서 자료를 찾고 발표문을 다듬는다는 것이었다. 토요일에? 이상하네, 대학 캠퍼스는 주말에 닫지 않나. 그런 생각을 하다가 문득 내가 대학을 다닌 지도 벌써 20년이 훌쩍 지났다는 것을 깨달았다. 그동안 무엇이 어떻게 바뀌었는지 알 리가 없었다.

장 본 물건을 풀어 정리하고, 우편함에서 우편물을 챙겨 와 식탁에 앉아 하나씩 넘겨보았다. 호텔 로고가 찍힌 우편물을 보는 순간 심장이 덜컥 내려앉았다. 급히 봉투를 찢어 열었다. 마지막으로 호텔에 다녀온 뒤로는 홀딩스에서도, 호텔 본사에서도 아무 연락이 없었다. 메일도, 전화도, 청구서도 오지 않은 참이었다.

'친애하는….'

편지는 옅은 회색 종이에 푸른 잉크로 흘려 쓴 유려한 필체로 시작되었다.

연회장 리모델링 청구서를 회계 부서에서 다시 검토한

결과, 의료적 응급 상황으로 발생한 손해를 투숙객인 내 딸이 부담할 필요가 전혀 없다는 결론에 이르렀다는 내용이었다. '불편을 끼쳐드린 점에 깊이 사과한다'는 말이 여러 번 반복되었다. 그간의 불편을 보상하는 차원에서, 편한 주말에 호텔을 다시 찾아주면 기쁘게 맞이하겠다는 내용도 있었다. 우리가 원한다면 워크숍이나 휴식 프로그램과 연계해 주겠다고도 했다.

'…편하실 때 연락주시면 감사하겠습니다.'

편지에는 내가 이미 잘 알고 있는, 퇴비 만들기, 텃밭 만들기, 숲 체험 프로그램이 소개된 화려한 접지 안내문이 함께 들어 있었다.

9월 중순이 되자 기온이 서서히 내려가기 시작했다. 밖에 앉으려면 무릎에 담요를 덮어야 했다. 린은 킬에 다녀온 그다음 주 토요일, 아침 6시 반까지 빵집에 출근해야 한다며 일찍 집을 나섰다. 나는 늦게 일어나 커피를 끓이고, 잠옷 위에 니트 카디건을 걸친 채 테라스로 나갔다.

옆집 빨랫줄에서는 긴 원피스 네 벌이 펄럭이고 있었다. 선명한 기하학무늬가 눈에 띄었다. 70년대 물건인 듯했다. 마리가 사우나에서 나와 손을 흔들더니, 벌거벗은 채 수조 앞에 서서 뜰채로 물 위의 낙엽을 건져내고 안으로 들어가며 욕을 몇 마디 내뱉었다.

나는 옷을 갈아입고 보를 데리고 집을 나서 교회 쪽으로 걸었다. 아직 오전 11시도 채 되지 않았는데 몇몇 집 창문에서 양파 볶는 냄새가 흘러나왔다. 점심 준비가 한창인 듯했다. 유치원과 초등학교를 지나 빵집 앞에서 발걸음을 멈췄다. 문 바로 옆에 서지는 않고, 조금 떨어진 곳에서 쇼윈도 너머로 슬쩍 안을 들여다보았다.

계산대 앞에는 손님 몇이 줄을 서 있고, 린은 이리저리 분주하게 움직이고 있었다. 집게로 빵을 집어 봉투에 담고, 큰 빵 덩어리를 반으로 자르기도 했다. 린이 웃을 때마다 올려 묶은 머리칼이 흔들렸고, 간간이 '더 필요한 거 있으세요?'나 '좋은 하루 되세요' 하는 목소리가 들려왔다. 린은 기분이 좋아 보였다. 오히려 즐거워 보일 정도였다. 일하는 모습이 조금도 지루해 보이지 않았다.

문득 빵집 주인의 자녀들이 무슨 일을 하는지 궁금해졌다. 빵집 주인이 몇 년 안에 가게를 누구에게 물려줄 것인지 정할 예정이라고 들었다. 그 집은 자녀가 둘인데, 둘 다 서른이 넘어 이곳을 떠났고, 동네에서 마주친 적도 거의 없었다.

말도 안 된다는 걸 알면서도, 머릿속으로 그려보게 되는 것이다. 린이 이런 빵집을 맡거나 자기 가게를 운영한다면 어떨까. 생각이 꼬리를 물고 이어졌다. 여기 남아서 우리 집을 물려받거나 자기 집을 마련할 수도 있겠지. 언젠가 근처에서 누군가를 만나 사랑에 빠질지도 모른다. 아이를 낳으면 내가 돌봐줄 수도 있을 것이다. 빵집 옆의 빈 공간은 카페로 꾸며도 괜찮을 것 같았다. 마을을 찾는 관광객들은 그런 걸 찾으니까. 카페에서 사워도우나 제과 워크숍을 할 수도 있을 것이다. 그렇게 하면….

늘 이런 식이었다. 단 1분도 안 돼서 린의 인생 전체를 그려버리고 만다.

너 진짜 웃긴다. 빵집 알바 같은 사소한 일에서도 린이 가질 수 있는 최고의 가능성을 찾아내려고 하네.

요한의 목소리가 들려오는 것 같았다.

워크숍이라니? 네가 얼마 전까지 그렇게 화내던 그 호텔이 하는 일이랑 뭐가 달라? 그리고 그 뻔하고 틀에 박힌 생각은 또 뭔데? 집, 결혼, 아이라니. 그래, 우리도 물론 그랬지. 하지만 린은 그럴 생각이 전혀 없을지도 모르잖아. 네가 그렇게 계속 안정적인 것만 따라가면 너도 그렇고 린의 세계도 좁아진다는 걸 알잖아.

그래, 나도 알아, 네 말이 맞아, 하지만 이제 그만해, 그냥 나를 좀 놔둬.

그 목소리, 요한의 목소리는 사실 내 목소리였다. 나의 양심이자 의심, 자기비판이었다. 나는 요한과 대화하고 싶을 때가 많았다. 서로 생각을 주고받고, 요한의 의견을 듣고, 모든 결정을 혼자 짊어지지 않기를 바랐다. 마음속으로 요한에게 말을 건 적도 여러 번이었다. 출근길 차 안에서 소리 내어 요한에게 말을 걸다가, 신호에 걸려 멈출 때면 옆 차 운전자의 시선이 느껴져 괜히 들킨 기분이 들기도 했다. '저 여자 혼잣말하는 것 좀 봐'라는 말이 들려오는 듯했다. 시간이 지나 블루투스가 보급된 것은 정말 다행이었다. 이제는 차 안에서 마음껏 요한에게 말을 걸어도 사람들은 내가 통화 중이라고만 생각할 테니까.

나는 빵집 안으로 들어갔다. 보는 바깥에 얌전히 앉아 기다렸다. 그 옆에는 닦는 것을 좀처럼 본 적이 없는 플라스틱 테이블과 흔들거리는 의자 두 개가 놓여 있었다. 첫눈에 보이는 인상은 손님을 별로 반기지 않는 것만 같았다. 줄 끝에 서서 내 차례를 기다렸다.

"엄마, 이미 다 봤어."

린이 웃으며 말을 붙이곤, 봉투에 빵 네 개를 담았다. 내 몫 두 개에, 혹시 몰라 담은 해바라기씨빵과 양귀비씨앗빵 두 개였다.

그때 누군가 제빵실에서 나와 갓 구운 아마씨빵을 진열대에 올려놓았다. 아마씨빵, 그날 샀던 빵이었다. 요한이 달리기를 하러 나갔다 돌아오지 못했던, 요한이 '죽은' 바로 그날.

그로부터 며칠 뒤, 나는 부엌 식탁에 올려둔 그 빵을 멍하니 바라보고 냄새를 맡으며, 이 빵이 구워지던 이른 새벽에는 요한이 아직 살아 있었겠구나, 하는 생각을 했었다. 그 소박하고 평범한 빵 한 덩이가 바로 경계선이었다. 그 전과, 그 후를 가르는.

"아마씨빵도 하나 줘."

린에게 그렇게 말하고 계산대 위에 10유로짜리 지폐 한 장을 내려놓았다. 린이 계산기를 열고 거스름돈을 꺼내 나에게 건넸다. 땀이 밴 따뜻한 손이 내 손을 스쳤다.

잠시 그 자리에 서 있었다. 린은 이미 다음 손님에게 돌아섰지만 짧게 고개를 돌려 나를 향해 손을 흔들고, 입술로 '이따 봐'라고 말했다. 그리고 다시 진열대로 얼굴을 돌렸다. 나는 빵집을 나섰다.

그 순간, 오늘 아침 빵집에 들른 이 짧은 시간이 오래도록 기억 속에 남으리라는 것을 직감했다. 언젠가 내가 그리워할 수많은 순간 중 하나가 되리라는 것을. 5월 말에서 9월 중순까지, 린과 함께한 그 여름 전체를 상징하는 순간이라는 것을.

집으로 향하던 발길을 돌려, 요한이 달리던 길로 이어지는 들길로 들어섰다. 보는 블랙베리 덤불에 코를 박고 킁킁거리며 냄새를 맡았다. 햇볕이 가장 잘 드는 위쪽 가지에는 크고 잘 익은 열매들이 매달려 있었다. 발끝을 세우고 가지 하나를 잡아당겨 열매 몇 개를 따냈다. 그때 산악자전거를 탄 소년 둘이 나를 스쳐 지나갔다. 둘은 축구 경기며 스티커북, 스티커 교환 같은 이야기로 신나게 떠들고 있었다.

길을 따라 걷다 마침내 그곳에 도착했다. 국도 옆으로 난 오솔길, 요한을 발견했던 바로 그 자리였다. 헬리콥터의 요란한 굉음, 사람들의 목소리와 바삐 움직이던 손길들, 그리고 그 모든 것 뒤로 사라져버린 요한의 몸. 그 뒤에 찾아온 정적.

며칠 전 린이 나에게 말했다.

"엄마는 정말 큰 사랑을 잃은 거야. 나는 그게 얼마나 엄청난 일인지 이제야 알 것 같아."

복원가는 친절하게도 나에게 메시지와 함께 한 경매사 웹사이트 링크를 보내주었다.

—예상보다 더 빨리 진행되네요. 정말 훨씬 빨리요.

11월 초, 한 대형 경매사의 파리 지점에서 열리는 경매

공지가 올라와 있었다. 출품작들의 목록이 공개되어 있었고, 온라인으로도 확인할 수 있었다. 거기에 있었다. 그 그림. 「희미해지는 숲」이 경매에 나와 있었다.

'추정가: 8~10만 유로'라는 문구가 눈에 들어왔다. 몇 해 전 마지막으로 경매에 나왔을 때보다도 높은 금액이었다.

—그 그림을 다시 시장에 내놓으려는 거예요.

복원가는 그렇게 말했다. 그 말은 곧, 이 그림과 나 사이의 일도 이제는 끝이 났다는 뜻일지도 몰랐다. 호텔에서 편지를 받은 뒤로는 누구에게서도 연락이 오지 않았다. 어쩌면 이제는 한숨 돌려도 될지 모른다. 하지만 이 고요함을 완전히 믿을 수 없었다. 어쨌든 11월 경매까지는 시간이 좀 남아 있으니까.

돈이 아무런 의미도 없을 만큼 많아서, 내가 파리로 직접 가거나 전화로 입찰해 결국 그 그림을 사들이는 모습을 상상해보았다. 이상하게도 그 그림과는 마치 무언가 중요한 일을 함께 겪기라도 한 것처럼 묘한 유대감이 느껴졌다.

나는 집에 혼자였고, 다락방 책상 앞에 앉아 있었다. 린은 엊그제 뮌헨으로 떠났다. 며칠간 기후와 미래 문제를 다루는 회의에 참석한다고 했다. 여러 강연을 듣고, 린 말로는 몇몇 토론 세션에 패널로 참여하고, 그중 한 세션에서는 직접 발표도 한다고 했다.

어제 린이 메시지 하나를 보내왔다. 햇살이 가득 들어오는 밝은 유리 건물 안에 사람들이 꽉 찬 강연장 사진 한 장과, 테라스에 모여 앉은 젊은 여자들 사진 한 장이었다. 그 가운데 린이 있었다. 린은 그 사진에 '재회'라고 짧게 덧붙였다. 그중 두 명은 예전에 룬드에서 린과 함께 공부했던 친구들이라고 했다.

열린 다락방 창으로 시원한 바람이 불어왔다. 9월 말, 이제 올해의 밝은 저녁은 끝났고, 어스름은 점점 더 일찍 내려앉았다. 정원에서 풍겨오는 젖은 낙엽과 썩어가는 사과에서 나는 달콤하면서도 퀴퀴한 냄새가 늦가을의 느린 여운을 남기고 있었다. 사과나무는 여름에 진작 갈색으로 변한 잎을 하나둘 떨구고 있었다. 우리는 나무에 몇 차례 쐐기풀 용액을 뿌리고 가지치기를 해주었다. 린은 나무가 흰가루병에 걸렸다고 했다. 일종의 곰팡이인데, 그걸 없애려면 일일이 손으로 벗겨내야 한다. 마치 성실함을 보는 학교 숙제처럼. 오래 걸리고 세세하고 지루하지만, 결국 무언가를 극복하는 일은 그렇게 이뤄지는 거라고 린은 말했다.

나무에 열린 사과는 무르익어 있었는데, 예전만큼은 아

니었다. 꾸준히 손을 봐야지, 손으로 하는 일을 해야지, 린이 했던 말을 떠올리며 그런 생각을 했다.

레빈도 흰가루병이 눈에 띈다고 했다. 지금 당장은 내가 크게 할 수 있는 일이 없고, 다가오는 봄에 우리가 나무를 제대로 돌보는 게 중요하다고 했다. 레빈이 '우리'와 '다가오는 봄'이라고 말한 것에 마음이 기쁘고 설렜다.

지역 뉴스 사이트에는 난방을 교체하지 않은 오래된 주택의 가치가 떨어지고 있다는 기사가 올라와 있었다. 우리가 사는 집도 그런 집이었다. 오래된 기름보일러가 달린 집은 값이 더 크게 떨어진다고 했다. 이제 결정을 내려야 한다는 건 나도 알고 있었다. 이 집을 팔 것인지, 아니면 남을 것인지. 그리고 남는다면 이 집의 어디에 투자해야 할지. 어쩌면 이 집에 남는 게 린이고, 떠나는 게 나일지도 모른다.

또 다른 기사는 암룸 근처에서 한 페리 승무원이 말 사체를 발견했다는 소식이었다. 수상경찰이 바로 현장에 출동했지만 말은 결국 찾지 못했고, 아마 멀리 바다로 떠내려갔을 것이라고 했다.

경찰은 발견된 말이 최근 쥐트팔 할리히 근처에서 실종된 말인지에 대해선 언급하지 않았다.

기사에서 그 점을 굳이 강조한 것이 의아했다. 그 말은 거의 틀림없이 그 흰말일 것이었기 때문이다. 말이 마침내 물속에서 생명을 다하기까지 얼마나 오래 떠돌았을지, 왜 물가로 돌아오지 않은 것인지, 무엇이 그 말을 그렇게 만든 것인지 궁금했다.

다른 뉴스 포털에서는 뮌헨에서 벌어진 시위 소식으로 가득했다. 시위가 폭력 사태로 번졌다는 기사였다. 몇 시간 전, 오늘 아침 출근길에 벌어진 일이었다. 기사 속 영상을 클릭하자 현장에 있던 기자가 찍은 화면이 떴다. 시위대가 다차선 도로에 줄지어 앉아 교통을 막고 있었다. 요즘 흔히 보이는 방식이었다. 멈춰 선 승용차와 트럭 운전자들은 머리끝까지 화가 나 있었다.

길 위에 미동도 없이 앉아 있는 사람들 사이로 한 젊은 여자가 눈에 들어왔다. 갈색 머리를 두껍게 틀어 올린 모습은 보였지만, 얼굴은 잘 보이지 않았다. 영상에서는 한 남자가 그 여자 옆으로 다가와 뒤에 멈춰 서는 장면이 담겼다. 남자가 단단한 작업화를 신은 발로 여자의 뒤통수를 있는 힘껏 걷어찼다. 눈앞을 가로막는 낡은 헛간 문을 발로 차 부수고 나뭇조각이 튀게 할 것 같은 거칠고 무자비한 발길질이었다.

여자의 몸은 그대로 앞으로 고꾸라졌다. 움직임만 봐도

알 수 있었다. 등부터 뒷덜미, 목에 전혀 힘이 없었다. 그런 공격을 전혀 예상하지 못한 것이 분명했다. 경추 손상, 아니면 뇌진탕, 심하면 두개골 골절일 수도 있겠다는 생각이 자연스레 스쳤다. 여자는 몸을 잔뜩 웅크리고 한 손으로 바닥을 짚은 채, 한 손으로는 뒤통수를 감싸 막았다. 혹시라도 이어질 두 번째 발길질을 두려워하는 듯했다. 단단히 틀어 올린 머리 매듭은 이미 풀려 있었다.

그 젊은 여자는 어쩐지 린을 닮았다.

나는 영상을 다시 재생했다. 남자가 여자 뒤에 서서 몸을 세우고는 여자가 마치 사람이 아니기라도 한 것처럼 온 힘을 실어 발길질했다. 나도 모르게 눈을 질끈 감고 어깨를 잔뜩 움츠린 채 두 손으로 머리를 감쌌다. 그렇게 하면 뒤늦게라도 그 젊은 여자를 보호할 수 있을 것처럼.

영상을 다시 한번 틀어 전체 화면으로 확대해봤지만, 얼굴도 움직임도 오히려 더 흐릿해졌다. 다시 작은 화면으로 돌려놓고 일시 정지한 다음 여자의 얼굴이 나온 부분을 캡처해 확대했다. 정말 린일까?

린에게 전화를 걸었다. 신호음은 갔지만 음성 사서함으로 넘어갔다. 몇 번을 다시 걸어도 결과는 같았다. 음성 메시지를 남기지는 않았다. 목소리에 걱정이 묻어날 것 같았기 때문이다. 괜히 린을 불편하게 하고 싶지 않았다. 지금쯤 회의장에 앉아 아무 일 없이 잘 있기를 바랄 뿐이었다. 나는 아무렇지 않은 척 '잘 지내고 있지?'라는 짧은 메시지와 하트 이모티콘 두 개를 보냈다.

그러고 나서 1분도 채 버티지 못하고 린이 메시지를 읽었는지 계속 확인했다. 다른 일에 전혀 집중할 수가 없었다. 억지로라도 손이 가지 않게 하려고 일부러 휴대전화를 멀찍이 떨어진 창가에 올려두었다.

그리고 실수를 했다. 기사 아래 달린 댓글을 읽어버린 것이다. 남자의 폭력에 경악하는 댓글은 놀라울 만큼 적었고, 대부분이 도로에 앉은 시위대를 비난하고 있었다. '돼지들', '테러리스트', '그냥 밀고 지나가라'. 이 정도면 약한 축이었다. 어떤 사람들은 공개 처형이니 마녀사냥이니, 심지어 집단 학살 같은 나치식 표현까지 동원하며 끔찍한 생각을 쏟아내고 있었다.

끝도 없는 이 경멸은 도대체 어디서 오는 걸까?

나는 다시 입센을 떠올렸다. 약수가 오염되었다고 경고한 남자는 사회의 적이 된다.

도로 위에 앉아 지구온난화를 경고한 여자는 사회의 적이 된다.

화면을 아래로 더 내리자 추천 기사 하나가 눈에 들어

왔다. 칼럼이었는데 얼핏 보기에는 방금 읽은 기사와 직접적인 관련은 없어 보였지만, 두 기사 모두 젊은 세대와 우리가 살아가는 시대를 다룬다는 공통점이 있었다.

자녀를 과보호한 부모 세대가 위기에 준비되지 않은 젊은 세대를 길러냈다.

그건 내 이야기였다. 바로 나 같은 사람을 두고 하는 말이었다. 첫 문단을 다 읽기도 전에 이미 들켜버린 기분이 들었다. 아래층으로 내려가 어제 먹다 남은 토마토파스타가 담긴 냄비를 냉장고에서 꺼내 데운 뒤, 접시에 담아 다시 위층으로 올라와 다음 기사를 마저 읽었다.

그 칼럼에는 '위기 대응력'이라는 단어가 거듭 등장했다. 하지만 그게 도대체 무슨 의미일까? 어떻게, 또 누가 위기 대응력이 있는지, 혹은 없는지를 단정할 수 있을까? 누가 그걸 평가할 수 있을까? 무슨 기준으로? 무슨 기준으로 기성세대가 젊은 세대보다 위기에 더 강하다고 장담하는 걸까?

한 성인이 어느 날 아침 길가에 서 있다가 도로를 막는 시위대 속 젊은 여자를 보고, 그 존재가 상징하는 무언가가 자기 마음속 어떤 것을 강하게 자극한다는 이유만으로 온 힘을 다해 머리를 발로 걷어찬다면, 그 사람의 위기 대응력은 과연 얼마나 되는 걸까?

도로에 앉아 있던 이들 가운데 몇몇은 고작해야 스무 살 남짓으로 보였다. 불과 이삼 년 전만 해도 자기 방이나 기숙사에 갇혀 몇 주, 몇 달씩 혼자서 수업을 듣고, 일은 하지도 못한 채 무력감 속에서 지내야 했던 세대였다. 끼니도 혼자서 해결하고, 아침부터 저녁까지 줄곧 홀로 있어야 했던 세대. 린도 그중 하나였다. 세상이 봉쇄되었기 때문이다. 대화와 스킨십, 첫사랑의 설렘과 첫 키스, 모든 첫 순간과 새로운 경험을 포기해야 했던 세대였다. 그럼에도 크게 불평하거나 저항하지도 않았다. 그저 어른들을 따라가며 버틸 뿐이었다. 하지만 그 경험은 분명 많은 이에게 흔적을 남겼다. 도서관에서만 해도 이제 열일고여덟 된 아이들이 심리 상담서나 친구를 사귀는 법, 사람들과 어울리는 법 같은 책이 어디 있느냐고 묻는다. 실제로, 그런 걸 묻는다.

사실 나는 '과보호'라는 말이 대체 무슨 뜻인지 모르겠다. 그 '과하다'는 기준이 뭘까? 부모 세대, 아니면 조부모 세대? 누가 그 기준을 정하고, 누구를 본보기로 삼으라는 걸까?

1940년대 초에 태어난 내 엄마를 생각했다. 엄마의 엄마는 네 아이를 혼자 키웠다. 세 살배기 아이의 마음 같은 것을 그때 누가 헤아려 주었겠는가. 그저 아이들이 심하게 배를 곯거나 추위에 떨지 않고, 깨끗한 옷을 입고 저녁에 함께 쓰는 한 침대에 누워 잘 수 있다면 중요한 것은 다 충족된 셈이었다.

'징징거리지 마. 그러다 뺨이나 손가락 맞을 줄 알아.'

내가 린을 임신했을 때, 나는 엄마나 할머니처럼 되지 않겠다고 다짐했다. 아이뿐 아니라 부모도 옥죄던 이전 세대의 냉정과 엄격함을 끊어내, 아니, 부드럽게 풀어내 전혀 다른 세상을 만들고 싶었다. 그러나 나는 완전히 다른 방식으로 실패했다. 새로운 형태의 엄격함, 겉으로는 드러나지 않지만 미묘하게 숨어 있는, 뭐라 단정하기 힘든 그런 엄격함을 만들어내 아이에게, 그리고 나 자신에게 들이밀었다.

린이 대입 시험을 2년 앞두었을 무렵, 담임교사가 학부모 모임에서 했던 말을 나는 아직도 기억한다.

"부모님들께 꼭 당부드리고 싶은 게 있습니다. 아이들 너무 압박하지 마세요. 그러실 필요 없습니다. 그렇게 안 하셔도 아이들은 충분히 길을 찾아 훌륭한 어른으로 자라고, 제 갈 길 잘 갑니다."

놀라웠던 건, 그 말이 끝나자 많은 부모가 큰 소리로 고맙다고 인사를 하고 안도한 기색이 역력했던 것이었다. 나도 마찬가지였다. 그 말은 마치 우리 모두에게 완전히 새로운 이야기 같았고, 면죄부를 내려주는 듯했다. 아이들을 압박하지 않아도 된다는 면죄부였다. 아이들뿐 아니라 부모인 우리 자신도 성과의 압박에서 벗어나도 된다는 면죄부였다.

나는 린을 불확실하고 때로는 암울하게만 느껴지는 이 세계와 미래에 대비시켜주고 싶었다. 내가 줄 수 있는 것은 최대한 많이 주고 싶었다. 하지만 그 마음에서부터 자연스럽게 고리가 생겨난다. 돌봄에서 희망이 자라고, 희망은 기대로 변하고, 기대는, 제때 알아차리지 못하면 실망이 된다.

아이를 바라보는 내 시선에 어쩌면 나의 두려움, 채워지지 못한 욕망, 내 삶에서 이루지 못한 목표와 이상이 투영되어 있었던 건 아닐까?

그때 휴대전화 진동이 울렸다. 린에게서 온 메시지였다. 셀카 사진이 한 장 첨부돼 있었다. 사진 속 린은 초록색으로 가득한 정원에 앉아 있었고, 단정하게 차려입은 것이 예뻤다. 머리는 한쪽으로 땋아 내렸고, 주황색 알이 박힌 귀걸이를 하고 있었다. 잘 지내고 있는 것이 분명했다. 또렷한 눈빛만 봐도 알 수 있었다. 에너지가 넘치고,

무언가 계획이 있는 듯한 표정이었다.

몇 달 전 호텔 학회에서 린이 쓰러졌던 일은 이제 나에게 반드시 필요했던 하나의 전환점이자, 새로운 출발처럼 느껴졌다. 하지만 그것도 어쩌면 내가 그렇게 믿고 싶어서, 혹은 그렇게 생각하는 것이 나에게 의미가 있기에 투영한 생각일지 모른다.

'반쪽짜리 진실'이라는 말이 머릿속을 스쳤다. 반쪽짜리 진실이란 아이에게 무언가를 감추고, 어떤 이야기나 상황, 현실의 일부를 덮는 것이다. 그 말 자체가 이미 기만적이고 속이는 것처럼 들렸다. 반쪽짜리 진실이 도대체 무슨 말인가? 반쪽짜리 진실은 진실이 될 수 없다.

나는 다시 그 영상을 떠올렸다. 한 남성의 발길질에 쓰러지는 젊은 여성.

린이 아닌 젊은 여성.

하지만 어쩌면 내 딸일지도 모르는 젊은 여성.

비가 내리기 시작했다. 옆으로 날리는 가느다란 빗방울이 다락방 창을 넘어와 차갑게 피부에 스쳤다. 창문을 닫으며 아래를 내려다보니, 아그네스와 마리가 서둘러 책상과 의자 몇 개, 전등을 차에 싣고 떠나는 모습이 보였다.

집 안은 고요했다. 이제 뭘 할지 잠시 생각했다. 긴 오후가 기다리고 있었다.

지하실로 내려가 상자들이 쌓인 방으로 들어갔다. 상자 옆면마다 내용물을 적어두어 어디에 무엇이 있는지 찾기 쉬웠다. 나는 상자 몇 개를 옮기고 들어 올린 끝에, 내가 찾던 바로 그 상자를 꺼냈다.

부엌 가스레인지 옆에는 아르데코 스타일 찻주전자가 놓여 있었다. 린이 쓰고 난 것으로, 안에는 아직 차가 조금 남아 있었다. 물을 올리고 주전자를 헹군 뒤 다르질링 찻잎을 거름망에 담고 잠시 기다린 후 뜨거운 물을 부었다. 그 주전자였다. 요한이 쓰던 주전자가 지금 여기 있었다. 나는 이제 그 주전자를 바라보고, 사용할 수 있다.

보는 베란다 문 옆에 앉아 있었다. 문을 열어주자 천천히 정원을 가로질러 수조 근처로 가더니, 주변을 살펴보고는 잔디 위에 몸을 눕혔다.

상자를 열었다. 그 안에는 린이 두세 살에서 네 살 무렵 쓰던 물건들이 들어 있었다. 헝겊 주머니 하나를 꺼내어 그 안에 들어 있던 다양한 색과 크기의 나무블록들을 바닥에 쏟았다. 노란색 납작한 블록, 파란색 정사각형 블록, 빨간 정육면체 블록. 닳아서 나뭇결이 거칠어지고 색이 바랜 것도 있었고, 비교적 나중에 생긴 것들은 여전히 매끈하고 막 칠한 듯 색이 선명했다. 블록 하나하나를 손에

쥐니, 린과 바닥에 앉아 무언가를 함께 만들던 그 무수한 시간이 다시금 되살아나는 것 같았다.

그 무렵 린은 이른 아침, 아직 5시 반도 채 되기 전이면 일어났고, 나는 린과 함께 킬 아파트의 작은 거실에서 잠옷 차림으로 나무바닥에 앉아 시간을 보냈다. 새벽의 여명 속, 생기 넘치는 린과 피곤한 나, 배경에 흐르던 오디오 드라마, 함께 작은 세계를 만들어내며 서로의 상상을 나누던 순간들. 그 기억 속에서 블록마다 질감과 모양이 우리 둘에게 어떤 의미였는지가 선명히 되살아났다. 어떤 블록은 쌓기 쉬워 안정적으로 높은 탑을 세울 수 있었고, 어떤 블록은 금세 기울고 미끄러져서 흔들리고 불안정한 건물이 되기 쉬웠다. 그 모든 것을 함께 경험한 시간의 흔적이 블록에 남아 있었다. 그때의 감각과 감정이 작은 것 하나하나까지 모두 생생하게 되살아났다.

상자 속에는 린이 유치원에서 만든 밀가루 반죽 작품도 있었다. 가운데 꽂힌 나무막대에 군데군데 솜뭉치가 붙어 있고, 그 사이에 반짝이 가루가 묻어 있었다. 작품은 이미 부서지기 시작해, 반죽이 바스러지고 막대가 삐져나오고 있었다. 줄곧 상자 속에만 있었는데도 마치 살아 있는 유기물처럼 스스로 부식해가고 있었다. 조각이 나에게 이렇게 말하는 듯했다. '네가 모든 것을 간직할 수는 있어도,

시간을 거스를 수는 없어. 포기해.'

상자 맨 아래에는 린이 입던 어린이용 점퍼가 들어 있었다. 내가 특히 좋아하던 옷이었다. 작은 주머니의 지퍼를 열고 손을 넣자, 등불에 꽂혀 있었을 법한 남은 초 한 토막, 쪼그라든 밤 한 톨, 구겨진 아동극 티켓 한 장이 나왔다. 이 모든 게 20년도 넘게 그 점퍼 주머니 안에 들어 있었다. 아주 작은 타임캡슐이었다.

나는 가끔, 특히 요한을 떠올릴 때면 이런 상상을 했다. 과거에서 딱 한 순간을 고를 수 있다면 어떨까. 어떤 하루의 특정한 순간을 선택해 그 안으로 들어가 잠깐 머물 수 있다면. 그 순간으로 돌아가 잠시 지내다가 다시 현재로 돌아오는 것이다. 그리움을 달래고, 기억이 되살아나고, 과거를 또렷한 시선으로 바라보고, 어쩌면 예전에는 보지 못했거나 이해하지 못했던 무언가를 깨닫거나 흥미로운 사실을 발견할지도 모른다. 그렇게 새로운 무언가를 마음에 담아 돌아오는 것이다.

나는 다시 잔에 차를 채우고 소파에 누워 잠시 쉬었다. 잠이 쏟아지는 듯했지만, 완전히 잠들지는 않았다. 그 순간 린의 작은 몸을 품에 안던 느낌이 되살아났다. 아무 이유도 없이, 언제든 아이를 들어 올리고 안던 순간들. 마치 아이가 내 소유물인 것처럼 품에 안고, 등에 업고, 어깨에 태우고, 빙글빙글 돌리고, 걷고, 달리고, 빠르게, 느리게, 내려놓고, 지켜주고, 결정하던 순간들. 그 모든 것에 깃든 당연함은, 되돌아보면 사실 엄청난 것이었다.

눈앞에 킬의 아파트 계단이 떠올랐다. 우리 집까지 이어지던 수많은 높은 계단과, 손을 잡아주거나 안기기 싫어하던 린. 린은 한 살 반쯤 되었을 때부터 모든 도움을 거부하고 자기 자율성을 지켜내려 했다.

아이의 권리, 우리는 왜 그것에 대해서는 별로 이야기하지 않는 걸까? 아이가 보호받을 권리나 안전할 권리, 미래에 대한 권리 같은 것들. 아이들은 미래에 대해 우리에게 더 많은 것을 요구할 권리가 있다. 그 미래는 우리 것이 아닌데도 우리 손에 달려 있고, 우리가 하는 모든 행동과 하지 않는 행동을 통해 만들어진다.

린에게서 메시지가 또 왔다. 대학 친구들과 며칠간 호숫가에서 지내기로 했다며, 여행을 며칠 더 연장하겠다는 소식이었다. 나는 기쁘고 안심이 되었다.

다시 눕자 잠이 밀려왔고, 잠들기 직전의 희미하고 몽롱한 상태로 접어들었다. 그때 누가 베란다 문을 두드리는 소리가 들렸다. 레빈일지도 모른다는 생각에 반가웠고, 조용히 누워 문이 열리기를 기다렸다.

하지만 눈을 뜨자 아무도 없었다. 바람에 문이 흔들리

며 문고리가 벽을 스치는 소리가 노크처럼 들린 것이었
다. 몽롱한 기분으로 몸을 일으켜 앉았다.

지난 몇 년간 내가 내 삶의 밝기를 얼마나 낮춰놓았는
지 이제야 새삼스럽게 깨달았다. 어쩌다 이렇게 된 걸까.
자리에서 일어나 숨을 깊게 들이쉬고, 내가, 오늘, 지금 이
순간 가장 하고 싶은 일이 무엇인지 스스로에게 물었다.
무엇일까? 솔직하게 대답해. 스스로를 다그쳤다.

위층 욕실로 올라가 머리를 빗어 하나로 묶었다. 이를
닦고 깨끗한 티셔츠로 갈아입은 뒤, 거울에 비친 내 모습
을 바라보다가 무례한 생각이 떠오르려는 것을 느끼고는
뒤로 돌아서서 다시 아래층으로 내려왔다.

비는 그쳤고, 보는 여전히 정원 물웅덩이 옆에 누워 있
었다. 회색 하늘 위로는 갈매기들이 떠다녔다. 스니커즈
를 신고 정원을 가로질러 옆집 테라스로 향했다.

문은 반쯤 열려 있었고, 안에서는 잔잔한 음악이 흘러
나왔다. 첼로와 피아노 연주곡이었다. 잠시 서서 귀를 기
울이고, 기다리고, 그냥 다시 돌아갈까 망설였지만, 곧 문
을 두드리고, 밀어 열고 들어갔다.

Halbinsel

뉴욕 컬럼비아주 아트 오미Art OMI의
레디히 하우스에서 집필할 기회를 주신
지그프리트 렌츠 재단과
오미 레지던시 프로그램에
진심 어린 감사를 드립니다.

휩쓸린 것들만 남습니다

박우란
(정신분석가)

딸아이가 스무 살이 되는 올겨울, 나는 이 책의 원고를 받아 들었다. 첫 장을 펼치자마자 주인공 아네트에게 빠르게 동질감을 느꼈고, 그녀의 시간과 감정, 그리고 정서의 역동적 흐름을 따라가기 시작했다.

흥미롭게도 작가와 나는 비슷한 연배로, 딸을 가진 엄마이자 딸을 길러낸 엄마이다. 딸에 대해 느껴왔던 온갖 감정과 상태를 떠올리며 시간 여행을 하는 듯했다. 아네트와 린의 과거와 현재를, 나와 내 딸의 시간과 교차하며 마주하는 시간이었다.

분석가로서, 전문가로서의 위치는 내려놓은 채 어린 딸을 바라보는 엄마의 시선을 따라가다 보니, 오래전 내 딸을 바라보던 그때로 돌아가 있었다. 심장이 뛰었고, 아픔이 가슴을 조여오는 순간들을 자주 만났다. 남편의 급작스러운 사고 앞에서 어린 딸을 지키려는 엄마의 초조함을 읽을 때면, 가슴보다 먼저 눈이 아려오기도 했다.

딸아이가 서너 살 무렵, 청소년 쉼터에서 2교대로 근무하며 아이와 떨어져 지내야 했던 밤들이 떠올랐기 때문이다. 어린 딸을 향한 엄마의 불안과 애착, '이 아이를 지켜내야 한다'는 단순한 책임감으로는 설명되지 않는 강력한 감정들이 소설의 문장들과 함께 밀려왔다.

난산으로 힘겹게 출산을 하고, 작고 여린 아이를 처음 만났던 순간으로 순식간에 끌려 들어갔다. 세상의 담론이나 브라운관이 만들어내는 환상처럼, 아이와의 첫 만남이 마냥 가슴 벅차고 환희에 찬 순간만은 아니었다. 낯선 타인과도 같은 그 아이를 처음 마주했던 기억은 설명하기 어려운 가슴의 옥죄임과 통증으로 되살아났다.

이제는 잃어버린, 다시는 소환할 수 없는, 오직 나만이 아는 그 첫 장면의 먹먹함 속으로 깊이 빠져드는 시간이었다.

딸을 키워낸 엄마, 혹은 지금 키우고 있는 엄마라면, 또 엄마를 떠나왔거나 떠나야 할 딸이라면 이 책은 우리 모녀가 무엇을 놓치고 있는지, 무엇을 해야 하는지를 다시 생각하게 한다. 내가 하지 말아야 했지만 했던 것들, 해야 했지만 하지 못했던 것들을 다시 떠올리게 한다.

내 어머니가 지금의 내 나이였던 쉰 즈음, 나는 수도원에서 이미 서른을 맞이하고 있었다. 나는 나보다 10년 일찍 엄마가 되었던 한 여성의 딸이었다. 그런 시간의 교차를 떠올리면 묘한 감각이 올라온다. 엄마에게 서운했고 상처라고 느꼈던 수많은 기억에 조금은 더 관대해지는 시간이 열린다.

'아…, 내가 쉰이 넘어도 아직 이런데, 그때의 엄마는 얼마나 어렸을까…' 하고 말이다.

이 소설은 처음부터 끝까지 모녀 사이의 사랑과 애착, 그리고 그 경계의 모호함과 과도함에 대해 고뇌한다. 아네트의 섬세한 고뇌와, 그 불안에 붙어 있는 감정들은 매우 생생하다. 자녀를 키우는 엄마라면 누구든 공감하지 않을 수 없는 미세한 순간들이 아네트를 통해 포착된다.

많은 어머니가 자신의 불안과 걱정을 단순히 '선의(善意)'이자 '사랑'이라고 믿는다. 그러나 바로 그 지점에서 예상치 못한 고통과 비극이 자라나기도 한다.

성인이 된 딸의 귀환은 엄마 아네트를 다시 한번 성장하게 한다. 올해 성인이 된 내 딸도 종종 이렇게 말한다.

"엄마, 이건 아니지. 그건 통제야."

보호와 통제 사이의 경계는 매우 얇다. 보호가 통제를 넘어, 한 존재를 장악하는 방식이 될 수도 있다. 때로는 딸이라는 존재를 통해 자신의 생을 유지하려는 무의식적 욕망으로까지 확장되기도 한다.

소설 말미에서 린은 묻는다.

"엄마는 날 지켜주려는 거야? 통제하려는 거야?"

그 질문 앞에서야 아네트는 멈춰 선다. 그동안 자신의 걱정과 불안이 무엇이었는지 되돌아본다. 불안은 우리를 끊임없이 몰아붙인다. 보호라는 이름으로 대상을 통제하게 만들기도 한다.

통제와 보호, 속박과 안전, 자유와 불안정.

모든 상태에는 언제나 양가적 의미가 따라붙는다.

어린 나이에, 어린 딸을 안고 홀로 남겨진 아네트를 떠올리면 그 두려움이 남의 일처럼 느껴지지 않는다. 수도원을 나와 결혼하고 아이를 낳았고, 남편이 있었지만 그럼에도 지독하게 막막했던 시간들이 있었다.

소설 속 아네트는 어쩌면 내 모습이기도 했다.

무슨 일이 일어나더라도, 이 아이와 나만은 책임져야 한다는 생각으로 이를 악물고 공부하고 일했던 시간들이 겹쳐 되살아났다.

아네트의 불안과 고통은 담담한 문체 속에서도 생생하게 전달된다. 그러나 나는 한 가지를 아쉬움으로 남긴다.

아네트는 린에게 아버지에 대해 더 이야기했어야 했다. 갑작스럽게 떠난 아버지에 대해, 돌아올 수 없는 이유를 아이의 언어로 차근히 설명해 주었어야 했다. 실제의 자리는 비어 있을지라도, 엄마는 이야기로 그 자리를 복원할 수 있으니까. 언어는 공백을 메우는 힘을 가지니까.

아네트는 자신의 상실을 직면하는 것을 두려워했고, 그 공백을 린에게도 그대로 남겨두었다. 린은 그 지점을 정확히 짚어낸다. '아빠 이야기를 더 들려주었어야 했다'고 말이다.

그럼에도 불구하고, 나는 아네트를 응원한다. 남편을 잃고 어린 딸을 홀로 키우면서도, 자신의 일과 사랑, 삶을 오롯이 유지해왔다는 점에서 말이다. 딸에게만 모든 삶을 '올인'하지 않았다는 점에서 나는 그녀를 지지한다.

우리가 아이들에게 물려주어야 할 유산은, 고생하지 않고 살아갈 자산이나 탄탄대로가 아니다. 이상적인 이야기라고 말하는 분들도 있을 것이다. 그러나 스무 살이 된 내 딸을 바라보며, 또 내 상담실을 찾는 다양한 사람들을 만나며 나는 더욱 분명히 알게 된다.

우리가 물려주어야 할 유산은 '태도'이다.

삶을 살아가는 태도.
끝까지 자신의 삶을 책임지려는 태도.
그리고 삶을 열망하는 태도 말이다.

아이들은 달콤함을 기억하지 않다. 달콤한 것을 건네던
부모의 눈빛과 손짓을 기억한다. 끊임없이 사탕을 마련해
주던 부모가 아니라, 그 사탕을 건네던 태도를 기억한다.
부모의 노력에 대한 보상을 자녀에게 요구하는 태도는 또
다른 짐이 될 뿐이다.

한 사람이 세상을 살아갈 만한 곳으로 느끼게 하는 데
필요한 유산은 결국, 우리가 만난 부모의 태도이다.

옮긴이 | **김지유**

충남대학교에서 독어독문학을, 한국외국어대학교 통번역대학원에서
한-독 국제회의통역을 전공했다. 다수의 정부 기관과 기업에서 전문 통
번역사로 일하다가 현재 독일에서 전문 통번역사로 활동하고 있다. 또한
출판번역에이전시 글로하나에서 인문, 소설을 중심으로 다양한 분야의
독일서를 리뷰, 번역하며 출판번역가로 활동하고 있다. 『온 세상이 우리
를 공주 취급해』, 『나는 흔들리지 않는 부모로 살기로 했다』, 『핫타임』,
『이별 후의 삶』을 우리말로 옮겼다.

휩쓸린 것들만 남는다

초판 1쇄 인쇄 2026년 3월 11일
초판 1쇄 발행 2026년 3월 25일

지은이 크리스티네 빌카우
옮긴이 김지유

편집 조은혜
디자인 스튜디오 보글
마케팅 신동익, 김가영, 하연빈
제작 ㈜공간코퍼레이션

펴낸이 윤성훈 **펴낸곳** 클레이하우스㈜
출판등록 2021년 2월 2일 제2021-000015호
주소 경기도 파주시 회동길 363-21, 2층
전화 070-4285-4925 **팩스** 070-7966-4925 **이메일** clayhouse@clayhouse.kr

ISBN 979-11-93235-80-5 (03850)

• 책값은 뒤표지에 있습니다.
• 파본은 구입하신 서점에서 교환해드립니다.
• 이 책은 저작권법에 의하여 보호를 받는 저작물이므로 무단 전재와 복제를 금하며,
  이 책 내용의 전부 또는 일부를 이용하시려면 반드시 저작권자와 출판사의 서면 동의를 받아야 합니다.

클레이하우스㈜가 더 나은 책을 펴낼 수 있도록 의견을 남겨주시거나 오타를 신고해주세요.
QR코드에 접속해 독자 설문에 참여해주신 분께 추첨을 통해 선물을 드리겠습니다.